TUDO DESTRUÍDO, TUDO QUEIMADO

Wells Tower

TUDO DESTRUÍDO, TUDO QUEIMADO

Tradução de Adriana Lisboa

Título original
EVERYTHING RAVAGED,
EVERYTHING BURNED

Copyright © 2009 *by* Wells Tower
Todos os direitos reservados.

Os contos a seguir foram publicados previamente, e muitos passaram por revisão extensa: "The Brown Coast", em *The Paris Review*; "Retreat", em *McSweeney's*; "Executors of Important Energies", em *McSweeney's*; "Down Through the Valley", em *The Paris Review*; "Leopard", em *The New Yorker*; "Door in Your Eye", em *A Public Space*; "Wild America", em *Vice*; "On the Show", em *Harper's Magazine*; "Everything Ravaged, Everything Burned", em *Fence*.

Direitos para a língua portuguesa reservados
com exclusividade para o Brasil à
EDITORA ROCCO LTDA.
Av. Presidente Wilson, 231 – 8º andar
20030-021 – Rio de Janeiro – RJ
Tel.: (21) 3525-2000 – Fax: (21) 3525-2001
rocco@rocco.com.br
www.rocco.com.br

Printed in Brazil/Impresso no Brasil

preparação de originais
MAIRA PARULA

CIP-Brasil. Catalogação na fonte.
Sindicato Nacional dos Editores de Livros, RJ.

T671t   Tower, Wells, 1973-
        Tudo destruído, tudo queimado / Wells Tower; tradução de Adriana Lisboa. – Rio de Janeiro: Rocco, 2011.
        14x21cm

        Tradução de: Everything ravaged, everything burned.
        ISBN 978-85-325-2663-2

        1. Conto americano. I. Lisboa, Adriana, 1970-.
        II. Título.

11-2626   CDD–813
                                         CDU–821.111(73)-3

PARA MEUS IRMÃOS: DAN, LAKE E JOE

Sumário

A COSTA MARROM / 9

RETIRO / 37

EXECUTORES DE IMPORTANTES ENERGIAS / 71

PELO VALE / 99

LEOPARDO / 123

UMA PORTA PARA OS OLHOS / 141

AMÉRICA SELVAGEM / 161

O PARQUE DE DIVERSÕES / 199

TUDO DESTRUÍDO, TUDO QUEIMADO / 231

AGRADECIMENTOS / 255

A COSTA MARROM

Bob Munroe acordou com o rosto virado para baixo. Seu queixo doía e os pássaros da manhã gritavam e ele sentia um desconforto real dentro da cueca. Ele havia chegado tarde, a coluna latejando devido à viagem de ônibus até ali, e se esticara no chão com um jantar tardio de dois tijolos de biscoitos saltines. Agora estava coberto de farelos de biscoito – por cima do peito nu, presos nos vincos suados de seus cotovelos e pescoço, e a maior e pior parte deles alojada no fundo do seu rego, feito uma ponta de lança de flecha que alguém tivesse atirado ali. Mas Bob descobriu que não conseguia tirar o farelo. Tinha dormido em cima dos braços, que agora estavam dormentes. Tentou movê-los, e era como tentar deslocar uma moeda com a mente. Ao acordar pela primeira vez naquela casa vazia, Bob sentiu o dia começando a se instalar sobre ele. O frio linóleo contra sua face fê-lo estremecer, e pressentiu que não muito lá embaixo, num lugar não tão profundo no solo arenoso, a morte tentava alcançá-lo.

Mas as pequenas engrenagens dentro dele, por fim, giraram e o ergueram do chão. Apoiou-se na parede, para deixar uma vertigem momentânea passar, coçou a bunda para tirar a migalha de biscoito e foi até a cozinha. Abriu a geladeira, que estava vazia e exalando um cheiro de garrafa térmica azeda. Cubos encolhidos de gelo jaziam em bandejas, no freezer, e Bob tirou um e enfiou-o na boca. Tinha gosto de roupa suja. Cuspiu-o no vão empoeirado entre a geladeira e o fogão.

Do lado de fora da cozinha, ficava o pátio que Bob deveria estar limpando. Espinhos e mato brotavam dos buracos dos tijolos. Uma mesa e cadeiras de plástico branco mofado se inclinavam nos lugares onde as raízes das árvores cresciam. Ele ficou um pouco desanimado ao olhar para aquela bagunça e pensar no que teria de fazer para colocar tudo em ordem.

Aquela casa havia sido propriedade conjunta de seu pai e de seu tio Randall, que não perdera tempo em colocar a casa à venda agora que o pai de Bob estava morto. Era um investimento para o qual o seu pai havia sido arrastado seis anos antes, sem visitar o local, e ele não conseguia se lembrar de seu pai ter ido até lá mais do que uma ou duas vezes. Do modo como o negócio foi feito, a casa foi inteira para Randall, e Bob se perguntava se o seu tio, dezesseis anos mais novo que o seu pai, não estava contando com esse desfecho o tempo todo.

Randall morava onde Bob residia, a várias horas dali, para o norte. Quando o pai de Bob estava morrendo, Randall prometeu fazer o que pudesse para que as coisas ficassem bem com seu sobrinho. Nas semanas seguintes ao enterro, Randall fez questão de visitá-lo várias vezes para dar os pêsames, embora sua solidariedade, em geral, assumisse a forma de visitas na hora do jantar, que se estendiam por tempo suficiente até ele terminar todas as cervejas que Bob tivesse na geladeira. Havia algo de perturbador em Randall, naquele seu cabelo oleoso sempre exibindo os sulcos de um pente que acabou de passar por ali e no aparelho usado nos dentes, embora estivesse perto dos cinquenta.

Bob não havia sido próximo de seu pai, então foi intrigante para ele e também para sua esposa, Vicky, quando a morte de seu pai desencadeou nele uma lassidão irritada que azedou seu entusiasmo pelo trabalho e pela vida de casado. Sua saúde degringolou e, além de vários erros de cálculo de menor importância, fez três grandes cagadas que levaria muito tempo para consertar. Foi trabalhar com uma ressaca terrível, cometeu um descuido calamitoso numa casa que estava ajudando a construir e logo depois disso perdeu o emprego. Umas poucas semanas mais tarde, bateu na traseira de um advogado local que, como resultado da colisão, trincou a mandíbula e convenceu um júri de que a lesão valia 38 mil dólares, dois mil a mais do que o que o pai de Bob tinha deixado para ele. O pior de tudo era que ele havia tentado encontrar alívio para tanta coisa desagradável saindo com uma mulher solitária que tinha conhecido na escola de trânsito para infratores. Não houve nenhuma alegria naquilo, foi apenas uma maré que durou duas semanas de escaramuças monótonas num apartamento de subsolo com cheiro forte de secreções de gato.

Não muito tempo depois que o caso terminou, Bob e sua esposa estavam dirigindo para a cidade quando Vicky levantou os olhos e viu o contorno espectral da pegada de uma mulher no para-brisa, acima do porta-luvas. Ela tirou a sandália, viu que a pegada não casava com a sua e disse a Bob que ele já não era mais bem-vindo na casa deles.

Bob passou um mês no sofá de Randall, antes que Randall tivesse a ideia de mandá-lo para o sul. "Vá passar uns tempos na casa da praia", Randall havia dito. "Tudo isso é só um ressalto na estrada. Você precisa de algum tempo para aceitar as coisas."

Bob não queria ir. Vicky já estava começando a amolecer sua exigência de um divórcio, e ele tinha certeza de que com o tempo ia lhe abrir a porta outra vez. Mas Vicky o encorajou a ir e, estando as coisas como estavam, ele achou melhor atendê-la. De todo modo, foi uma oferta generosa da parte de Randall, embora Bob não tivesse ficado surpreso quando Randall lhe entregou, ao deixá-lo na rodoviária, uma lista de afazeres já pronta.

A casa de Randall não era um lugar agradável – um chalé feito com blocos de concreto com uma pintura rosa descascando. O linóleo amarelado que cobria a sala de estar tinha sido colado de modo inapropriado e estava se soltando, curvando-se sobre si mesmo numa comprida linha de junção que atravessava a sala de uma extremidade à outra. O revestimento de madeira nas paredes havia encolhido depois de muitos verões úmidos, e agora as paredes pareciam um mapa em relevo de alguma terra hostil e montanhosa. "Sl estar/placa de gesso!", dizia o bilhete.

No vestíbulo sem janelas, Randall havia pendurado os corpos empalhados de algumas das coisas que ele matara. Um tatu. Uma cabeça de jacaré com a cara de um cervo saindo-lhe da boca, a ideia que seu tio fazia do que era ser espirituoso. Um quadrado de compensado exibindo uma fileira de carúnculas murchas de peru. Acima da pia da cozinha havia uma pintura de uma lata de cerveja com a assinatura de Randall no canto inferior direito. Randall tinha feito um bom trabalho com o logotipo da Budweiser, mas teve que esticar a parte do meio da lata para que todas as letras coubessem, então ela inchava no meio, como uma cobra engolindo um rato.

Num canto escuro da sala de estar, um velho aquário gorgolejava. Era imenso – comprido como um caixão e com uns noventa centímetros de profundidade – e vazio exceto por um frasco de tônico capilar, o cadáver inchado de um morcego e algumas outras coisas flutuando na superfície. A água estava grossa e escura, cor de musgo, mas ainda assim o aerador soprava um suspiro verde e constante de bolhas no tanque. Bob desligou-o. Então calçou seus chinelos de dedo e foi lá para fora.

Atravessou o pátio torto. Pequeninos lagartos fugiam do seu caminho. Ele seguiu o som das ondas até o fim do quintal, através de uma fileira de pinheiros, sem galhos e espectrais. Ele se afastou dos pinheiros e seguiu por uma estrada pavimentada com conchas de ostra, cuja claridade sob a luz da manhã o fez cerrar os olhos.

A casa ficava na extremidade norte de uma pequena ilha, e causara em Bob um pequeno espasmo de esperança e excitação quando Randall descreveu-lhe o lugar. Ele gostava de praias, gostava de como a cada dia a maré percorria a areia e a deixava limpa, de como as pessoas em geral vinham para a costa porque queriam se divertir. Mas quando Bob chegou à trilha de acesso junto à ponte, ficou desanimado ao ver que a ilha não parecia ter praia nenhuma. A terra ali encontrava-se com a água numa ladeira íngreme de lama que zumbia com mosquitos e que tinha um cheiro horrível de peido. A praia decente mais próxima, um homem no ônibus o avisara, era em outra ilha a cinco quilômetros mar afora, e o custo para subir a bordo de um barco era de doze dólares. Ainda assim, ele achava que talvez fosse bacana entrar na água, mas naquele ponto em particular ele teria que subir de volta por aquela imundície e caminhar de volta para casa coberto de sujeira. Virou as costas e começou a caminhar de volta.

Duas mulheres de cabelos brancos num carrinho amarelo de golfe passaram por ele.

– Como vai? – uma delas disse a Bob.

– Agora estou bem – ele disse.

Nesse instante soou no caminho o ruído de metal contra metal, junto com a voz elevada e furiosa de um homem.

– Filho da puta! – A voz pertencia a um homem curvado que quase desaparecia atrás do capô de um Pontiac. – Ah, caralhos me fodam! – As mulheres de cabelos brancos voltaram rostos de bocas franzidas para o homem zangado. O carrinho de golfe guinchou e começou a andar mais rápido, mas não muito.

A sinfonia de palavrões continuava alta, e os pássaros silenciaram diante da barulhada. Bob percebeu que a raiva do homem o estava deixando com raiva também. Ocorreu-lhe ir dar um puxão no cabo serrado de vassoura que segurava o capô do Pontiac aberto, mas ele não foi. Aproximou-se e se pôs ao lado do homem.

– Ei, cara, por favor – disse Bob. – Tem mais gente aqui além de você.

O homem tirou a cabeça de dentro do capô e fitou Bob. Seu rosto era praticamente só bochechas, com feições pequenas e tortas que pareciam ter sido enfiadas ali às pressas. Ele segurava um pé-de-cabra numa das mãos.

– Quem é você, porra? – o homem perguntou, num tom mais desconcertado do que hostil.

– Bob – disse Bob. – Estou morando ali por uns tempos.

– Na casa de Randall Munroe? Eu conheço Randall. Fiz umas coisas com o gato dele.

Bob apertou os olhos.

– Fez o quê?

– Derrick Treat. Sou veterinário.

– Não achei que você fosse mecânico – disse Bob.

– Levei três horas para colocar este alternador aqui. Agora descobri que a maldita correia não cabe nele.

Bob entendia alguma coisa de carros e deu uma olhada no problema, que era bem fácil de resolver. Derrick não tinha posicionado o tensor corretamente antes de apertar o parafuso. Bob fez os ajustes e a correia deslizou com perfeição para a canaleta da polia. Mas o carro ainda não queria pegar porque a bateria estava arriada, então Bob teve que chutar para longe seus chinelos e correr rua abaixo, curvado e empurrando o para-choque do Pontiac para que ele ganhasse velocidade suficiente e pegasse no tranco. Por fim o motor começou a funcionar e o carro pegou com um solavanco, deixando Bob arquejando no meio da rua com a boca cheia de fumaça do escapamento.

Derrick fez a volta com o carro. Parou ao lado de Bob. Acelerou até passar do vermelho, imitando com os lábios o grito estridente do motor.

Estendeu um pouco de dinheiro pela janela.

– Tome aqui, caramba. Cinco dólares. Espere, tenho sete.

– Não vou aceitar esse dinheiro.

– Pegue – disse Derrick. – Você salvou o meu dia.

– Só fiz girar um parafuso.

– Mais do que este imbecil aqui sabia fazer. Venha comigo lá para casa tomar alguma coisa gelada, pelo menos.

Bob agradeceu, mas ele queria encontrar algum caminho para descer até o mar.

– Ã-hã, porque o oceano vai estar seco quando você tiver acabado de tomar uma bebida – disse Derrick.

– É um pouco cedo para mim, de todo modo – disse Bob.

– Cara, é uma hora da tarde e hoje é sábado. Vamos lá para dentro.

Bob compreendeu que recusar o convite daquele homem seria uma tarefa árdua. Seguiu Derrick até a sombra.

As mesmas pessoas de mau gosto e descuidadas que haviam construído a casa de Randall também haviam construído a de Derrick, só que colocaram linóleo azul no piso, em vez de branco. Mas pelo menos na casa dele tinha-se a sensação de haver gente morando. O cheiro era de café fresco, e ela estava mobiliada até não poder mais. A pequena sala de estar estava entulhada com um monte de mobília estilo antiguidade falsa formando um conjunto, toda ela com uma profusão de frontões triangulares e granadas ripadas e nódulos ornamentais que enchiam cada canto visível.

Junto à janela, uma mulher estava sentada lendo uma revista, um cigarro na boca. Era bonita, mas havia passado tempo demais ao sol. Era como uma ameixa seca e quase marrom, feito a carne esponjosa no pescoço dos perus.

– Bob, esta é Claire – disse Derrick. – Claire, este cavalheiro fez mágica com o nosso carro. Foi só fazer um *ernh-ernh* com a lingueta da catraca e agora ele está que é uma beleza.

Claire sorriu para Bob.

– Ora, que ótimo – disse ela, apertando a mão de Bob sem se incomodar com a graxa. – Novo por aqui?

Bob disse que era, e ela lhe deu as boas-vindas. Disse que ele podia entrar sempre que a porta estivesse aberta e que estava falando sério.

Bob acompanhou Derrick até a cozinha. Derrick pegou dois copos de geleia do congelador, junto com uma garrafa de plástico de vodca. Gritou para a sala de estar:

– Você quer um drinque, minha boneca?

Claire disse que sim, e Derrick pegou um terceiro copo. Colocou champanhe em cada um deles e tapou as bolhas que subiam com vodca, que estava tão gelada a ponto de se transformar num xarope.

– Claire chama isso de feriado polonês – disse Derrick, entregando a bebida a Bob. – A família dela é de lá, e eles não brincam em serviço. Se eu beber dois desses, arranjo uma ressaca para o resto da vida, mas ela pode derrubar um monte o dia inteiro e acordar numa boa de manhã.

Voltaram para a sala de estar e Bob se sentou no sofá. Derrick se sentou no braço da poltrona reclinável com o braço ao redor de Claire.

– O que você faz, Bob? – Claire lhe perguntou.

– Só estou meio que num momento sabático, acho – Bob falou. Bebeu o drinque de um só gole e um calor ardido brotou em seu estômago. – Provavelmente vou voltar para a carpintaria em breve, foi isso o que andei fazendo durante um tempo.

– Mas o quê? – Claire perguntou.

– Construí uma escada errada e me mandaram embora. Depois disso achei que ia tirar um tempo para resolver algumas coisas.

– Não parece correto. Escada – Claire disse. – Não parece motivo para mandar alguém embora.

Bob explicou o que era necessário para construir uma escada, como você tinha que cortar as tábuas horizontais exatamente da mesma altura, até uma diferença de um milímetro e meio faz as pessoas tropeçarem.

– Não sei por quê, mas cortei um degrau no meio da escada com quinze centímetros em vez de vinte, meu cérebro pifou. Então o velho que era dono da casa passou para ver o trabalho. Ele estava descendo a escada e tibum, caiu e foi parar lá embaixo com uma perna quebrada. Depois disso, um advogado foi até lá com uma fita métrica e foi mais ou menos isso.

– É disso que eu estou falando – disse Claire. – Só nos Estados Unidos alguém fica rico por ser idiota demais para descer uma escada.

– Eu não fiquei muito revoltado com isso – disse Bob. – O osso estava para fora, a coisa foi bem feia.

Claire fez uma expressão de indiferença.

– Mesmo assim.

Ele acabou a bebida e colocou o copo na mesa.

– Bem, obrigado por isto – falou. – Melhor eu ir andando.

– Olhe, você acabou de chegar – disse Derrick, mas o telefone tocou na cozinha e Derrick foi atender. Claire mergulhou um dedo na bebida e depois colocou o dedo na boca. Havia uma cicatriz serrilhada nas costas de sua mão, sobressaindo rosada e macia na pele ali, que tinha cor de carne assada.

– Você deveria ficar e comer conosco – disse ela. – Vou fazer ovos e salmão à milanesa.

Derrick voltou da cozinha, falando num telefone sem fio, a voz elevada de um perito.

– Diga-me uma coisa. Você deu uma olhada? Consegue ver a cabeça? Ã-hã. Vermelha ou esbranquiçada? Sim, isso é natural. Parece que ela está quase pronta. Já vou para aí.

Derrick voltou à sala de estar.

– Tenho que dar um pulo do outro lado da ponte – disse ele. – Preciso tirar um negócio da xoxota de uma égua.

– Que negócio? – Bob perguntou.

– Um potro, eu espero.

Antes de ir embora, Derrick mostrou a Bob onde cortar caminho, no quintal, para ir até o mar. Estava muito mais quente agora, e o sol brilhava no céu cinzento como uma lanterna atrás de um lençol. Bob atravessou um jardim morto e uma cerca viva queimada pelo sal, que fez barulho quando ele passou. Seguia com seus chinelos dando pancadinhas no chão, tonto com o drinque e com uma dor de cabeça a caminho. No alto de umas dunas altas, ele parou e viu o mar. A água se espalhava em faixas de azul e verde, e a superfície estava desenhada com pequenas encrespações do vento, como um prato gigantesco de cobre batido. Na base do declive, uma comprida língua de pedra lisa se estendia por algumas dezenas de metros para dentro das ondas.

Bob começou a descer a duna, mas ela era íngreme ali, também, e o mais simples a fazer era descer de bunda. Quando chegou lá embaixo, havia areia em seu short, e um emaranhado de mato que crescia na duna se enroscava entre os dedos de seus pés.

Ele seguiu aos tropeços pela faixa estreita de pedra. O vento cortava a umidade estagnada do dia e secava o suor de seu rosto e peito. Ele inalou o sal e saboreou a comichão dentro do peito. Tocou as compridas algas oscilando na água feito cabelo de mulher. Agachou-se para observar os crustáceos, suas penas miúdas se agitando às cegas em busca de presas invisíveis.

Não longe da beira d'água, Bob quase colocou o pé numa piscina funda na pedra. Era grande como uma banheira e ele não conseguia ver o fundo. Um par de estrelas do mar escarlates estavam grudadas na beirada. Ele as pescou. Eram duras e espinhentas em suas mãos, mas era bom olhar para elas, e ele achou que podia pregá-las em algum lugar como enfeite, então colocou-as na barra esticada de sua camiseta. Estava prestes a seguir em frente quando viu algo se movendo nas profundezas azuis do buraco – um peixe, um quilo e meio pelo menos, e maravilhoso, quase do mesmo tom escuro de azul que tinha a água, parado ali, movendo de leve suas nadadeiras. Era um peixe para se olhar, não para se comer, um tipo de peixe que custaria um bom dinheiro numa pet shop. Bob largou as estrelas do mar sobre a pedra. Agachou-se ao lado do buraco e colocou as mãos dentro d'água. O peixe não se moveu, nem mesmo quando Bob aproximou os dedos dele, mas quando tentou pegá-lo o peixe disparou até a outra extremidade do buraco e ficou ali, oscilando de leve as nadadeiras.

Ele rastejou atrás do peixe, fazendo um circuito no sentido leste ao redor do buraco, para não projetar sombra na piscina. Colocou outra vez a mão na água, mas não foi logo tentando pegá-lo. Com o braço esquerdo, apoiou-se na beira do buraco e, debruçando-se ali, deixou um fiapo de saliva se desprender de seu lábio. A conta branca caiu na água; o peixe bonito espiou. Depois de um momento de contemplação, flutuou até ali e comeu a saliva. Bob supôs que o peixe estivesse morrendo de fome naquele buraco, o que explicava sua letargia e a expectativa com que agora flutuava logo abaixo da superfície, esperando que mais um bocado de almoço caísse do céu. Bob cuspiu outra vez, e o peixe voraz abocanhou a saliva. Então ele puxou com vontade um escarro do fundo da garganta e baixou-o até a água num fiapo vagaroso. O peixe ficou parado, extasiado, esperando. Quando o cuspe se aproximou da superfície, Bob passou a mão por baixo do plácido peixe, fez um movimento rápido e, para sua própria surpresa, tirou-o do buraco. Ele dava solavancos e quicava sobre a pedra, e Bob sentiu o pânico tomar conta de seu corpo. Tirou a camiseta, mergulhou-a dentro d'água e envolveu o peixe com ela, como se fosse uma mortalha. Então disparou duna acima com o peixe embrulhado se contorcendo e se agitando de encontro ao seu peito. Era uma sensação violenta e vital, e Bob se perguntou por um momento se era parecido com isso quando uma mulher tinha um bebê dentro de si.

Bob atravessou correndo o quintal de Derrick. Claire estava de biquíni na varanda de concreto. Acenou para ele e ele gritou oi mas não parou. Correu com seus chinelos nos dedos e amaldiçoou as conchas de ostra debaixo de seus pés.

Voltou para casa, abriu com um solavanco a porta de tela e jogou o peixe dentro do aquário. Ele afundou e então flutuou devagar até a superfície, fitando Bob com um olho inexpressivo.

– Ã-ã. De jeito nenhum, cara – disse Bob ao peixe, com severa piedade.

Colocou a palma da mão debaixo dele e empurrou a água suja para suas nadadeiras, e logo ele voltou a se mexer. Pegou o frasco de tônico capilar e o morcego e jogou-os no chão. O peixe, que havia perdido parte de sua delicada nadadeira traseira nas pedras, nadou indiferente até uma das extremidades do aquário e mordiscou um peixe que estava num canto.

Usando uma caçarola como concha, Bob removeu a maior parte da água velha e esverdeada, deixando apenas o bastante para manter o peixe coberto. Limpou o resto da sujeira: tampas de garrafa, a cabeça de uma boneca e quase três dólares em moedas. Então pegou uma panela de sopa na cozinha e levou água limpa do mar. Levou 45 minutos carregando a panela com água quase derramando colina acima e voltando para pegar mais, mas quando o aquário ficou cheio Bob recuou e contemplou-o, gratificado.

O peixe nadava em círculos contentes e parecia não se importar com os minúsculos caranguejos brancos que tinham vindo junto com a água. As junções estavam vazando um pouco e Bob vedou-as como pôde com veda junta que encontrou debaixo da pia. Depois caminhou até o mercado e comprou dois tipos de comida para peixe. Levou-os de volta e saplicou um pouco de cada no tanque, para ver qual o peixe preferia.

Naquela noite ele pegou emprestada uma cama de armar com Derrick e Claire e colocou-a na sala de estar. Pôs um abajur atrás do aquário e acendeu-o. Não gostava daquela casa, de seu cheiro de comida velha, de como ela zumbia com as melodias agudas dos insetos que entravam pelas janelas sem tela. Deitado ali, esperando pelo sono, Bob encontrou alguma calma na visão daquele peixe, tão grande e plácido, flutuando ali na água brilhante. Durante algum tempo, ele patrulhou lentamente o vidro e espiou Bob com um olho grande, debruado de ouro. Então, de repente, parou no meio do tanque, estremeceu, e começou a soprar da boca um saco translúcido e leitoso. Bob se sentou na cama e ficou olhando o peixe, com assombro. O saco tremia na água, mas mantinha sua forma. Quando chegou ao tamanho de uma bola de basquete, o peixe deslizou para dentro dele e pareceu pegar no sono.

Pela manhã, Bob saiu para o pátio. O lugar estava além de qualquer esperança. Nem mesmo tirar o mato valeria a metade do dinheiro magro que Randall vagamente prometera, e uma ova que ele arrancaria aqueles tijolos e nivelaria o chão como o bilhete instruía. Ainda assim, ele achou que bem poderia arrancar uns matinhos, mesmo que fosse só para justificar uma longa tarde na costa observando as ondas quebrarem.

O trabalho o deixou irritado, primeiro com Randall, que obviamente não chegara sequer a passar uma vassoura naquele pátio durante os seis anos em que fora dono dele, e depois consigo mesmo, por deixar sua vida escorregar de volta a um local onde ele teria que aceitar o tipo de trabalho braçal que não fazia havia anos. Bob ajudara a construir cinco casas inteiras, desde a fundação até as telhas. Construíra uma casa para ele próprio e Vicky, e quando ela a viu terminada não conseguia parar de sorrir, porque estava tão bonita. Que vida tranquila e decente ele havia tido com ela. Em que desgraça espetacular e perfeita ele se metera agora: de quatro, arrancando como um animal os espinhos e o mato cujos frutos amarelos deixavam suas mãos com cheiro de mau hálito, o peso vermelho do sol sobre ele, e ninguém ao redor para ter pena de suas mãos rachadas ou lhe trazer uma bebida gelada.

Quando todo o mato já havia sido retirado, o pátio não ficou com boa aparência. Estava arrumadinho, mas agora as grandes ondulações onde estavam as raízes das árvores eram vistas com maior facilidade, e não eram agradáveis de se ver. A visão parecia um insulto ao trabalho que ele já havia realizado. Contra a vontade, começou a tirar os tijolos. Depois que os havia removido e empilhado, foi mexer nas raízes debaixo deles, arrancando com as mãos as mais jovens e claras e cortando as robustas raízes dos pinheiros com o machado enferrujado de Randall. Levou o resto do dia, e quando Bob fez uma pausa à tarde seu corpo doía e seu rosto e seus braços tinham queimaduras de sol. Ele foi para dentro de casa e preparou um velho refresco Kool-Aid de saquinho, que mal disfarçava o sabor sulfuroso da água da torneira. Depois ele caminhou até o mar, levando consigo a panela de sopa.

Derrick estava lá fora em seu jardim, e Bob queria poder cortar caminho pelos arbustos do outro lado da casa de Derrick. Mas Derrick se levantou da cadeira e fez um sinal com a mão para que Bob fosse até lá. Usava uma viseira de plástico verde e os shorts jeans mais minúsculos que Bob já vira num homem.

– Oi, cara – disse Derrick. – O que você está fazendo?

– Pensei em ir molhar os pés – disse Bob. – Passei o dia trabalhando como um escravo.

– Fazendo o quê?

– Arrancando um monte de merda e derrubando um monte de merda.

– Parece bacana – disse Derrick. – Eu estava de pé esta manhã às cinco, fazendo uma sutura num porco que tinha prolapso no ânus. Para que é a panela?

– Não sei – disse Bob. – Pensei em trazer talvez uns animais marinhos para casa.

– Ah. Espere um instante. – Derrick entrou em casa e voltou trazendo uma rede verde desbotada com um cabo de alumínio. – Pronto. Vou até lá com você, se não se importar.

Bob deu de ombros.

Os dois desceram a duna meio deslizando e saíram na faixa de pedra. O sol estava laranja e lustroso, como pêssego em lata. Bob mergulhou um pé na água agradável.

– Vou entrar – disse Bob, desafivelando o cinto.

Derrick estava raspando uma mancha na pedra e aos poucos conseguindo tirá-la.

– Na água? Para nadar? – perguntou Derrick.

– Sim – disse Bob. Ele tirou os shorts e entrou chapinhando na água.

– O quê, nu?

Bob não respondeu. Entrou na água, que estava grossa e morna como óleo para bebês. Até mesmo quando parava de se mover a água o empurrava para cima e não o deixava afundar.

– Tudo bem – disse Derrick. – Mas não ria do meu pinto pequeno.

Ele tirou as calças. Bob viu de relance a bolsinha de moedas melancólica que ele tinha entre as pernas, e desviou os olhos. Problema de Derrick. Bob não queria saber daquilo. Nadou mar adentro.

O fundo do mar descia num declive acentuado, e poucos metros depois seus pés já não tocavam mais o fundo. Ele mergulhou na água verde e flutuou por um momento no manto de frescor onde o calor do sol não chegava. Seria um bom lugar onde ficar, se houvesse algum modo de permanecer ali. Mas seus pulmões estavam cheios de ar, e logo ele sentiu suas costas chegarem à superfície.

Claire descia por entre o capim. Usava uma saia atoalhada e um sutiã de biquíni com estampa de leopardo. Acenou para Bob.

– Afaste-se, Claire – gritou Derrick. – Bob é um nudista e fez com que eu aderisse também.

– Estou vendo – disse Claire. Ousada como uma atleta, livrou-se do sutiã com um gesto dos ombros e tirou a saia. Em torno de seus seios e de seus quadris ovais, sua pele parecia suave, nova e pálida como parafina. Bob flutuou para longe da ponta da pedra, olhando para ela e alisando a água com suas mãos machucadas. Viu-a entrar na ondulação verde.

Pensou por um momento em quantos quilômetros havia entre ele e sua própria esposa, e o que seria necessário para transpor aquela distância. Um bocado de conversa, um bocado de trabalho eram o que seria necessário, mais de cem pátios. Era um pensamento desencorajador e Bob mergulhou na água com o peso dele.

Quando o sol começou a baixar, Bob saiu e vestiu de novo o short. Derrick e Claire ainda estavam muito longe, nas ondas, suas cabeças entrando e saindo de seu campo de visão conforme as ondas subiam e desciam.

Ele foi até o buraco na pedra e viu que a última maré alta o havia enchido de coisas surpreendentes. Um halo tremeluzente de peixinhos vermelhos pairava perto da superfície. Abraçado à lateral da pedra estava um pequeno polvo azul, não maior do que a mão de uma criança, avançando na direção de um caramujo amarelo. Bob pegou a rede. Os peixinhos deslizaram através da malha com facilidade, mas quando Bob tentou pegar o polvo, este entrou em pânico e correu bem para dentro da malha. Ele o colocou dentro da panela e, em seguida, arrancou o caracol com os dedos.

Derrick saiu da água e veio olhar.

– Polvo briareu – disse ele. – Vivem principalmente ao sul daqui, mas quando a água começa a esfriar, como está esfriando agora, a corrente fica um pouco desordenada e traz essas coisas engraçadas para cá.

Rajadas de chuva vindo do oeste formavam uma cortina de fumaça. Claire saiu da água, equilibrando-se agachada como um velocista de pernas compridas para não raspar o joelho. Em seguida, se inclinou e envolveu uma coxa morena com os dedos, deslizando a mão para baixo ao longo da perna, tirando a água em lascas de prata. Bob a observou secar a outra perna do mesmo jeito, e a beleza do gesto fez a sua garganta coçar. Enquanto Derrick seguia falando de fauna e correntes marinhas, Bob tossiu no punho fechado.

– Além disso, tem Harlan's Ridge, uma pequena cadeia de montanhas submarina a cerca de um quilômetro e meio naquela direção. Ela divide parte da Corrente do Golfo e manda um pedacinho dela aqui para a nossa enseada, e muitas coisas selvagens vêm junto, durante todo o ano. Raias águia, tartarugas, peixes-escorpiões, isolados e ocasionais, bichos que não são daqui.

Claire colocou a mão no ombro de Derrick. Ela lambeu as contas de água do mar capturadas no buço descolorido sobre seu lábio superior.

– Lembra daquele dourado, no ano passado? – perguntou Claire.

– Dourado do mar – disse Derrick. – Agora, esse sim é um peixe de águas profundas, mas lá estava ele, grande à beça. Nós o cozinhamos em leite de coco. Cara, eu devo ter comido o equivalente a uns mil dólares de coisas que peguei neste buraco ao longo dos anos, sem brincadeira. O que há ali é uma caverna profunda. Há algum tempo eu joguei uma longa... Olhe só...

Ele parou de falar e pegou a rede de Bob. Uma enguia cáqui com uns cinquenta centímetros apareceu na outra extremidade da piscina. Na ponta dos pés, Derrick se esgueirou até onde a enguia estava e a tirou dali com um movimento rápido da rede.

– *Anguilla rostrata* – disse Derrick. – Enguia-americana. É um pouco insignificante, mas poderíamos colocá-la na grelha.

– Não – disse Bob. – Passe-a para cá. Quero ficar com ela.

– Quer saber de uma coisa sobre elas? – Derrick disse, ainda segurando a enguia dentro da rede. – Estas enguias e as europeias, eles começam como bebês no mar dos Sargaços. Algumas sobem a Corrente do Golfo nesta direção e algumas atravessam até a Europa. A mesma enguia, a diferença está só onde você pesca.

Enquanto Derrick falava, a enguia conseguiu passar por cima do aro, e começou a se contorcer rápida rumo à água. Derrick saiu atrás dela, aos tropeços. Conduziu a criatura de volta para dentro da rede com a mão, e no processo a enguia mordeu-o com força no polegar. Xingando, Derrick jogou-a na panela.

– Você acaba de perder os direitos sobre aquela filha da puta, Bob – disse Derrick, chupando o dedo. – Ela tem um encontro marcado com uns carvões em brasa.

Mas Bob pegou a panela e levou-a encosta acima.

A semana foi passando e Bob encontrou um bom ritmo, trabalhando durante o dia, batendo papo com os vizinhos nas noites em que sentia vontade, passando tempo junto ao mar quando não sentia. Levou de volta muitas coisas para o aquário: um caranguejo eremita, cavalos-marinhos, um cação pequeno. Um dia ele e Derrick foram no Pontiac até um quebra-mar mais abaixo na costa e pegaram bagres colocando pele de porco na ponta do anzol. Levaram os peixes para a casa de Randall, e Claire apareceu. Quando ela viu o aquário de Bob, levou a mão à boca e disse que não podia acreditar que ele tivesse rebocado tudo aquilo do mar. Então, pegou os bagres para limpar. Quando era criança, ela falou, seu pai sempre a mandava preparar o que capturava. Ela odiava a tarefa na época, mas encontrava satisfação nela agora.

No quintal, Bob viu-a pregar as cabeças dos peixes a um pedaço de compensado e então encharcá-los com água fervendo da chaleira. Ela fez um par de fendas com uma faca, e com um alicate especial desenrolou a pele para baixo, de um modo muito asseado, revelando a carne branca por baixo. Cortou o peixe em cubos pequenos, passou-os por uma farinha de rosca temperada comprada em loja e jogou-os numa panela de óleo fervendo.

Eles se sentaram no pátio e comeram em pratos de papel.

– Olhe só para você, Bob, você fez um belo trabalho aqui – Claire disse, observando como ele tinha feito com os tijolos. Ela já estava na quarta cerveja e não havia muito calor em sua voz. – Eu gostaria que você fosse lá em casa e fizesse algumas coisas para mim. Queria colocar uma porta de entrada com janela, e talvez umas claraboias baratas. Embora, se fôssemos pessoas inteligentes, provavelmente colocaríamos fogo naquela merda e começaríamos do zero.

– Por que você diz isso, Claire? – disse Derrick. – Estamos nos divertindo e daí você vem e diz uma coisa dessas.

– Bem, é a verdade – disse Claire.

Bob não fazia questão de escutar aquela conversa. Ele puxou uma pequena espinha dos lábios e jogou-a no quintal escuro.

– Sou capaz de ir embora dentro de alguns dias – ele falou. – Talvez vocês possam cuidar daqueles peixes depois que eu tiver ido.

Na noite seguinte, ele caminhou até a loja na cidadezinha da ilha e ligou para casa do telefone público. Uma lâmpada halógena zumbia no alto do poste do telefone, e confetes de mariposas saltavam e se reviravam no brilho amarelo. Ele atirou um punhado de moedas na fenda. Por um momento, esperou. Um homem atendeu.

– Oi, Randall – disse Bob.

– Meu camarada – disse Randall. – O que você manda?

– Não sei – disse Bob. – Arrumei o seu pátio. Também passei uma tinta naqueles armários.

– Obrigado, cara. Você salvou a minha vida. Eu teria feito isso eu mesmo, mas você sabe... de qualquer forma, que ótimo. – Houve uma pausa e então Randall espirrou no telefone. – Como é que está o revestimento?

– Está horrível, e é assim que vai continuar – disse Bob. – Eu não pretendo rebocar um monte de placas de gesso da loja num carrinho de mão.

– Você não tem como arranjar um caminhão, ou algo assim? Alugar um? – Randall perguntou. – Ou quem sabe eles entreguem. Droga, não sei, Bob, resolva isso.

– O que você está fazendo na minha casa? – perguntou Bob.

Bob ouviu Randall dizer alguma que não conseguiu entender. Vicky pegou o telefone e disse oi.

– Oi, Vick – disse ele.

– Bem, como vai?

– Oh, ótimo – disse Bob. – Descobri petróleo no quintal. Agora é só champanhe e privadas de ouro por aqui. Eu tenho gente à minha disposição para colocar uvas na minha boca. Mas seja como for, já desfrutei disso o máximo que podia. Estou me preparando para me preparar para voltar.

– Ah – disse ela. – Temos que conversar sobre algumas coisas.

Bob perguntou que coisas, e Vicky a princípio não falou. Disse a ele que o amava e que tinha passado muito tempo se preocupando com ele. Disse que tinha pena dele pelas coisas imprudentes que ele tinha feito. Disse que não gostava de ficar sem ele, mas que, embora tivesse tentado, não conseguia pensar numa razão para recebê-lo de volta agora. Num estilo calmo, de advogado, detalhou um longo catálogo de problemas de Bob. Pelo visto, tinha tudo escrito, com datas e testemunhas, e as piores partes sublinhadas. Bob escutou tudo aquilo e se sentiu esfriar.

Ficou olhando um camundongo sair de trás da máquina de refrigerante. Estava comendo um cupom de desconto.

– Por que você não me conta o que Randall está fazendo na minha propriedade – disse ele. – Por que não falamos de algo assim?

– E que tal não falarmos sobre nada – disse ela. – Sou uma pessoa mais feliz quando esqueço quem você é.

Bob suspirou e deu início a um pedido de desculpas desastrado e não muito sincero, mas Vicky não respondia, e ele suspeitava que ela estivesse segurando o telefone longe do rosto, como a tinha visto fazer quando sua mãe ligava. Então ele voltou ao assunto de seu tio, que parecia terra firme, e começou a fazer algumas extensas afirmações sobre o que planejava fazer com ele se ele não fosse cuidar da própria vida.

– Por que não escreve tudo isso num um cartão-postal, Bob? – disse ela. – Ei, olhe, eu estou quase queimando o macarrão. Divirta-se, certo? Mantenha contato.

– Olhe aqui, porra – disse Bob, e Vicky desligou antes que ele pudesse dizer a ela qualquer uma das coisas que na verdade tinha ligado para dizer.

Bob caminhou de volta para casa com o pôr do sol quase no fim. Passou pelo único bar da cidade e ouviu homens e mulheres rindo. Dobrou a esquina na câmara de comércio, que era apenas uma velha garagem convertida onde haviam pendurado uma ripa de madeira, com algumas letras tortas marcadas a fogo, em vez de uma placa. Depois do correio, ele tomou o caminho de casa e seguiu por ele, crepúsculo adentro.

Bob estava indo para a cama quando Derrick chegou. Ele abriu a porta sem bater.

– Oh, não – disse Bob em voz alta.

Derrick cambaleou para dentro da casa de pernas abertas. Apertou os olhos ao redor da sala por longos segundos até ver Bob sentado na cama.

– Levante-se – disse Derrick. – Eu e você vamos para a cidade.

Bob suspirou.

– Cara, vá para casa – disse ele. – Onde está Claire?

– Foda-se Claire – disse Derrick. – É sério, ela me xingou. Ela me desrespeitou e falou comigo de um jeito atroz. Que vá pro inferno. Agora, vamos lá pra Cocoa Beach arranjar umas pessoas pra foder e beijar.

– Sente-se – disse Bob. – Vou preparar uma bebida para você.

– Boa ideia – disse Derrick.

Bob foi para a cozinha e preparou um jarro de refresco e colocou um pouco num copo. Quando voltou à sala, Derrick estava dormindo no chão, roncando baixinho. Bob não conseguiu acordá-lo, então virou Derrick de lado, cobriu-o com um cobertor e se deitou na cama.

O sono tinha acabado de arrastar Bob quando Claire bateu, depois abriu a porta e esticou a cabeça lá para dentro da sala.

– Ele está ali embaixo, apagado – disse Bob. – Eu o sacudi agora há pouco e não consegui fazê-lo se mexer.

Ela entrou.

– Podemos deixar ele assim – disse ela. – Trouxe isto para você.

Ela acendeu um abajur. Segurava uma saladeira de vidro cheia d'água. Uma coisa marrom pintada estava deitada no fundo. Seu corpo esponjoso era repleto de nós espinhosos e avermelhados; para Bob, parecia o cocô de alguém que tivesse comido rubis.

– O que é? – Bob perguntou.

– Não sei ao certo. Lesma do mar, eu acho. Encontrei hoje – disse ela. – É feia pra burro, não é? Talvez ela pelo menos faça com que os outros peixes tenham uma imagem melhor de si mesmos. Você quer?

– Tudo bem – disse Bob.

Ela empurrou para trás a tampa do aquário e despejou a coisa ali dentro. Depois caminhou até a cama de Bob.

– Você já encerrou o expediente ou a gente fica junto um pouco?

Ele deslizou a mão para o lugar vazio atrás de seu joelho e depois tirou-a. Ela se ajoelhou ao lado dele. Ele colocou a mão debaixo de seu cabelo e segurou a parte de trás do seu crânio, e ela fez um ruído suave no fundo da garganta, se soltando.

– Quer que eu me deite aí com você? – perguntou.

– Quero, mas não faça isso – disse Bob.

– Por que não?

Ele não respondeu. Ela franziu a testa e esperou por um minuto. Em seguida, apagou a luz e se deitou ao lado do marido, no chão.

Bob acordou cedo. Claire roncava alto. O ar estava viciado e com cheiro de bebida, por causa da respiração dela e de Derrick. Ela estava enrolada na enseada dos braços de Derrick, segurando um dos polegares grandes dele no punho cerrado. Quando Bob se mexeu, ela abriu os olhos por um instante e os fechou outra vez.

O sol ainda estava baixo no céu. Entrava inclinado pelas janelas e inundava a sala com uma luz frágil. Bob olhou de relance para o outro extremo da sala e viu que as coisas não estavam bem com o seu aquário. Não conseguia ver a enguia nem o peixe fantástico com as longas barbatanas amarelas. Aproximou-se e viu que estavam todos flutuando juntos, um terreno carnudo na superfície do tanque. No meio da água vazia estava a lesma que Claire havia trazido. Ela se esticava e se dobrava, flutuando numa solidão feliz por trás do vidro.

Bob achou que ia vomitar. Fechou o punho e bateu-o com força no centro do vidro. Isso não o satisfez, então ele socou mais duas vezes, colocando todo seu peso ali. O tanque oscilou para trás e então caiu para frente, para fora do suporte, desabando sobre o chão com um ruído úmido, como o de pratos batendo. Pedaços de vidro voaram e criaturas mortas e moribundas foram arremessadas através da sala.

Claire deu um pulo quando a onda bateu nela. Derrick, cujo rosto estava junto ao chão, sentou-se e cuspiu água do aquário antes mesmo de abrir os olhos por completo. Então, olhou para o caranguejo que tinha apanhado no colo, depois olhou para Bob e Claire com uma pergunta no rosto que não parecia ter qualquer resposta viável.

Ele disse:

– O que diabos está acontecendo nesta sala?

Bob tentou falar, mas sua garganta estava dolorosamente seca. Um caramujo tinha ficado preso entre os dedos dos seus pés. Ele estendeu a mão e o apertou entre o polegar e o indicador até que ouviu a concha rachar. A lesma estava caída junto ao rodapé, presa num chumaço de cabelos e fiapos.

– Claire, acho que a sua lesma matou todos os meus peixes – disse Bob, finalmente, respirando com dificuldade. Ele se aproximou e colocou a criatura numa caneca de café.

– Uma porra de um pepino do mar, é o que isso é – disse Derrick. – Essas coisas são venenosas feito o diabo. Você não pode colocar esses filhos da puta com outros peixes. Espere, foi *você* quem trouxe isso para cá, querida?

– Fui, ontem à noite, mas eu...

– Caramba, Claire, por que você não me mostrou esse desgraçado primeiro? Eu tenho certeza de já ter dito a você...

– Está tudo bem – disse Bob.

– Não, cara – disse Derrick, olhando para as criaturas arruinadas aos seus pés. – Isso é uma merda, é uma merda completa.

– Ah, Bob, eu sinto tanto – disse Claire. – Ah, Bob, estou me sentindo tão mal.

– Não é grave – Bob resmungou.
– Que coisa horrível. Oh, Bob – disse Claire. – Coloque isso no vaso e dê descarga.
– Ponha sal nele. Faça-o pagar – disse Derrick.
Mas Bob sentia uma espécie de parentesco com a lesma. Se ele tivesse nascido uma criatura do mar, duvidava que Deus o tivesse vestido com barbatanas azuis e amarelas como o esplêndido peixe morto a seus pés, ou colocado-o no corpo de um tubarão ou de uma barracuda ou de qualquer um desses requintados destruidores. Não, ele provavelmente teria sido da família desse pepino do mar, construído à imagem do esgoto e amaldiçoado com um arroto químico que arruinava todas as coisas lindas que vagassem perto dele.
– Não, vou jogá-lo de volta no mar. – Segurando a caneca diante dele como uma sentinela com sua vela, Bob saiu pela porta dos fundos. Claire e Derrick seguiram-no, falando sobre os aquários usados que vendiam na St. Vincent DePaul, e que na segunda-feira eles iriam até lá e comprariam para Bob um aquário de duzentos litros com o dinheiro de Derrick.
– Sim, vamos até lá – disse Claire. – E vamos até a Dubey's Pet World e vamos comprar para você coisas realmente legais, muito melhores do que as que você já teve.
– Vamos ver – disse Bob, a voz muito distante.
Quando chegaram ao final do pontão de pedra, ficaram surpresos ao ver um catamarã se aproximar oscilando da parte firme da ilha, deslizando em meio a arroz de costa e samambaia-das-taperas e entrando no mar limpo e aberto. Um jovem estava agachado ao leme, um capitão satisfeito e capaz, o cotovelo para fora, um punho cor-de-rosa em sua coxa larga. No tambor de tela preta estendido entre os dois cascos, a namorada do jovem se sentava, as pernas cruzadas, tomando suco de laranja numa taça de pé curto. A garota usava uma camisa masculina de botão, amarela e amarrada com um nó frouxo no esterno para mostrar um sutiã

branco de biquíni, brilhante à luz do amanhecer. Os dois sorriam um para o outro numa saudável conspiração, o olhar de jovens que escaparam com sucesso de terríveis férias em família. Quando eles deram a volta na pedra, acenaram cerimoniosamente para o trio de pé ali, como se Bob, Derrick e Claire tivessem se reunido naquele lugar com o propósito de expressar bons votos ao belo casal.

Claire e Derrick retribuíram o sorriso e acenaram. E Bob Munroe estava sorrindo também, no momento mesmo em que girava o braço para trás e, com um gesto fraco e secreto, jogava a lesma no ar azul e dourado da manhã. Foi um bom arremesso, e ele poderia ter acertado a criatura no colo da bela mulher se uma rajada de vento quente não tivesse soprado da terra e empurrado o barco para longe da costa.

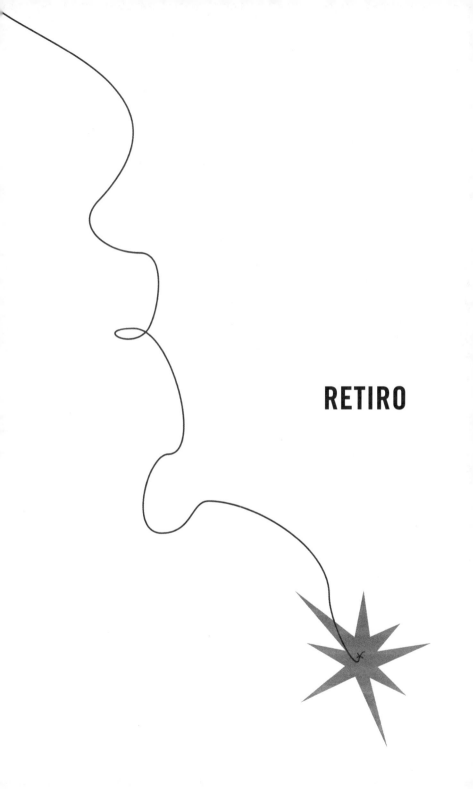

RETIRO

À s vezes, de tempos em tempos, depois de umas seis doses duplas de bebida, parece uma ideia sã telefonar para o meu irmão mais novo. É preciso um bocado de solvente para clarear lembranças tão sombrias quanto as da minha festa de aniversário de nove anos, quando Stephen, então com seis, correu atrás de mim até o lago de peixinhos dourados no Umstead Park e me empurrou de cara na água lamacenta. A água só chegava aos meus joelhos, de modo que cambalei durante algum tempo antes de cair de barriga. Meus amigos riram até chorar. Nossa mãe colocou Stephen no colo e bateu com o lado duro da sua escova de cabelo nas batatas das pernas dele até ficarem vermelhas, o que, aos olhos dos meus convidados, apenas confirmou Stephen como um heroico pequeno comediante disposto a sofrer por sua arte.

Ou aquela ocasião na décima primeira série, quando consegui um papel ao lado de uma garota chamada Dodi Clark na produção que a nossa escola fez de *Grease*. Formávamos um casal quase invisível entre o resto do pessoal saltitando no tumulto da dança, e tínhamos no total talvez quatro falas. Dodi era uma garota baixinha e sem graça com um queixo recuado e um conjunto extra de dentes caninos acavalados. Ela não me interessava nem um pouco, mas a visão de Dodi e eu juntos deixou Stephen com uma febre de ciúmes. Ele a cortejou com um cerco de cartazes, canetas especiais, adesivos e quinquilharias de cristal para criar arco-íris em sua janela. O assédio deu resultados, mas quando finalmente Dodi abriu sua boca problemática para o beijo de Stephen, como ele me disse anos mais tarde, ele empacou. "Aqueles dentes! Era como tentar beijar um tubarão branco. Não tenho a menor ideia de por que eu estava atrás dela, para começo de conversa." Mas eu sei por quê, e ele também sabe: para Stephen, ele deveria ter o primeiro lugar em qualquer coisa agradável que viesse em minha direção.

Ou naquele dia de primavera, quando eu tinha dezesseis anos e Stephen treze, e ele me encontrou em seu quarto, ouvindo os seus discos. Que os meus ouvidos escutassem a música que ele adorava era uma profanação irremediável, então ele juntou todos os discos que eu tinha posto para tocar e os despedaçou um a um contra a borda de sua cômoda, dizendo-me para apontar quaisquer outros discos de que eu gostasse, para que ele pudesse destruí-los também.

Ou naquela manhã de inverno, quando nossa mãe havia saído e eu tranquei Stephen do lado de fora da casa, de pijama, por uma hora inteirinha, zombando dele através do vidro da janela, enquanto nos degraus congelados da entrada ele socava a porta, chorando deliciosamente de raiva. Não sei explicar por que fazia essas coisas além de dizer que carrego um diabinho dentro de mim, cuja ambrosia é a ira do meu irmão. As fúrias de Stephen são maravilhas do ódio extático, pornográficas de certa forma, o inverso também fascinante de ver as pessoas no ato do amor. Eu ainda estava rindo quando, após uma hora de frio, recebi Stephen de volta dentro de casa com uma conciliatória caneca de chocolate bem espesso. Ele pegou a caneca com os dedos cor-de-rosa, bebeu-a toda, depois pegou um abridor de lata no balcão e jogou em mim, abrindo um corte de cinco centímetros debaixo do meu lábio inferior. O corte deixou um parêntese branco no meu queixo, o sorriso permanente, de lado, do diabinho.

Mas depois de seis doses duplas, nossa história complicada relaxa, transformando-se em algo triste e simples. Meus olhos transbordam por meu irmão e fico cheio de pesar pelos 39 anos que passamos imprestáveis um para o outro.

Seja como for, comecei a me sentir desse jeito numa noite de outubro, na metade de uma garrafa de Meyer's Rum. Eu estava em pé numa montanha que comprei recentemente no condado de Aroostook, no Maine. Em pleno crepúsculo, subi até o pico, o ar pesado com a doçura úmida de tremoceiros, musgos e samambaias. Acima de mim, morcegos bombardeavam mosquitinhos no céu que escurecia. Fazia quatro meses que eu estava ali, mas a beleza do lugar se imprimia em mim todos os dias. Stephen e eu não nos falávamos desde a primavera, mas, naquela noite, com o pôr do sol ainda fumegando por trás dos molares dos Apalaches, senti que havia esplendor demais e que não sabia o que fazer com ele. O inverno chegaria em breve e eu queria ouvir a voz de Stephen. Só conseguia sinal no topo da montanha, então liguei para ele. Ele atendeu.

– Stephen Lattimore falando – disse ele. A voz em si era suave e reservada, e pronta para se ofender. Três palavras dele foram o suficiente para abalar o meu humor.

– Stephen. Matthew.

– Matthew – ele repetiu, como alguém poderia estar dizendo "câncer" após o diagnóstico do médico. – Estou com um cliente. – Stephen ganha a vida como musicoterapeuta.

– Sim – disse. – Tenho uma pergunta para você. O que você acha das montanhas?

Fez-se uma pausa cuidadosa. Do lado de Stephen, veio o som de alguém agredindo um pandeiro.

– Não tenho nenhuma objeção – ele disse, finalmente. – Por quê?

– Bem, eu comprei uma – falei. – Estou te ligando do celular do alto dela.

— Parabéns — disse Stephen. — É Popocatepetl? Ou você vai abrir 7-Elevens no Matterhorn?

Ao longo dos anos, ganhei um bom dinheiro no mercado imobiliário e, por motivos que não consigo compreender muito bem, isso fere os sentimentos de Stephen. Ele não é membro de igreja, mas dá importância extrema à devoção e ao sacrifício e em deixar claro os valores elevados que possui. Até onde sei, esses valores consistem em pouco mais do que comer macarrão instantâneo pela causa, trepar a cada quinze anos mais ou menos e armar o bote ante a visão de pessoas como eu — ou seja, pessoas que chegaram a algum lugar e não têm ranço de brechó.

Amo Stephen porque ele é tudo que me restou da família. Um ataque cardíaco levou nosso pai quando eu tinha dez anos e Stephen sete. A bebida matou nossa mãe antes de eu acabar a faculdade, e foi mais ou menos nessa época que começamos a realmente nos afastar. Stephen se convenceu de que alcançaria fama como um grande pianista, e, quando ele não estava estudando, estava reclamando que deveria estar. Ele não tinha um grande talento, mas o piano oferecia ao meu irmão caçula uma saída de um mundo que ele achava amargo e complicado e que sentia o mesmo em relação a ele.

Eu, por outro lado, sempre soube que a vida é um acordo tipo pegar ou largar e sem garantias, e se você quiser fazer alguma diferença, é melhor enfrentá-la com fogo nas entranhas. Eu me casei jovem, e muitas vezes. Comprei a minha primeira propriedade aos dezoito anos. Agora, aos quarenta e dois anos, passei por dois divórcios amigáveis. Vivi e lucrei em nove cidades americanas. Tarde da noite, quando o descanso não vem e minha respiração se acelera com a preocupação de que a minha ambição talvez tenha me roubado algumas das recompensas tradicionais da vida (intimidade prolongada, filhos, colher os frutos do que se plantou), faço uma excursão astral pelas centenas de propriedades que passaram pelas minhas mãos ao longo dos anos. Ao pensar na pequena mas grata multidão que mora ou lucra com a exploração de propriedades cujo valor oculto fui o primeiro a avistar, o terror diminui. A ansiedade relaxa seu punho forte em meus pulmões e eu desabo, contente, no sono.

Stephen gastou sua herança na escola de música, onde estudou composição. O que ouvi de sua música era sombrio, a trilha sonora que se poderia desejar num carro parado com o motor ligado e uma mangueira saindo do cano de descarga, mas nada que se pudesse cantarolar. Quando não havia orquestras encomendando-lhe composições, ele tinha um colapso artístico, se exilava em Eugene, no Oregon, para lustrar sua obra e ganhar a vida com dificuldade ensinando os mentalmente prejudicados a atingir a sanidade soprando harmônicas. Quando fui até lá de carro, dois anos atrás, após uma conferência em Seattle, encontrei-o morando em cima de uma loja de velas, num apartamento lúgubre que dividia com uma collie moribunda. O animal havia perdido a capacidade de urinar, então Stephen vivia tendo que arrastá-la para a beirada da grama junto à calçada. Ali, ele ficava por cima do pobre animal e esvaziava manualmente sua bexiga através de uma técnica de Heimlich horrível de se testemunhar. Eu odiava ver a única pessoa com quem tinha vínculo sanguíneo fazendo uma coisa daquelas. Disse a Stephen que, do ponto de vista prático, o mais inteligente a fazer seria sacrificar o cachorro. Isso provocou uma discussão feia, mas, na verdade, pareceu-me que alguém visto regularmente na rua espremendo manualmente um cachorro semimorto não seria um homem que você convocaria para lições de como ser menos pirado.

– A montanha ainda não tem nome – eu disse a ele. – Puxa, vou dar o seu nome a ela. Vou chamá-la de monte CACEF. (Um acrônimo de família: "Careca e Alguma Coisa Está Fedendo." Stephen começou a perder o cabelo aos vinte e poucos anos, e tinha um nariz arrebitado e reprobatório, como se estivesse perpetuamente farejando alguma coisa fétida.)

Stephen deu uma risada seca.
— Faça isso. Vou desligar agora.
— Vou mandar umas fotos do meu chalé. A energia vem de um moinho de vento. É do caralho. Você precisa vir aqui me ver.
— E Charleston? Onde está Amanda?

Cuspi uma casca de limão na mão e atirei-a aos morcegos para ver se eles dariam uma mordida nele. Não deram.
— Sei lá.
— Você está brincando. O que deu errado? — Sua voz assumiu uma solenidade clínica, embora o assassinato do pandeiro ao fundo diminuísse seu efeito.

Não há vergonha alguma em admitir que no momento eu estava numa fase de transição. Como um monte de gente sábia e respeitável, eu tinha sido pego de surpresa pelas súbitas vicissitudes do mercado imobiliário em Charleston. Tive que pedir algum dinheiro emprestado da minha ex-noiva, uma mulher rica que não se preocupava com dinheiro, contanto que não tivesse que emprestar o seu. Tensões se criaram e o noivado murchou. Usei o que me restava de liquidez para comprar a orgulhosa colina em cujo pico me encontrava agora. Cento e sessenta hectares, além de um chalé, quase completo, graças ao meu ótimo vizinho George Tabbard, que também tinha me vendido as terras. O único percalço era que eu teria que passar um ano residindo ali, mas no próximo outono poderia subdividir, vender os lotes, evitar os impostos extorsivos que o estado cobra de especuladores não residentes, e seguir como num cruzeiro para a próxima fase da vida com os ventos dos juros inflando minhas velas e uma casa de veraneio por uma pechincha.

— Nada deu errado — falei. — Ela estava com dificuldades de audição e sua xoxota cheirava mal. De todo modo, tenho um belo pedaço da América imaculada por um preço ridículo. Venha me visitar.

– Agora não é um bom momento para mim – disse ele. – Além disso, não tenho condições de pagar a passagem aérea. Seja como for, estou com um *cliente*, Matthew. Vamos falar sobre isso mais tarde.

– Foda-se a passagem – eu disse a ele. – Eu pago a viagem. Quero que você venha me visitar.

Na verdade, essa não era uma oferta que eu tinha planejado fazer. Tinha certeza de que Stephen tinha mais dinheiro no banco que eu, mas a mania de se fazer de pobre funcionava como uma exasperante magia em mim. Não aguentava um segundo daquilo sem querer bater na cabeça e no pescoço dele com um saco de dobrões. Então ele disse que não podia deixar Beatrice (a collie ainda estava viva!). Tudo bem, eu disse a ele, se ele pudesse encontrar o tipo certo de pulmão artificial onde instalar o cachorro, eu ficaria feliz em pagar a conta também. Ele disse que ia pensar sobre o assunto. Um floreio de marimba soou na linha e Stephen desligou.

A conversa me deixou irritado e voltei para o meu chalé de mau humor. Mas me animei no mesmo instante, quando vi que George Tabbard estava na minha varanda, metade da qual ainda era de vigas nuas. Ele estava trepado numa escada, pregando um remate na empena da frente.

– Boa-noite, meu querido – disse ele. – Fiquei entediado e fabriquei um outro *objeto* para você.

Claro que ele não estava sendo um intruso. Trabalhávamos juntos, na minha casa, quase todos os dias, e jantávamos juntos quase todas as noites. George estava com seus sessenta e tantos anos de idade, mas éramos farinha do mesmo saco. Sua família vivia na região desde os anos 1850, mas ele passara por algumas esposas, espalhara algumas crianças por aí e se mudara um bocado antes de voltar para casa e sossegar, cerca de uma década atrás. Ele praticamente construíra sozinho o meu chalé, e não parecia se importar que eu só pudesse lhe pagar cerca de metade do que ele ganharia na cidade. Porém, mais do que o seu trabalho, eu apreciava sua companhia, que era como um narcótico suave. Ele ria e bebia e passava tardes inteiras divagando sobre motosserras, mulheres e manutenção de equipamentos, e fazia isso de tal maneira que você nunca sentia haver algo mais no mundo em que pensar além dessas coisas.

Com uns gemidos, sua parafusadeira elétrica prendeu o adereço, uma série de quase um metro e meio de pequenos pompons de madeira, algo que você veria pendurado no retrovisor do sedã de um traficante mexicano. Eu tinha elogiado a primeira que ele tinha feito, mas agora George havia pregado suas invenções rendadas em todos os beirais e marquises à vista, então a casa estava abarrotada daquilo. Ele aparecia com uma nova quinquilharia mais ou menos a cada três dias. Minha casa estava começando a se parecer com algo que você comprasse para a sua amante usar num fim de semana, num motel barato. Mas não havia ninguém perto do meu chalé para horrorizar, então eu não via nada de mal naquilo. Embora tivesse me ocorrido que eu provavelmente ficaria preso àquele inferno de esquisitices floreadas até George se mudar ou bater as botas.

– Pronto – disse ele, recuando para apreciar o efeito. – Um treco bem bacana, não acha?

– De tirar o fôlego, George. Obrigado.

– Que tal jogar um pouco de gamão?

– Tudo bem.

Entrei para pegar o jogo, o rum e um vidro de azeitonas que tinha comprado naquele dia. George era um adversário brutal e as partidas eram uma derrota fragorosa, mas ainda assim nos sentamos por muitas horas no frescor da noite, bebendo rum, movendo os discos laqueados no tabuleiro e cuspindo caroços de azeitona por cima do parapeito, onde eles aterrissavam em silêncio no escuro.

Para minha surpresa, Stephen retornou minha ligação. Disse que gostaria de vir, então marcamos uma data, duas semanas depois. Era uma distância de uma hora e vinte minutos até a cidadezinha de Aiden, onde ficava o aeroporto; mas, quando George e eu chegamos, o avião de Stephen ainda não havia aterrissado. Dirigi-me à cabana que eles usam como terminal. Uma mulher miúda, com um casaco marrom e um bulbo de cabelos grisalhos, estava sentada junto ao rádio, lendo o jornal local. Eu tinha entrado naquele aeroporto e saído uma dezena de vezes, mas ela não demonstrou ter me reconhecido, o que parecia ser uma prática generalizada entre os habitantes locais. A descortesia era provavelmente deliberada e, a seu modo, prática. Aperte mãos demais e em pouco tempo você terá tantos amigos que não vai conseguir tirar meleca do nariz sem o país inteiro ficar sabendo. Ainda assim, me deprimia o fato de ter fixado residência num lugar onde o sal da terra tinha um jeito mais rude do que o de um estivador de Newark.

– O voo do meu irmão deveria ter chegado de Bangor, às onze – eu disse à mulher.

– O avião não está aqui – disse ela.

– Estou vendo. Sabe onde está?

– Bangor.

– E quando é que vai chegar?

– Se eu soubesse, estaria em algum lugar fazendo coisa mais interessante, não estaria?

Então ela virou de novo para o seu jornal e encerrou a conversa. A matéria de capa do *Aroostook Gazette* mostrava a fotografia de um chow chow morto, sob o título "Animal misterioso encontrado morto em Pinemont".

– Misterioso mesmo – falei. – Embora seja obviamente um cachorro.

– Origem indeterminada – diz aqui.

– É um cachorro, um chow chow – disse.

– Indeterminada – disse a mulher.

Como tínhamos tempo de sobra, fomos até a serraria de Aiden e enchi a caçamba da minha caminhonete com uma carga de madeira para terminar a minha varanda. Depois voltamos para o aeroporto. Nada de avião, ainda. George tentava esconder sua irritação, mas eu sabia que ele não estava feliz por estar preso àquela incumbência comigo. Ele queria ir caçar cervos. George estava ansioso para conseguir um antes que o tempo tornasse a caça um padecimento. Encher o freezer de carne que você mesmo abateu era, evidentemente, um rito de outono inevitável ali, e George e eu estávamos saindo duas vezes por semana, desde a abertura da temporada. Eu decepara, com um tiro, a cabeça de um ganso magrelo à queima-roupa, mas, fora isso, não tínhamos acertado em coisa alguma. Quando sugeri que comprássemos um corte de carne de vaca ou algo assim no açougue, George agiu como se eu tivesse proposto uma terrível violação de código. Carne fresca de cervo era melhor do que carne de vaca comprada no comércio, ele argumentou. Além disso, você poderia ter o seu freezer saqueado pelos ladrões de carne que aparentemente agiam nas áreas mais remotas do condado.

Para fazer George sossegar, paguei para ele um almoço numa taverna, em Aiden, onde comemos hambúrgueres e bebemos três uísques cada um. George não reclamou abertamente, embora ficasse erguendo as sobrancelhas para o relógio e dando suspiros sofridos. Eu já sentia uma raiva crescente de Stephen por não me ligar e dizer que seu avião estava atrasado. Ele era o tipo de pessoa que não tinha escrúpulos em acabar com a sua manhã inteira se isso o fizesse economizar o custo de um telefonema. Eu estava bastante zangado quando o barman perguntou se eu queria mais alguma coisa. Eu disse a ele:

– Sim, tequila e creme.

– Você quer dizer Kahlúa e creme – ele falou, que era o que eu queria dizer, mas entre Stephen e a mulher do aeroporto eu sentia ter sofrido humilhações suficientes para um dia.

– Que tal você trazer o que eu pedi? – falei, e ele voltou ao trabalho.

Enquanto eu empurrava a horrível mistura goela abaixo, o barman me disse, ironizando, que o próximo seria por conta da casa.

Quando voltamos ao aeroporto, o avião tinha chegado e ido embora. Uma chuva leve caía. Stephen estava do lado de fora, junto ao portão, na beira de uma vala, sentado em sua mochila, com o queixo apoiado no punho. Estava mais magro do que quando eu o vira pela última vez, e tinha semicírculos violeta sob os olhos. A chuva o havia molhado por completo, e o que restava do seu cabelo estava colado tristemente no crânio. Seu casaco de lã e sua calça de veludo cotelê eram tão velhos quanto mal cortados. O vento soprava e a roupa de Stephen inflava como a carga mal coberta na traseira de um caminhão.

– Ei, cara – eu o chamei.

Seus olhos voaram na minha direção.

– Que porra é essa, Matthew? Fiquei acordado a noite toda num avião, para passar duas horas sentado numa vala? Isso aconteceu mesmo?

– Passei por aqui há três horas. Eu tinha coisas a fazer hoje, Stephen. Mas agora George está bêbado e eu estou quase lá também e o dia inteiro está arruinado.

– Oh, ótimo – disse Stephen. – Foi por isso que mandei que eles atrasassem o avião. Para ser inconveniente para você.

– O que estou dizendo, imbecil, é que um telefonema teria sido atencioso.

– E como eu podia telefonar, seu idiota? – disse Stephen, ríspido. – Você sabe que eu não uso telefone celular. Esta é a porra da sua... região, Matthew. Não me ocorreu que você precisaria de instruções especiais sobre como não deixar alguém na chuva.

Eu queria ressaltar que Stephen poderia muito bem ter esperado com a mulher do rádio na cabana, mas suspeitava de que ele ficou ali, na vala, para me apresentar uma imagem do sofrimento extremo, quando eu chegasse. Ele era um triste retrato. Estava tremendo, e suas bochechas e testa estavam cheias de calombos devido aos repetidos ataques dos mosquitos de clima frio que havia por ali. Naquele exato momento, um deles estava se empanturrando no lóbulo da sua orelha, a barriga brilhando como uma semente de romã sob o sol branco e frio. Eu não o afastei.

– Talvez você devesse chorar por causa disso, Stephen – disse. – Talvez um ataque histérico fizesse você se sentir melhor. – Imitei uns choramingos e ele ficou lívido.

– Tudo bem, seu filho da puta, vou embora daqui. – Sua voz estava rouca de fúria. – Foi uma ótima viagem. É bom saber que você ainda é um babaca, Matty. Vamos fazer isto outra vez uma hora dessas, seu escroto.

Ele colocou a mochila sobre o ombro e saiu às pressas para o aeroporto. Sua cabeça pequenina e seus sapatos encharcados – era como assistir a um patinho perdido fazendo birra.

A velha satisfação me atingiu como uma onda. Corri atrás de Stephen e puxei a mochila do seu ombro. Quando ele se virou, dei-lhe um abraço de urso e beijei sua testa.

– Tire as mãos de mim – ele disse.

– Quem é que está zangado? – disse. – Quem é o zangadinho aqui?

– Eu, e você é um completo filho da puta – disse ele.

– É. Que droga, não? Venha. Entre na caminhonete.

– Devolva a minha mochila – disse ele. – Vou embora.

– Ridículo – eu disse, rindo. Fui até a caminhonete e puxei o banco para empurrar Stephen para o banco traseiro. Quando Stephen viu que não estávamos sozinhos, parou de tentar pegar a mochila e fazer ameaças de que ia embora. Eu apresentei Stephen a George. Então meu irmão entrou e tomamos a estrada.

— Esta é a arma do vovô, não é? — perguntou Stephen.

Pendurada no meu rack de armas, estava a Magnum Weatherby .300 que eu pegara na casa do meu avô, anos antes. Era um belo instrumento, com um cano azulado e uma coronha de madeira de bordo.

— É — disse, imaginando uma justificativa por não ter oferecido a arma a Stephen, que provavelmente não disparava uma espingarda há quinze anos. Para dizer a verdade, Stephen talvez tivesse mais direito de reivindicá-la do que eu. Quando crianças, costumávamos caçar com o nosso avô, e Stephen, sem vangloriar-se disso, sempre havia sido o mais paciente para descobrir rastros e o melhor atirador. Mas ele não criou caso por causa da arma.

— Ei, por falar nisso — disse ele, logo em seguida. — A conta é 880.

— Que conta? — perguntei.

— Oitocentos e oitenta dólares — disse Stephen. — Esse foi o preço do voo, mais alguém para cuidar de Beatrice.

— Sua filha? — perguntou George.

— Meu cachorro — disse Stephen.

— George, trata-se de um cachorro que se lembra de onde estava quando JFK foi baleado. Stephen, você ainda está fazendo aquelas lavagens intestinais nela? Aliás, não me conte. Não preciso dessa imagem na minha cabeça.

— Eu queria o meu dinheiro — disse Stephen.

— Não esquente a cabeça com isso, Steve. Você vai receber seu dinheiro.

— Ótimo. Quando?

— Meu Deus, eu vou pagar, Stephen, porra — disse. — É só que, por acaso, estou dirigindo a porra de um veículo neste ponto específico do tempo.

— Claro — disse Stephen. — Tudo que estou dizendo é que não vou ficar surpreso se for para casa de mãos vazias.

— Oh, meu Deus! — eu rugi. — Quer calar a boca, por favor? O que você quer, uma garantia? Quer ficar com o meu relógio? — Virei de leve o volante. — Ou talvez eu só devesse bater com o carro na porra de uma árvore. Talvez você gostasse disso.

George começou a rir com um chiado musical.

— Que tal vocês dois pararem o carro e resolverem as coisas numa boa briga, como antigamente?

Corei. Ser levado a revelar aquele meu lado idiota na frente de George... Meu ódio por Stephen se renovou.

— Desculpe, George — disse.

— Esqueça — disse Stephen.

— Oh, não, Steve, vamos acertar as coisas — disse. — George, meu talão de cheques está no porta-luvas.

George fez o cheque, eu o assinei em cima do volante e o entreguei ao meu irmão, que dobrou-o e pôs no bolso.

— Voilà — disse George. — Finalmente um pouco de paz.

Tendo superado a questão do cheque, Stephen começou a cumular George com uma enxurrada de perguntinhas simpáticas. Fazia muito tempo que ele morava ali? Dez anos? Ah, *fantástico*, é uma região maravilhosa do país para se aposentar! Ele também tinha crescido ali? Que *maravilha* ter escapado de passar a infância no vácuo da alma suburbana, onde nós fomos criados. E George tinha estudado em Syracuse? Ele ouvira falar de Nils Aughterard, o biógrafo de música que dava aulas lá? Bem, seu livro sobre Gershwin...

— Ei, Stephen — interrompi. — Você não disse nada sobre a minha nova caminhonete.

— Quanto custou?

— O melhor carro que já tive, V-8, cinco litros. Capacidade de reboque de três toneladas e meia, com um engate para trailer classe quatro. Tração nas quatro rodas, opcional de carga máxima. Vai se pagar quando a neve vier.

– Você não vai mesmo voltar para Charleston? – ele perguntou.

– Provavelmente não – declarei. Ouvi Stephen levantar a tampa do meu cooler lá atrás, e depois o ceceio agudo de uma cerveja sendo aberta.

– Passa uma dessas pra cá? – pedi.

– É pra já – disse George.

– Enquanto você está dirigindo? – perguntou Stephen.

– Sim, porra, enquanto estou dirigindo.

– Não grite comigo – disse Stephen.

– Não estou gritando. Só quero uma das minhas cervejas.

– Jesus – disse George. Ele se virou e pôs a mão dentro do cooler, pegou duas latas e jogou uma no meu colo. – Estamos felizes agora?

– Sim – disse.

Um minuto se passou e Stephen falou.

– Então, você e Amanda, acabou mesmo?

– Sim.

– Ah, bem – disse Stephen. – E eu achei que você tinha tanto tesão por ela.

Stephen não havia feito segredo do quanto ele não gostava da minha noiva. Ela era religiosa, criada numa família conservadora, e, na última vez em que eles se encontraram, discutiram sobre a guerra do Iraque. Durante o jantar, Stephen tinha conseguido fazer com que ela declarasse que gostaria de ver o Oriente Médio bombardeado até se transformar num estacionamento. Ele lhe perguntou como essa tática se encaixava com o "Não matarás". Amanda disse a ele que "Não matarás" era do Velho Testamento, então, na verdade, não contava.

Pelo retrovisor, vi Stephen me olhando com pena e expectativa, babando por qualquer migalha de informação sobre a nossa separação.

Peguei um tubo de sementes de girassol que estava no painel e sacudi uma longa dose cinzenta na boca. Quebrei-as com os dentes e cuspi as cascas mastigadas pela janela.

– Para ser franco com você – disse –, eu simplesmente não consigo ver a lógica de possuir um veículo que não vem com um engate para trailer classe quatro.

Em silêncio, passamos por turvos arremedos rurais de cidades, por uma rede vascular cada vez mais estreita de estradas, até a trilha de incêndio cheia de crateras que servia de entrada para as minhas terras e as de George. Crescia mato alto na coluna de terra entre os sulcos dos pneus, raspando no chassi da caminhonete com um som suave de neve acompanhada de chuva. Passamos pelo belo chalé de George, feito de tábuas de cedro, acionei a tração nas quatro rodas da caminhonete e o Dodge deu um pulo, rosnando, morro acima.

Minha casa apareceu. Eu estava pronto para Stephen me encher um pouco o saco por causa do bom estado da casa de George, mas ele ficou observando o lugar sem dizer uma palavra.

George foi mijar nas árvores. Peguei as coisas de Stephen e o conduzi para dentro de casa. Embora o exterior do meu chalé já estivesse em sua fase rococó avançada, o interior ainda estava bem cru. Stephen olhou ao redor do chalé, e a esqualidez do local me impressionou, com o meu irmão parado ali. O chão ainda era de compensado empoeirado. Eu não tinha pregado os lambris. A parede sem reboco acabava a menos de um metro e meio do chão, e o isolante cor-de-rosa jazia como um paciente aguardando a autópsia por trás da embalagem de plástico. O colchão em que eu dormia estava jogado de qualquer jeito no meio da sala.

– Sinta-se à vontade para embelezar as coisas um pouco quando escrever a carta de Natal este ano – eu disse a ele.

Ele foi até a janela e olhou para fora, para a extensão de árvores desfolhadas descendo a bacia do vale. Então ele se virou e olhou para o colchão.

– Onde é que eu vou dormir? – perguntou.
Eu apontei com a cabeça para um saco de dormir enrolado no canto.
– Você não me disse que iríamos acampar.
– Bem, se é um buraco muito horrível para você, posso levá-lo até um motel de caminhoneiro.
– Claro que não. É um ótimo lugar. Sério. Eu estava esperando um chalé modular com jacuzzis enfileiradas e uma garagem para quatro carros. Este lugar é legal. Simples.
Com o dorso da minha bota, joguei uma pilha de serragem contra a parede, e um pedaço de solda de prata brilhou na pilha. O material era caro. Tirei-o dali e coloquei no bolso.
– Da próxima vez que você vier, eu vou tirar a roupa e vestir um barril – disse. – Você vai ficar bem orgulhoso de mim, então.
– Não, estou falando sério. O que eu não daria por algo como isto – disse ele, levantando o braço e esfregando a mão numa viga lisa de madeira. – Porra, vou fazer quarenta anos no mês que vem. Alugo um apartamento de dois quartos que não tem pia no banheiro.
– Aquele mesmo apartamento?
– É – disse ele.
– Você está brincando. E aquele condomínio que você andou olhando?
– Bom, é que depois teve a tal da crise imobiliária – disse Stephen. – É só que... não sei, eu não queria ficar devendo.
– Porra, cara, você devia ter me ligado. Ainda está à venda?
– Não.
– Mas e aquele dinheiro, o dinheiro que você recebeu da vovó? Você ainda pode usá-lo para um sinal?
Ele fez que sim.
– Escute, quando você voltar ao Oregon, a gente vai encontrar alguma coisa para você. Dê uma procurada, me mande umas estimativas de custo, eu ajudo você. Vamos arranjar um lugar para você.

Stephen me lançou um olhar desconfiado, como se lhe tivesse oferecido um refrigerante e ele não tivesse certeza de que eu não tinha mijado ali antes.

Eu queria terminar o trabalho da varanda antes que escurecesse, e sugeri a Stephen que levasse uma bebida até o alto do morro, onde eu havia pendurado uma rede, enquanto George e eu pregávamos o piso. Stephen disse que, na verdade, poderia ser divertido martelar durante uma ou duas horas. Então, descarregamos a madeira, e ele e George começaram a trabalhar, enquanto eu fiquei lá dentro, lambuzando tinta Minwax acaju em folhas de lambris. Sempre que eu colocava a cabeça para fora pela porta da frente, via Stephen vandalizando a minha madeira. Ele entortava um de cada três pregos e, em seguida, arrancava a madeira com a unha do martelo, tentando corrigir seu erro. A água ia empoçar naquelas meias-canas e faria as tábuas apodrecerem, mas ele parecia estar se divertindo, então deixei para lá. Pelas janelas fechadas, eu podia ouvir George e Stephen conversando e rindo enquanto trabalhavam. Eu havia aprendido a tolerar longas horas de silêncio nos meses que havia passado ali, até mesmo a apreciá-lo. No entanto, era agradável ouvir vozes vindo da minha varanda, embora, no fundo, eu suspeitasse de que eles estavam rindo de mim.

George e Stephen trabalharam, até o anoitecer, para colocar toda a madeira do piso da varanda no lugar. Quando terminaram, caminhamos até o pequenino lago que eu tinha construído represando uma nascente atrás da minha casa. Tiramos a roupa e caímos no lago, cada um no seu próprio curso, arfando através da alegre escuridão da água.

– Oh, oh, oh, meu *Deus*, como isto é bom! – exclamou Stephen, com uma voz de tal gratidão carnal, que fiquei com pena dele. Mas era glorioso, o céu e a água de um único pretume de fim de mundo, e nós levitamos nela até ficarmos entorpecidos como os mortos.

De volta a casa, eu cozinhei estrogonofe de carne, temperado como George gostava, com sal suficiente para fazer seus olhos lacrimejarem. Estávamos tendo uma série de noites quentes, graças a um benevolente espasmo da corrente do Golfo, e jantamos no conforto da varanda recém-acabada. Ao longo da refeição, derrubamos duas garrafas de vinho e metade de uma garrafa de gim. Quando chegamos ao café com conhaque e à torta de mirtilo que George foi buscar em sua casa, a varanda estava úmida de bonomia.

– Vejam isto – disse Stephen, batendo o pé, com força, numa das tábuas recém-fixadas. – Porra, tenho clientes com os quais venho trabalhando há dez anos, e o que eu fiz por eles? Não sei. Mas você passa duas horas batendo pregos e tem algo concreto, cara. Progresso real. Isso é o que eu deveria fazer. Vir para cá. Morar na porra de um morro.

– Na verdade, estou feliz que você tenha tocado nesse assunto – disse. – Qual o tamanho da fortuna que você tem?

Ele encolheu timidamente os ombros.

– O quê, uns 25 mil ou algo assim?

– Acho que sim – disse ele.

– Porque, escute só – eu disse. – Tenho uma proposta para você.

– OK.

– Quero dizer, escute, quantos caras como nós, como eu, você acha há por aí? Por alto.

– O que você quer dizer com "como nós"? – disse Stephen.

E então comecei a lhe contar uma ideia que andava na minha mente, nos últimos tempos, e que parecia mais otimista depois de um jantar encharcado de vinho, quando a minha alegria face àquela terra, às estrelas e às rãs no meu lago estava no grau máximo. Eu ficava pensando nas tristes e barrigudas hordas de gente andando de um lado a outro, à noite, em apartamentos acarpetados, de Spokane até Chattanooga, buscando frenéticos suas portinholas. Esses eram os cavalheiros aos quais devíamos nos dirigir. O plano era simples. Eu colocaria anúncios de lotes de um acre nas páginas finais das revistas masculinas, colocaria ali uns poucos chalés, cuidaria eu próprio da construção, construiria um estande de tiro, umas trilhas de snowmobile, talvez um barzinho no topo. Eles iam enxamear, um morro de amigos, alguns milhões ali para mim, sem fazer esforço!

– Não sei – disse Stephen, servindo-se de outra dose generosa de conhaque.

– O que você não sabe? – perguntei a ele. – Com esses 25 mil, eu inicio você no negócio, com metade dos lucros. Você vai receber o que os outros investidores estão recebendo por cinquenta.

– Que outros investidores? – Stephen perguntou.

– Ray Lawton – menti. – Lawton, Ed Hayes e Dan Welsh. O que estou querendo dizer é que poderia deixar você entrar, mesmo só com 25. Se você pudesse participar com os seus 25, eu te daria uma cota igual.

– Não, a ideia parece ótima – disse Stephen. – É só que eu preciso tomar cuidado com esse dinheiro. É toda a minha poupança.

– Porra, Stephen, me desculpe, mas deixe-me explicar uma coisa. Eu *ganho* dinheiro. Isso é o que eu faço – falei. – Eu pego a terra, um pouco de dinheiro, e então transformo tudo num monte de dinheiro. Está entendendo? Isso é o que eu faço, e sou bom nisso. O que estou pedindo é, basicamente, para apenas *segurar* os seus 25 mil por uns meses, e em troca você vai ser parte de algo que pode literalmente mudar sua vida.

– Não posso – disse ele.

– Bem, está certo, Stephen, o que você pode fazer? Poderia chegar a dez? Dez mil por uma cota igual à dos outros? Poderia participar com dez?

– Veja, Matthew...

– Cinco? Três? Dois mil?

– Veja...
– E que tal oitocentos, Stephen, ou duzentos? Será que isso estaria bom para você, ou duzentos dólares quebrariam o banco?
– Duzentos dólares está bem – disse ele. – Posso participar com isso.
– Vá se foder – falei.
– Matthew, vamos lá – disse George. – Calma.
– Estou totalmente calmo – eu disse.
– Não, você está sendo um babaca – disse George. – E de qualquer maneira, o seu rancho de amigos não vale tudo isso. Nunca daria certo.
– Por que não?
– Em primeiro lugar, o condado nunca deixaria você fazer isso na vertente. São quatro hectares a menos...
– Já conversei com eles sobre uma alternativa – declarei. – Não seria...
– E uma outra coisa, não me mudei para cá para ficar no meio de um monte de pintos balançando.
– Sem ofensa, George, mas não é da sua terra que estamos falando.
– Sei disso, Matthew – disse George. – O que estou dizendo é, você esculpe esse morro e vende para um bando de idiotas de Boston, eu diria que a chance é muito boa que, em alguma noite fora da temporada, eu tome cervejas demais e resolva aparecer com alguns litros de querosene.
George olhava para mim com uma intensidade irritante e teatral.
– Esqueça o querosene, George, um martelo e alguns pregos resolveriam – falei, virando e passando a mão nos caprichos de madeira na minha empena. – É só ir até lá, às escondidas, numa noite e fazer uma incursão com a sua serra. Transformar o acampamento de todo mundo num pano de mesa gigante. Isso vai mandá-los embora rapidinho.

Ri e continuei rindo até os músculos da minha barriga doerem, e lágrimas se acumularem no meu queixo. Quando olhei outra vez para George, os lábios dele formavam um pequeno traço tenso. Ele evidentemente estava cético em relação ao seu trabalho com a serra. Eu não conseguia pensar no que fazer. Ainda segurava meu prato de torta, e, sem pensar muito, joguei-o na mata. Um estrondo se seguiu, sem o gratificante tilintar de louça quebrada.

– Oh, meu Deus – falei.

– O quê? – perguntou Stephen.

– Nada – eu disse. – Minha vida está em chamas. – Então fui para o meu chalé e me deitei no meu colchão, e, em pouco tempo, estava dormindo muito bem.

Acordei um pouco depois das três, sedento como um rato envenenado, mas paralisado com a superstição de que ir cambaleando até a pia acabaria com meu sono. Meu coração batia em disparada. Pensei no meu desempenho na varanda, depois num bom laço grosso rangendo enquanto balançava. Pensei em Amanda e em minhas duas ex-esposas. Pensei no meu primeiro carro, cujo motor parou porque não troquei a correia aos 160 mil quilômetros rodados. Pensei em como, duas noites antes, eu havia perdido trinta dólares para George num jogo de cartas. Pensei em como, logo em seguida à morte do meu pai, por razões de que não conseguia me lembrar, parei de usar cuecas, e de um dia no ginásio quando o rebite frio de uma cadeira me alertou para um buraco nos fundilhos da minha calça. Pensei em todas as pessoas às quais eu devia dinheiro, e em todas as que me deviam dinheiro. Pensei em Stephen e em mim e nos filhos que até o momento não tínhamos conseguido gerar, e que, na chance cada vez menor de eu encontrar alguém em quem contrabandear o meu material genético, quando nosso filho soubesse amarrar os sapatos seu pai seria um cinquentão corado, que sugaria a inocência e a alegria do filho com a mesma voracidade de um andarilho no deserto, com uma laranja encontrada ao acaso.

Eu queria que o sol nascesse, para fazer café, ir até a mata e encontrar o cervo que valeria como um troféu para George, para voltar a girar o cobertor de incidentes estúpidos estendido, cada vez mais fino, sobre o poço de arrependimentos para o qual eu me via olhando na maioria das noites insones. Mas o sol demorava a chegar. A sequência de imagens avançou até de madrugada e, atrás dela, a música mitigante do laço, *cric-criic, cric-criic, cric-criic*.

Com a primeira luz dolorida nas janelas do lado leste, eu me levantei. O ar no chalé estava denso de frio. Stephen não estava no colchão extra. Calcei botas, coloquei jeans e um casaco de lona, enchi uma garrafa térmica com café quente e dirigi os seiscentos metros até a casa de George.

As luzes estavam acesas na casa de George. Ele estava fazendo abdominais e Stephen estava no balcão, preparando waffles. Uma dupla muito alegre. A cafeteira ofegava, fazendo-me sentir desamparado com a minha garrafa térmica.

– Oi – eu disse.

– Aí está ele – disse Stephen. Ele explicou que tinha dormido no sofá de George. Eles haviam ficado acordados até tarde diante do tabuleiro de gamão. Ele me entregou um waffle, todo alegre e magnânimo, em seu caminho para um outro assédio social ao estilo Dodi Clark.

– O que me diz, George? – perguntei, quando o velho terminou seus abdominais. – Quer ir caçar?

Ele esfregou um grão de pirita numa das pedras de sua chaminé.

– Acho que sim. – Virou-se para Stephen. – Vem conosco, irmãozinho?

– Eu não tenho uma arma para ele – declarei.
– Tenho aquela .30-30 que ele pode usar – disse George.
– Por que não? – disse Stephen.
O local escolhido foi Pigeon Lake, a cerca de trinta quilômetros dali. Era preciso ir de barco até a mata perene na margem oposta. Depois que comemos, engatamos o esquife e o trailer de George na minha caminhonete, e saímos sacolejando na névoa branca que se instalara na estrada.

Colocamos o barco na água. Sentei-me na popa, bem longe do meu irmão, e rumamos para o norte, perto da margem, passando por extensões de capim-marinho e montes de granito rosa, que, à luz vermelha e intensa de manhã, parecia picadinho de carne enlatado.

George parou o barco num trecho de praia barrenta onde disse haver tido um pouco de sorte antes. Puxamos o barco para a praia e caminhamos para as árvores.

Minha ressaca era calamitosa. Eu me sentia úmido, sujo e suicida, e não conseguia me concentrar em nada, exceto na visão de uma cama fresca, com lençóis lisos, e água com gás gelada e um digestivo. Foi Stephen que encontrou a primeira pista da presença de um cervo, na sombra de um pinheiro listrado de laranja por um animal que cavara sulcos nele. Ele ficou entusiasmado com sua descoberta, pegou o excremento na palma da mão e o levou para George, que cheirou os seixos escuros com tanta avidez que por um segundo pensei que fosse comê-los.

– Bem recentes – disse Stephen, que não caçava desde os tempos de escola.

– Ele deve ter acabado de sentir o nosso cheiro – disse George. – Bom olho, Steve.

– É, foi só eu olhar para baixo e lá estava – disse Stephen.

George foi se empoleirar num posto próximo que conhecia e nos deixou sozinhos. Stephen e eu nos sentamos em árvores adjacentes, com nossas armas no colo. Um mergulhão gemeu. Esquilos raspavam na grama.

– Ei, Matty – disse Stephen. – Eu queria falar sobre ontem à noite.

– Que tal se não falarmos? – eu disse. – Já tirei da cabeça.

– Não, é sério. O que você disse sobre eu investir aqui. Talvez seja algo em que eu devesse pensar.

– Não sei.

– Quer dizer, não necessariamente a ideia de um campus para homens ou o seja lá o que for. Mas comprar uma terrinha. George estava dizendo que vendeu a você por 35 dólares o hectare.

– Que é o preço justo de mercado – falei.

– É, tenho certeza de que sim. Quer dizer, puxa, por mil dólares eu compraria quase trinta hectares e ainda teria o suficiente para construir um chalé.

– Sim, mas o que você faria? E o seu trabalho?

– O que se faz aqui? Eu iria caçar. Cortar madeira. Trabalhar com as mãos. Reconciliar mente e corpo, entende? Eu só estou cansado pra cacete, Matty. Venho dando duro por vinte anos. Trabalho tanto, e o que eu tenho? Preenchi um formulário para encontros amorosos no computador há algumas semanas. Uma coisa que eles perguntam é: "Se você fosse um animal, que animal seria?" Eu escrevi: "Um abelhão tentando foder com uma bola de gude." É verdade. Só o que eu faço é dar duro e nunca ter uma recompensa. Não faz sentido.

– As pessoas que você ajudou provavelmente não pensam assim – disse.

– Não estou me referindo à musicoterapia – disse Stephen. – Qualquer um poderia fazer isso. É só fazê-los marchar através dos exercícios. A composição. É só o que eu faço, Matty. Não saio. Não conheço pessoas. Eu me sento no meu apartamento de merda e escrevo. Poderia ter passado as últimas duas décadas injetando heroína na veia e o resultado seria o mesmo, exceto que com isso teria algumas experiências para mostrar.

– Você só precisa criar algumas conexões – declarei. – Mude-se para Los Angeles ou algo assim. Você não iria gostar daqui.

– Iria sim – disse ele. – Já estou gostando. Você sabe quanto tempo faz desde a última vez em que passei um dia longe do meu piano? Só em companhia de outras pessoas? Vivendo de verdade, no momento presente de verdade, para variar?

Eu levantei o quadril para deixar um longo e grave peido escapar.

– Isso é fascinante – disse Stephen. – Por favor, continue.

Um instante se passou.

– Porra, veja bem, Stephen. Digamos que você queira comprar algo por aqui. Para começo de conversa, mesmo que só material de construção...

– Espere, cale a boca – sussurrou, inclinando o ouvido. Remexeu no rifle. Quando conseguiu colocar uma bala na câmara, ergueu a arma no ombro e apontou para o outro lado da clareira.

– Não tem nada ali – falei.

Ele atirou e, em seguida, saiu correndo para dentro da moita. Não fui com ele. Minha cabeça estava me matando, e se meu irmãozinho tivesse matado um cervo em seu primeiro dia por ali, eu não tinha o menor interesse em ser coadjuvante na vitória. O tiro chamou a atenção de George. Ele correu para a clareira no momento em que Stephen estava emergindo da moita.

– Acertou em alguma coisa, irmãozinho? – George lhe perguntou.

– Acho que não – disse Stephen.

– Pelo menos você viu alguma coisa – disse George. – Fica pra próxima.

Ele voltou à sua posição sem me dizer uma palavra.

Ao meio-dia, George voltou de mãos vazias. Subimos de volta no barco e fomos deslizando pelo lago. A neblina tinha acabado e não havia outra embarcação à vista. A beleza do dia era suficiente para derrubar você. As andorinhas voavam alvoroçadas sobre a tampa verde e calma do lago. Bétulas brilhavam como filamentos, entre a mata perene. Nenhum avião perturbava o céu.

Eu estava como que insensível a tudo aquilo, embora encontrasse uma espécie de conforto em saber que toda aquela beleza estava lá, persistindo como louca, quer se prestasse atenção nela ou não.

George nos levou a um outro trecho de mata à beira do lago, onde esperamos, durante três horas, que animais selvagens comestíveis aparecessem e deixassem-nos atirar neles, mas isso não aconteceu. O sol estava se pondo quando nos arrastamos de volta ao delta alagado onde havíamos amarrado o barco. Olhando para a praia, vi algo que pensei a princípio ser uma escultura de madeira flutuante, mas que ficou mais nítido sob meu olhar e revelou as serrilhas marrons de um chifre de alce. Ele estava de pé no banco de areia, virado a favor do vento, a cabeça inclinada para beber água. A uns trezentos metros dali, pelo menos, longe demais para um tiro seguro, mas eu levantei meu rifle mesmo assim.

– Droga, Matthew, não – disse George.

Disparei duas vezes. As patas do alce se encolheram debaixo dele, e, um instante depois, vi o animal dar um puxão com a cabeça, quando o som do tiro chegou a ele. O alce tentou lutar para ficar de pé, mas caiu novamente. O efeito era o de uma pessoa muito idosa tentando prender uma barraca pesada. Ele tentava se levantar e caía, e tentava, e caía, e depois desistiu das tentativas.

Nós olhamos para a criatura tomados de espanto. Por fim, George se virou para mim, balançando a cabeça.

– Essa – disse ele – deve ser a melhor demonstração de pontaria que eu já vi.

O alce tinha desmoronado dentro de uns trinta centímetros de água de rio gelado e teve que ser arrastado para terra firme, antes que pudesse ser aprontado. Stephen e eu chapinhamos na água até onde o alce estava caído, e tivemos que nos agachar e ficar ensopados para conseguir passar a corda por baixo do seu peito. A outra ponta passamos ao redor de uma árvore na margem, e depois amarramos a corda à popa do barco, usando a árvore como uma roldana improvisada. George ligou o motor, e Stephen e eu ficamos no banco de areia, com água até os tornozelos, para levantar a corda. Quando por fim conseguimos levar o alce até a margem, as palmas de nossas mãos estavam enrugadas e em carne viva, e nossas botas estavam cheias d'água.

Com uma faca de caça do George, eu sangrei o alce na garganta, e então fiz um corte desde a parte inferior da caixa torácica até a mandíbula, revelando o esôfago e uma coluna pálida e enrugada de traqueia. O cheiro era forte. Trazia à mente o cheiro escuro e salgado que parecia sempre pairar em torno da minha mãe no verão, quando eu era criança.

George estava extasiado, tonto pelo modo como eu garantira a ambos seis meses de carne com meu tiro absurdo. Minha ofensa da noite anterior parecia ter sido perdoada. Ele pegou a faca de mim e cuidadosamente abriu a barriga do alce, tomando cuidado para não perfurar os intestinos ou o saco de seu estômago. Arrastou para fora os órgãos, colocando de lado o fígado, os rins e o pâncreas. De uma estranha dificuldade, foi o couro, infernal para remover. Para soltá-lo, Stephen e eu tivemos de nos revezar, apoiando nossas botas contra a coluna do alce, puxando a pele enquanto George cortava a fáscia e os tecidos conjuntivos. Eu via a garganta de Stephen engasgar, nauseado, de tempos em tempos. Mas ele queria participar daquilo, e eu sentia orgulho dele por isso. Ele pegou a serra e cortou um ombro e um pernil. Tivemos que levantar as pernas como essas pessoas que carregam caixões, para levá-las até o barco. O sangue corria da carne e pela minha camisa, com um calor medonho e vital.

O barco ficou mais fundo na água, com o peso da nossa presa. Como eu era o lastro mais substancial da nossa tripulação, sentei-me na popa e dei a partida, para que a proa não enchesse de água. Stephen sentou-se no banco do meio, nossos joelhos quase se tocando. Seguimos com o motor em baixa rotação, um potente vapor azul subindo em bolhas da hélice. Depois dos bancos de areia, acelerei, e o barco abriu caminho através das pequenas ondas, uma forquilha gorda e branca se agitando atrás de nós. Deslizamos pela superfície enquanto o sol se inclinava para o oeste, na direção da mata escura. A borracha do acelerador do Evinrude zumbia na palma da minha mão. O vento secava os fluidos no meu rosto e açoitava o cabelo de Stephen num ralo frenesi. Com a carcaça recuando atrás de nós, parecia que eu também tinha escapado da escuridão que me flagelava desde a chegada de Stephen. O retorno da expansividade do George, o calvário fatigante de tirar a carne do alce, a exaustão em meus braços e pernas, a satisfação de ter dado um tiro exorbitantemente bom, que alimentaria ao meu amigo e a mim até que a neve derretesse – era glorioso. Eu podia sentir a absolvição se espalhar através do depósito de lixo dos meus problemas, com a tranquilidade e a segurança com que uma lona motorizada desliza sobre uma piscina.

E Stephen sentiu isso também, ou sentiu alguma coisa, de todo modo. O velho sorriso desarmado que eu conhecia desde a infância iluminou seu rosto atormentado, um arco metódico e compacto de lábios e dentes, ao lado do qual eu sempre parecia sisudo e maltrapilho nas fotografias de família. Não adianta tentar descrever o amor que eu ainda sou capaz de sentir por meu irmão quando ele me olha dessa maneira, quando ele para de calcular seus ressentimentos contra mim e deixa, por um breve instante, de desprezar a si mesmo por não ter atingido grande prestígio como o próximo John Tesh. Nossa relação de irmãos não é o que eu desejaria para outros homens, mas somos abençoados com uma dádiva única e simples: nesses raros momentos de felicidade, podemos compartilhar a alegria de modo tão apaixonado e concentrado como fazemos com o ódio. Enquanto deslizávamos pelo lago cada vez mais escuro, eu podia ver o quanto ele ficava satisfeito ao me ver à vontade, ao ter a sua felicidade ampliada no meu rosto e refletida de volta para ele. Ninguém disse nada. Assim era o amor para nós, ou o melhor que o amor podia fazer. Conduzi o barco numa ampla volta em torno do istmo que guardava a enseada, deixando o rastro empurrar-nos através dos bancos de areia até o lugar de onde havíamos partido, e onde minha robusta caminhonete azul estava esperando.

Depois de colocarmos a carga na caminhonete e de lavar o esquife, voltamos para a montanha. Passava da hora do jantar quando chegamos à minha casa. Nossas barrigas roncavam.

Perguntei a George e Stephen se eles não se importariam de começar a cortar a carne, enquanto eu colocava uns bifes na grelha. George disse claro que sim, porém, antes de trabalhar mais, ele ia precisar se sentar numa cadeira seca por algum tempo e beber duas cervejas. Ele e Stephen se sentaram e beberam, e eu entrei na caçamba da minha picape, que estava quase lotada de carne. Foi horrível vasculhar lá dentro, mas finalmente achei as costeletas e cortei fora o lombo, um cone de carne que parecia uma jiboia descascada.

Levantei-o para mostrar a George.

Ele ergueu sua lata em homenagem.

– Isso sim é uma coisinha linda – disse ele.

Levei o lombo para a varanda e cortei em bifes de cinco centímetros de espessura, que salpiquei com sal kosher e pimenta granulada. Acendi o carvão, enquanto George e Stephen colocavam a carne numa mesa feita de compensado e cavalete de serrador diante dos faróis da minha caminhonete.

Quando o carvão ficou cinza, coloquei os bifes na grelha. Após dez minutos, eles ainda estavam bons e rosados no centro, e os coloquei no prato, com arroz amarelo. Então abri uma garrafa de vinho da Borgonha que estava guardando e servi três taças. Estava prestes a chamar os rapazes para a varanda, quando vi que alguma coisa tinha feito George parar de trabalhar. Uma careta azedou suas feições. Ele cheirou sua manga, depois a faca, e, em seguida, o monte de carne à sua frente. Teve um sobressalto, cheirou com cuidado uma segunda vez e recuou.

– Oh, Cristo, está apodrecendo – disse ele. Com passos largos, foi até a caminhonete e saltou para dentro da caçamba, pegando pedaços de nossa caça e levando-os ao rosto. – Filho da puta – falou ele. – Vamos ter que jogar fora, tudo isto. Está contaminado. É algo profundo na carne.

Fui até lá. Cheirei o pernil que ele estava cortando. Era verdade: havia uma leve pungência nele, um certo cheiro de diarreia no ar, mas só de leve. Se o intestino havia vazado um pouco, certamente não era motivo para jogar fora algo que valia milhares de dólares em sustento. E, de qualquer maneira, eu não tinha ideia de como carne de alce devia cheirar.

– Só está com cheiro de carne de caça – afirmei. – Que aliás é o que isto é.

Stephen cheirou suas mãos.

– George está certo. Está estragada. *Irgh*.

– Não é possível – disse. – Esta coisa estava respirando há três horas. Não há nada errado com ele.

– Ele estava doente – disse George. – O bicho estava morrendo, quando você atirou nele.

– Bobagem – disse.

– Está estragada. Juro a você – disse George.

— De jeito nenhum, porra – disse. – Estava boa quando cortamos.

George tirou um lenço do bolso, cuspiu nele e esfregou furiosamente as mãos.

— Bem, com certeza absoluta não está agora. Demorou um pouco para começar, eu acho, mas agora já era, meu amigo. Diabos, eu deveria ter percebido quando a pele ficou presa daquele jeito. Ele estava inchando com alguma coisa, mal se sustentando de pé. Mas, no segundo em que morreu, aquela infecção foi liberada e tomou conta dele.

Stephen olhou para a carne espalhada na mesa, e para nós três de pé ali. Então começou a rir.

Fui para a varanda e me inclinei sobre um bife fumegante. O cheiro era bom. Eu esfreguei a crosta de sal e lambi o suco do meu polegar.

— Não há nada errado – disse. Cortei um cubo cor-de-rosa gotejante e toquei nele com a língua. Stephen ainda estava rindo.

— Você é mesmo uma peça, Matty – disse ele, sem fôlego. – De todos os animais na floresta, você vai derrubar logo um leproso. Não toque nessa merda. Chame uma equipe de materiais perigosos.

— Não há nada de errado com a merda da carne – disse.

— Veneno – disse George.

O vento de repente começou a soprar. Um galho caiu na floresta. Um esquadrão de folhas passou junto às minhas botas e foi parar de encontro à porta. Então a noite ficou calma outra vez. Voltei-me para o meu prato e coloquei o garfo na boca.

**EXECUTORES
DE IMPORTANTES
ENERGIAS**

O telefone tocou tarde, minha madrasta outra vez.
– Você já pensou em todas as pessoas que não deixou ficarem com você? Eu gostaria de ter uma outra oportunidade com todas elas, mesmo a mais detestável. Mesmo a pior delas. Está me ouvindo?
– Sim – disse. – Só não tenho certeza do que você quer que eu faça com essa informação.
– Ah, esqueça – disse ela. – Eu só não me sinto muito desejável, é tudo.
Eu disse a ela que muita gente a desejava.
– Bem, ninguém me deseja na minha cara – declarou ela.
– Que horas são?
– Não é tarde. Umas três, por aqui. Então, duas horas aí. Achei que você estaria acordado.
– Não estou acordado, Lucy. São *quatro* horas aqui. Ninguém está acordado a essa hora.
– Eu estou. E seu pai também. Por aqui, há muitos sinais de vida.
– Eu preciso dormir – disse. – Vá lá para cima. Vá para a cama. Eu vou estar na loja amanhã. Ligue, se quiser.
– Eu vou ficar aqui mesmo – disse ela, e então veio o borbulhar nebuloso de sua tubulação de água. – As coisas estão muito incertas com Roger. Ele chamou a polícia por minha causa, todas as noites, esta semana. Então, eu só fico andando e andando até

ele ir dormir. Tenho andado tanto que a minha bunda está se transformando numa coisa completamente diferente.
– Você devia ter me falado – eu disse.
– Estou falando agora – disse ela. – Mando uma foto, se quiser.

Os problemas do meu pai tinham começado dez anos antes, ou mais, quando sua memória começou a se deteriorar. Ele perdia carteiras e molhos de chaves em sucessão cada vez mais rápida. Perdeu o emprego, depois de largar repetidamente seus clientes sozinhos na mesa da defesa, enquanto passeava pelas ruas, tentando lembrar que carro era o seu. Ele tinha mais ou menos se esquecido de mim dois anos antes, e então, no mês passado, acordou de um cochilo de dois dias e não conseguia reconhecer a minha madrasta. Chamou a polícia. Ela teve que mostrar dois documentos de identidade para não ser presa por invasão domiciliar de sua própria casa.

Ninguém tinha uma resposta clara sobre o que fazer. Tínhamos olhado locais de retiro de idosos, mas era uma lista de espera de dez anos se o que você procurava não era um asilo povoado de gritos estridentes e cheio de processos por sujeira e maus-tratos. Além de ter que aturar o meu pai, Lucy não trabalhava. Sobrevivia com a poupança dele. Meu pai só tinha sessenta anos de idade e, fora esse problema, boa saúde. Ele poderia continuar absorvendo dinheiro e preocupação por mais 25 anos, no mínimo.

O som de mulheres gritando entrou pela minha janela. Era uma noite de quinta-feira e o bar de lésbicas da esquina estava cheio. Depois elas costumavam parar e usar o lado oeste do meu prédio para bater umas nas outras de encontro à parede. Elas se magoavam mútua e regularmente, sempre naquela mesma hora, logo antes do raiar do dia. Às vezes, eu olhava pela janela e fazia o favor de gritar para elas, para que pudessem se unir contra mim, um inimigo comum. Mas fechei o vidro e voltei para a cama.

– Então, olhe – estava dizendo Lucy – acho que vou levá-lo até aí no dia vinte. O médico disse que poderia lhe fazer bem ver

Nova York e ver você, também. Talvez faça alguns nós se desatarem para ele.

Ouvi o roçar de unhas de ratos no telhado de zinco acima da minha cama.

– Por favor, não venha, Lucy. Tenho um compromisso. E, de qualquer maneira, ele nem se lembra do meu nome.

– Claro que lembra – disse ela. – Ele tem perguntado por você.

– Isso não pode ser verdade.

– Mas é. Ele perguntou. Ontem mesmo. Ele bebeu uma cerveja rápido demais, e depois você precisava ouvi-lo, *Burrrt, Burrrt, Burrrt*.

Ela não riu, nem eu.

– Porra, por favor, não o traga aqui – eu disse. – Não é uma boa ideia.

– Seja gentil – Lucy disse, e desligou o telefone.

Eu tinha dez anos quando meu pai se casou com Lucy. Ele tinha 46. Ela, 21, uma secretária em seu escritório de advocacia, um trabalho que planejava largar assim que sua carreira como atriz decolasse. Sua aparência era boa o suficiente para isso. Lucy tinha aquele tipo de beleza esfomeada, com olhos grandes, em torno da qual os cartunistas japoneses criaram verdadeiras religiões de lascívia. Quando eu era jovem, antes de ter pelos na cara, tinha uma queda séria por ela, e, de alguma forma, vaga tinha certeza de que meu pai só estava com ela temporariamente, que planejava entregá-la a mim algum dia. Os detalhes não eram cem por cento claros, mas eu tinha um palpite de que, em algum momento, perto do meu décimo sexto aniversário, ele ia me levar para ver a paisagem num deserto, onde o sol estivesse se pondo, e anunciaria que ia me dar Lucy, junto com seu Mustang, com umas cervejas Schlitz e talvez uma fita cassete que não seria nada menos do que "Night Moves", com Bob Seger e a Silver Bullet Band.

Eles tiveram cerca de três anos de gentilezas um com o outro. Então Lucy conheceu um homem da sua idade que compunha músicas para comerciais de televisão e foi com ele para Quebec. Em sua tristeza, meu pai se sentia espantado – chegando aos cinquenta, os tufos prateados brotando de suas orelhas, e vendo seu coração partido pela primeira vez na vida. Essa foi a única vez que ele se esforçou, de verdade, para ser meu amigo. Apanhava-me para passar os fins de semana. Dizia-me que o amor era como varíola, algo que você precisava superar cedo porque realmente poderia matá-lo mais tarde. Ele abria seu coração para mim durante uma hora ou duas e depois me fazia jogar xadrez com ele, vinte, trinta jogos por fim de semana, e eu perdia todas as vezes.

Só uma vez cheguei perto de vencê-lo. Ele tinha tomado uns drinques, e fez uma bobagem, colocando sua dama no trajeto do meu cavalo. Comi a peça e ele me deu um tapa na boca. Corri para o banheiro e me dei vários socos a fim de assegurar um machucado duradouro. Quando saí, ele não pediu desculpas, não exatamente. Mas disse que me daria o que eu quisesse para eu não dizer nada à minha mãe sobre aquilo. Eu disse que queria um computador e uma espingarda de ar comprimido a CO_2. Meu pai fez um contrato com o papel timbrado da sua empresa e eu assinei. Nós compramos a arma naquele dia. Usei-a para atirar numa bonita toutinegra cor de limão, que acariciei e depois enterrei no gramado da minha mãe. Então atirei numa pomba e num chapim, e dei a arma para o garoto que morava na casa ao lado.

Depois de quatro meses no Canadá, Lucy voltou para casa. Meu pai a aceitou de volta sem perdoá-la, e então começou a traí-la várias vezes, acreditando que era algo que devia a ambos. Instalou Lucy numa fortaleza estilo falso Tudor onde toda a luz do sol não teria sido suficiente para fazer funcionar uma calculadora solar. Lucy foi ficando deprimida. Culpava o próprio corpo, e o punia passando fome com dietas e fazendo triatlos. No auge de seu regime, ela era uma nova espécie de criatura, a cabeça de um lêmure enfiada no corpo de uma gazela. Quando um florescimento tardio de acne pontilhou seu rosto, ela convenceu seu terapeuta a prescrever alguns comprimidos drásticos, sob a ameaça de suicídio. As pílulas deram conta de suas sete espinhas, mas cobriram seu rosto, do queixo até o início do couro cabeludo, com pequeninas fissuras cor de carmim. Ela teve que se ensaboar com tantos cremes e pomadas que dava a impressão de estar suando graxa de lítio. Em algum momento desse processo, eu parei de sonhar com Lucy, com o Mustang e os quartos dos fundos, os becos e as matas confiáveis.

Eu estava com meus vinte e poucos anos quando a mente do meu pai começou a falhar. No começo, pensei que sua impossibilidade de se lembrar onde eu estava vivendo, ou que eu havia terminado a faculdade, fosse apenas um aprofundamento da indiferença agressiva com que ele sempre me tratou, mas isso acabou por se revelar algo que uma dúzia de bons neurologistas não conseguiram descobrir. Não era doença de Alzheimer ou qualquer uma das demências conhecidas. Seu estoque de lembranças apenas sofreu um vazamento que se expandia com rapidez, começando com a memória recente e, em seguida, drenando os cofres mais antigos. Três anos depois dos primeiros sintomas, ele não conseguia lembrar do que você havia dito a ele uma hora antes. Não conseguia trabalhar, não conseguia encontrar seu próprio caminho para casa de volta do mercado onde fez compras durante toda a vida. Mas não havia perdido totalmente a memória remota, ou pelo menos meio remota. Meu pai já estava esquecendo o meu nome quando eu mencionei à minha mãe, alguns anos atrás, a ocasião em que ele me deu um tapa por causa do xadrez. No entanto, algumas semanas depois, recebi pelo correio uma cópia do nosso contrato anterior, juntamente com uma conta de 1.200 dólares – reembolso pelo computador e pela espingarda, cujos recibos meu pai havia guardado.

Na faculdade, estudei física, engenharia e desenho industrial. Achei que iria fazer aviões, mas depois da formatura arranjei um emprego desenhando caixas de rádio-relógio para a Emerson Corporation. A Emerson priorizava a circularidade anônima e as curvas insípidas, como se a ideia fosse fazer nossos relógios passarem despercebidos aos olhos do consumidor, como pílulas bem lubrificadas para a vista. Depois de seis anos disso, resolvi trabalhar por conta própria. Você poderia dizer que tive um verdadeiro sucesso, uma máquina que derretia sacos plásticos de supermercado e derramava o plástico em moldes intercambiáveis (pinos de golfe, pente de bolso, alavanca de pneu de bicicleta etc.) O dispositivo teve boa classificação numa lista de "Grandes presentes ecológicos" de uma revista importante, e desde então os catálogos dos aviões e canais de compras o escolhiam. Eu não estava ficando rico por causa dele, mas dava para não morrer de fome. Eu tinha um apartamento no West Village, algo que impressionava as pessoas até elas o conhecerem. O lugar era o equivalente arquitetônico de restos de massa de biscoito com sessenta metros quadrados de fendas e recessos que sobraram quando o resto do edifício foi seccionado em lugares apropriados para se viver.

No dia em que meu pai e Lucy iam chegar, eu tinha reservado para mim um estande na Exposição de Serviços e Hotelaria em Westport, Connecticut. Fui lá para demonstrar um produto que eu chamava de Icepresto. Era basicamente uma máquina industrial de café com uma bobina de cobre de transferência térmica na base para que você pudesse preparar um bule de chá e servi-lo imediatamente num copo, sem derreter o seu gelo. Eu esperava poder vender a patente por uns cem mil e depois correr para a Costa do Golfo e enfiar uma barcaça e uma estranha peituda nos lugares vazios do meu coração. Mas, durante o dia inteiro, preparei e servi Earl Grey gelado em copinhos Dixie para homens de calças preguedas. Eles ficavam com uma das mãos no bolso para que eu não pudesse lhes entregar meu cartão.

Na recepção, depois, tentei fazer valer a taxa do meu estande no bar. Fui para a pista de dança e me aproximei de uma jovem.

– Vamos dar uma olhada na lua – disse.

– São três horas – disse ela.

Caminhei de volta para o trem. O frio do outono começava a ficar sério. Senti a dor que ele causava, enquanto seguia de volta em direção à cidade, com o ruído baixo do trem e a máquina no meu colo.

Recebi uma mensagem de Lucy me dizendo para encontrá-los em Washington Square Park, onde meu pai estava assistindo a partidas de xadrez. Fui de metrô até Astor Place e caminhei para oeste sob uma carga de pavor cada vez maior. Fazia quinze meses que eu não o via. Imaginei-o apoiado numa grade, com o crepúsculo chegando, esticando o pescoço para patinadores, traficantes de drogas e guitarristas, como um Rip van Winkle egresso das montanhas, com o cabelo despenteado e possivelmente cheirando a fraldas.

Mas encontrei meu pai sentado diante de uma mesa, com boa aparência, ainda mais se comparado com seu parceiro, um daqueles escroques gordos que jogavam xadrez por dinheiro, cujo rosto era cinza-esverdeado feito telhas de ardósia. O cabelo do meu pai estava cortado e penteado num repartido bem feito sobre a testa alta. Usava uma camisa branca e uma gravata vermelha por baixo de um sobretudo que eu nunca tinha visto antes:

na altura do joelho, camurça cor de marisco, gola de peliça preta, um casaco para o czar do Velho Oeste. Não fui até ele. Fiquei a dez metros de distância e observei-o jogar. Daquela distância, não dava para dizer que houvesse algo de errado com ele, embora sua posição fosse a de um perdedor, o rei engavetado, preso por dois bispos e um cavalo. Então, meu pai ergueu as mãos e disse algo ao parceiro. Eles riram alto e demoradamente, como velhos amigos, e eu fiquei contente. Um afeto pelos estranhos, seu destemor diante deles, sempre havia sido um dos dons do meu pai. Um *connoisseur* dos encontros casuais, ele tentaria falar a língua das cacatuas se uma pousasse ao seu lado. Ele apertou a mão do homem e os dois começaram a rearrumar as peças. Fui até ele antes que outra partida começasse.

– Pai – disse, e desejei, no mesmo instante, que o tivesse deixado em paz. O prazer deixou seu rosto, e seus olhos ficaram vagos de desconfiança. Ele se encolheu um pouco, parecendo me reconhecer não como filho, mas como alguma pessoa de que ele não se lembrava e que vinha de seu passado para atacá-lo com alguma coisa.

– Pai, eu sou o Burt – eu lhe disse.

Ele tocou a orelha com o dedo.

– Não consigo ouvir – declarou.

– Sou Burt – eu disse. – Seu filho.

A notícia trouxe de volta o seu tique familiar, um bocejo reverso, trêmulo, que se apoderava dele em momentos de perplexidade. O movimento de sua mandíbula por trás dos lábios fechados criava a ilusão de que ele não tinha uma das arcadas dentárias.

– Certo, certo, bom ver você – ele disse. Estendeu a mão e roçou os dedos na minha barriga, como se para ter certeza de que eu não era um fantasma. Então ele lançou um olhar nervoso para o jogador de xadrez, como se, acima de tudo, meu pai não quisesse deixar o estranho a par do segredo de sua mente que se deteriorava.

– Burt, Wade – disse meu pai, ríspido, apontando para o homem grande, que coçava os pelos grossos do seu pescoço com uma unha suja.

– Dwayne – disse o homem. Apertei sua mão, que, apesar do tempo frio, exalava um calor febril. Ele sorriu. Seu dente da frente estava quebrado num ângulo, como uma pequenina guilhotina cinza.

– Wade é um assassino no tabuleiro de xadrez – disse meu pai. – Um tático letal. Mas fique só olhando, Burt. Vou retornar dessa matança e prevalecer.

– Você é o tubarão aqui, Roger – disse Dwayne. – Eu sou só um peixinho, tentando dar uma mordida onde conseguir.

Meu pai olhou para o tabuleiro. As peças pretas estavam diante dele.

– Espere, eu jogo com as brancas.

– Nada disso, espertinho. Você jogou com as brancas na última partida. Não pense que eu esqueci. Minha mente é como uma armadilha de aço.

– Como quiser. Acione o cronômetro.

Acima de nós, uma violência grande e azul de nuvens de tempestade tinha começado a inchar, mas meu pai nem tomou conhecimento. Curvou-se sobre o jogo, virando para mim a camurça de suas costas largas.

Vi minha madrasta junto à fonte seca, onde ela assistia a alguns jovens que faziam um filme. Deixei minha máquina junto aos pés do meu pai e caminhei até ela. Desde que eu a vira pela última vez, Lucy chegara a um novo status de cansaço e idade. Olhando para ela, "lady" era no que eu pensava, uma palavra que resumia seu cabelo, esparso e seco, suas bochechas mosqueadas, suas muitas pulseiras que se entrechocavam e seu batom, um tom coral alarmante vazando para dentro de novos regatos finos ao redor de sua boca. Seu olho direito estava injetado e quase transbordando de lágrimas. Nós nos abraçamos. Tudo o que ela usava contra o frio era um xale de lamê sobre uma fina blusa preta, tão fina que eu podia sentir a pele arrepiada de seus braços rígidos.

– Há quanto tempo ele está obrigando você a ficar aqui fora? – perguntei a ela.

– Três horas. Acho que ele e aquele gordo estão prestes a ir para algum lugar e celebrar uma união civil.

– Vamos embora. Eu vou buscá-lo.

– Está tudo bem. Só estou com frio no corpo. Ele está feliz. Deixe-o jogar.

Apontei para o seu olho.

– Você está bêbada, Lucy? Ou só meio bêbada?

– Uma vaca iraniana e grandalhona do meu time de vôlei. Enfiou o dedo no meu olho. Estou vendo dobrado agora.

Eu disse que lamentava. Ela deu de ombros.

– Cerveja ajuda – disse.

O olhar de Lucy voltou para a pequena equipe de filmagem gravando. O filme girava em torno de um único efeito especial: um jovem magro com um colete de alpiste colado ao peito nu para provocar um ataque de pombos. As câmeras estavam prontas, mas os pombos não cooperavam. Havia sementes demais caindo dele, de modo que nenhum pássaro se dava ao trabalho de ir lhe bicar a pele.

Uma garota de cabelo maltratado e calça jeans salpicada de tinta foi até lá. Tinha escrito "produtora", com marcador, em sua camiseta.

– Vocês estão aparecendo na cena. Incomodam-se de sair? – disse a garota, olhando para Lucy, como se ofendida por sua maquiagem e seu xale brilhante.

– É, mais ou menos – disse Lucy.
– Como é que é? – disse a garota.

Ela e a garota talvez fossem começar um bate-boca se a voz do meu pai, gritando, não nos tivesse chegado das mesas de xadrez, tão alta e urgente que pensei que ele tinha sido atacado. Corremos até ele, mas não havia qualquer emergência. Ele havia ganhado uma partida, só isso. Ainda estava com um êxtase de quem se regozija com a desgraça alheia, quando chegamos.

– Oh, meu Deus – ele estava dizendo. – Oh, caramba, como isso é bom.

– Você me colocou mesmo em apuros, Roger – disse Dwayne. – Mais uma agora? Por dez dólares?

Mas meu pai não estava pronto para deixar de lado a glória do momento.

– Ao diabo com os orgasmos – refletiu, inclinando-se sobre a mesa. – Vou fazer uma finalização perfeita com a torre um dia desses. Meu Deus, Wade, por quê? O que é que dá um prazer tão grande vencer um homem no xadrez?

– A música – disse o jogador. – Habilidade, essa merda toda. E aí, vai por dez dólares?

O vento de tempestade aumentou, e meu pai inclinou a cabeça para assistir a um bando de folhas de sicômoro girando num redemoinho. Sua gola de pele se agitava contra o queixo.

– Você gosta deste casaco? – Lucy me perguntou. – Ele viu na vitrine da Barney's. Oitocentos dólares.

Meu pai olhou de relance para nós, com um olhar meio mal-humorado e se virou outra vez para Dwayne.

– Fischer disse, "xadrez é vida" – anunciou meu pai.

Dwayne passou a língua por baixo do lábio.

– Fischer dizia um monte de coisa – ele respondeu. – Disse que havia judeus minúsculos vivendo em seus dentes.

– É *melhor* do que a vida. No mundo, não há algo como uma fuga perfeita, você me entende? – disse meu pai. – Quero dizer, você poderia ter continuado a noite inteira limpando a minha carteira, mas, ao fim do dia, ainda teria um dente quebrado e uma meleca no colarinho e uma cabeça cheia de lixo que te mantém acordado à noite, mas...

– Ei, seu babaca, pega leve – disse Dwayne.

A chuva começou, um som suave de prata nas altas folhas secas. A vaga multidão de espectadores se dispersou. Os outros jogadores voltaram rostos irritados para o céu, então enrolaram os tabuleiros e os colocaram dentro de estojos compridos fechados com zíper.

– Comida italiana – disse meu pai. – É disso que eu gostaria agora.

– Temos uma conta aqui, Roger – disse Dwayne.

As perdas de meu pai chegaram a quarenta dólares, mas Dwayne não parecia satisfeito, mesmo enquanto embolsava as notas. Dwayne estendeu a mão para a chuva, e as gotas criavam manchas escuras em sua mão seca. Ele balançou a cabeça.

– A chuva é uma coisa divina – disse. – E vem até nós de uma direção celeste, mas significa uma merda de noite aqui nesta avenida.

Meu pai virou-se para Dwayne e o fitou com um olhar rígido e paternal.

– Você parece um homem que gosta de vitela – disse meu pai. – Quando foi a última vez que alguém lhe deu um bom prato quente de vitela?

– Não me lembro – disse Dwayne.

– Venha comigo – disse meu pai. – Vamos dar um jeito nisso.

– Roger... – começou a dizer Lucy.

– O-oh – disse meu pai, com um tom grave na voz. Ele estava olhando para o sapato direito. Os cadarços tinham se desamarrado, e ele apertou os olhos para mim e para Lucy, incerto e oprimido por aquele novo problema cujo âmbito parecia incapaz de avaliar. Sem hesitar, Lucy se ajoelhou e amarrou o sapato. Ela então seguiu em direção à MacDougal Street.

– Uma pessoa alegre – disse meu pai, observando o traseiro de Lucy balançando em seus jeans. – Ela é sua colega na universidade?

O restaurante que Lucy escolheu era um lugar estilo antigo, de madeira escura, onde homens grandalhões com camisas de colarinho ficavam de pé no bar e gritavam uns para os outros sobre o frenesi relaxante dos bandolins do som ambiente.

– Este lugar parece bom para você, Rog? – perguntou Lucy ao meu pai.

Meu pai se virou para Dwayne e bateu com a mão em seu braço carnudo.

– O que me diz, Wade? Como está o seu apetite, amigo? Pronto pra mandar ver numa vitela?

– Só se for agora – disse Dwayne.

O maître nos avaliou – Dwayne, meu pai no seu elegante estofamento ocidental, Lucy e seu olho lacrimejante – e nos levou a uma sala escura nos fundos. Os únicos outros fregueses ali eram um bem-vestido casal de negros idosos que tinham o ar fechado e penitente de quem tinha acabado uma discussão um momento antes.

– Piña colada, por favor – disse Dwayne ao maître antes de nos sentarmos.

– O garçom vai atendê-los num instante – disse ele.

– Piña colada! Duas. Uma para ele, um para mim – meu pai disse.

– Cerveja – disse Lucy. – A que estiver mais gelada. E uma vodca.

O maître se afastou furioso. Meu pai olhou para a minha máquina de chá, que estava entre as nossas cadeiras.

– Que diabos é isso? – perguntou.
Expliquei a ele.
– Você está no ramo de bebidas? – perguntou.
– Sou um desenhista industrial. Um inventor. Você sabe disso, pai.
Ele resmungou.
– Vá para a faculdade de direito. Faça diferença.
– Eu faço diferença – disse. Ele olhou para mim. Comecei a falar sobre como era grandioso ser um soldado na luta eterna da humanidade pela busca do conforto, e como as tecnologias pequenas e despercebidas (chaveiro com controle remoto, canetas esferográficas, cotonetes) influenciavam nossas vidas de forma mais significativa do que a música, a literatura ou o cinema. – As pessoas que fazem o que eu faço, pai, nós somos executores de importantes energias, o mesmo material que constrói nações, a convicção de que...

O garçom chegou e meu pai pulou para agarrar sua piña colada. Então sugou-a como se fosse uma máscara de oxigênio.

– Você tem que me ajudar – disse Lucy em voz baixa.
– Com o quê? – perguntei.
– Não deixá-lo pedir uma segunda bebida – disse ela. – São os remédios, eu acho. Ele não tolera mais. Tomou três vinhos no Angus Barn, algumas semanas atrás. Estava comendo com as mãos.

Ah, merda.

Lucy colocou a mão sob a blusa para ajeitar um fio que espetava suas costelas. Dwayne a observava com um olhar caprino.

– Posso ajudá-lo? – perguntou Lucy a ele.
– Sem dúvida – disse ele. – Está me ajudando agora mesmo.

Lucy olhou para o meu pai, que tinha se virado de lado na cadeira e observava a mesa do casal de negros, onde o garçom mostrava uma garrafa de vinho branco.

– Vejam isso – disse ele. – Chegamos aqui primeiro e eles já estão sendo servidos.

– Não – eu disse. – *Eles* chegaram aqui primeiro. *Nós* já fomos servidos.

Mas ele pareceu não ouvir. O espetáculo do garçom derramando uma porção de degustação na taça do nosso vizinho o absorvia. O homem tomou um gole e fez um breve aceno com a cabeça.

– Vejam, eles serviram o vinho para aquele negro provar – disse meu pai, com um olhar de soslaio, maravilhado com a precocidade do homem, como se estivesse assistindo a um esquilo carregar um biscoito. – Não é demais?

Isso me surpreendeu. Meu pai tinha sido em muitos aspectos um homem bruto e desagradável, embora a aversão por uma raça ou outra nunca tivesse sido uma de suas brutalidades prediletas. Durante sua carreira jurídica, ele se orgulhava de ser um feroz igualitário e leal a causas impopulares, embora me parecesse que lutava menos pela justiça do que pelo prazer da luta. Em seu trabalho pro bono, gostava de representar aqueles que haviam feito um mal sensacional, e, em geral, conseguia-lhes bons resultados na corte. Gente que mantinha calabouços. Invasores de domicílio que apreciavam carne mais velha. Um garoto, agora famoso após sua morte desajeitada na cadeira elétrica, que matou uma mulher com uma sapata de freio e deixou o bebê dela engatinhando no acostamento de uma estrada rural. Ele encontrava um grande prazer em narrar para minha mãe e para mim as histórias de seus "rapazes", os detalhes dos processos, a última expressão dos assassinados etc., para se confirmar como o capitão de todo o conhecimento, bom ou ruim. Antes de eu concluir a segunda série, meu pai vomitava axiomas como "Burt, lute até a morte se alguém quiser colocá-lo dentro de um carro. De qualquer forma, você provavelmente vai acabar morto e, acredite, é melhor se garantir antes que eles resolvam ser criativos com você".

Mas ele também lidava com casos mais tranquilos: discriminação em moradias e empresas, indenização de trabalhadores.

Embora eu sempre pressentisse algo barato e rancoroso na correção do meu pai – um caminho fácil para ele se colocar acima de nós –, ele de fato ganhou um monte de dinheiro para pessoas que necessitavam. É provavelmente verdade que meu pai fez mais bem para outras pessoas em seu trabalho do que eu jamais farei na minha carreira. O fanático alegre diante de mim, agora, me deprimia tão profundamente quanto qualquer coisa que eu tivesse visto em seu declínio.

De volta à mesa do casal, a aspereza que eu notei quando entramos parecia ter voltado à tona. – Não era Villainy, Judith – disse o homem, áspero, à sua companheira. – Era *Villandry*. Foi esse o lugar onde andamos de bicicleta junto ao rio e o hotel tinha goteiras e você comeu aquele lombo de porco cozido no patê e ficou com dor de estômago. *Villandry*. Quem é que já ouviu falar de uma cidade chamada Villainy?

Meu pai balançou a cabeça, franzindo a testa com uma satisfação que se fingia pesarosa.

– Eles podem se vestir com elegância, mas ainda se comportam do mesmo jeito, não é mesmo? – disse ele.

Então ele se levantou, e eu temi que estivesse indo até a mesa do casal atormentá-los de algum modo, mas ele se dirigiu ao banheiro.

– Ele vai ficar bem lá dentro, sozinho? – perguntei a Lucy.

– Ele ainda consegue reconhecer uma privada, graças a Deus.

Dwayne pegou um pão no cesto, rasgou-o ao meio e apertou-o sobre o prato de azeite. Seus olhos estavam em Lucy, enquanto ele mastigava.

– Conheço um homem que você precisa conhecer – disse ele.

– Ah, que bom – disse Lucy.

– Já ouviu falar de Aristedes Fontenot? – perguntou Dwayne.

– Um grande escultor em Nova York. Amigo meu. Eu sei que ele vai querer fazer uma estátua do seu rosto.

Lucy respirou para dizer alguma coisa, mas, em vez disso, fez sinal ao garçom para que lhe trouxesse outra vodca.

– Ele é seu marido – disse Dwayne, fazendo um gesto com a cabeça na direção do banheiro.

– É – disse Lucy.

– Ele não age como se fosse – disse Dwayne.

– Não sei de que modo isso diz respeito a você – disse Lucy.

– Eu queria dizer só uma coisa – Dwayne falou, com um sorriso torto. – Se eu tivesse uma mulher bonita feito você, eu agiria como seu marido até o fim do mundo.

Lucy fechou os olhos e riu, e Dwayne riu também.

– Gostei de você, Dwayne – disse ela. – Venha, vamos lá para trás. – Ela bateu na mesa com a mão. – Você acha que eles têm um "lá atrás" nesta espelunca?

– Lucy, por favor, pare – disse. Meu pai tinha saído do banheiro e estava caminhando em nossa direção.

Ela cobriu metade do rosto com a mão e olhou para Dwayne com o olho machucado.

– Por quê? – perguntou. – Ele parece muito bem como está.

– Fale comigo, Dwayne – disse Lucy, quando todo o pão tinha sido comido e a conversa murchara e a sensação na mesa era a de estranhos num cruzeiro, sentados juntos por acaso. – Você ganha a vida assim? Jogando xadrez no parque?

– Acho que sim, se é que você pode chamar isso de ganhar a vida.

– De que você chama, Dwayne? – ela lhe perguntou.

– Bem, o jogo é um vício lucrativo. Em minha alma, sou músico.

Perguntei a Dwayne o que ele tocava, e, antes que ele pudesse responder, o meu pai se inclinou para frente em sua cadeira e começou a pigarrear alto, com um ruído irritado de motor acelerando.

— Então, Wade — meu pai disse, rispidamente.

— Sim, Roger?

Meu pai não respondeu. Seus lábios se moviam silenciosamente, e eu percebi que ele não tinha nada a dizer. Só queria impedir que Lucy e eu conversássemos com Dwayne, o qual ele, pelo visto, considerava um amigo especial e não desejava compartilhar. Tirando o carinho de longa data que meu pai tinha por estranhos, me desconcertava o fato de ele ter se afeiçoado de modo tão apaixonado pelo enxadrista. Mas talvez fosse isto: talvez ele soubesse que estava escorregando para longe de Lucy e de mim. Ele sentia a terrível humilhação que havia nisso, e só conseguia ficar à vontade na companhia de alguém com quem não tinha passado para esquecer.

Ficamos observando o meu pai, sua boca se abrindo e fechando, os ombros curvados, os olhos baixos.

— Paul Morphy — disse ele, por fim. — Opera Game. As pretas usam a Defesa Philidor, estou certo?

— Meu amigo, eu não saberia dizer — disse Dwayne.

Meu pai franziu os lábios, consternado.

— Garçom — ele chamou, chacoalhando o gelo no copo. — Está havendo uma seca por aqui.

— Que tal a gente dar uma segurada, pai?

— Que tal você ir à merda?

— Em resposta à sua pergunta, Burt, toco um instrumento de sopro — Dwayne, disse, imitando uma sequência de riffs de saxofone. O dedilhado parecia bastante profissional. — Também canto. Você conhece Kenny Loggins?

— Você tocou com Kenny Loggins? — perguntou Lucy.

— Toquei com Kenny na turnê europeia. Minha esposa e eu também agraciamos a banda com uns vocais muito bonitos. Vi todas as principais cidades, me hospedei em bons hotéis, voei por todas as grandes companhias aéreas, Qantas, Virgin Atlantic. Estou contente por você ter tocado nesse assunto. Foi a época mais feliz da minha vida.

– Você ainda é casado, Dwayne? – perguntou ela.

– Chega de falar de mim – disse Dwayne. – Estou ficando deprimido.

– Você costumava cantar, Roger – disse Lucy. – Eu tinha esquecido disso.

– Eu costumava? – perguntou meu pai.

– Sim, costumava – disse Lucy. – De manhã. Você cantava muito de manhã.

Meu pai segurou o saleiro com as duas mãos e correu, pensativo, o polegar pela malha de vidro irregular.

– O que eu cantava? – ele perguntou, sem levantar os olhos.

– Sam Cooke. Elvis. Um pouco de Leonard Cohen. Você fazia um belo Velvet Fog.

Ele olhou para ela, e eu pude ver os músculos ao redor de seus olhos ficarem tensos por um momento e então relaxarem.

– Você está confundindo tudo.

Lucy ficou observando meu pai por um instante e depois se virou para Dwayne.

– E você, Dwayne? Por que você não canta alguma coisa? Cante para mim.

– Aqui mesmo?

– Sim – disse Lucy. – Cante para mim aqui mesmo.

Então Dwayne começou a cantarolar uma pequena abertura, e mesmo aquele cantarolar era algo de qualidade, um barítono treinado, de voz sofrida, e ele sabia como fazê-la brotar do fundo do peito. O casal da mesa ao lado olhou para ele, pronto para se enfurecer, mas se seguraram, parecendo inseguros, imaginando se Dwayne não seria um artista famoso em final de carreira. Então ele começou a cantar, alguma canção antiga que eu nunca ouvira antes. Fosse o que fosse, Dwayne cantou-a de modo maravilhoso. A melodia se desenrolava numa curva rápida que apenas pairava acima da linha melódica real, subindo em espiral para fora da melodia. Ele cantava com muitas vozes ao mesmo tempo, um alegre e barulhento calíope. Na frente, um tenor hábil e vistoso; por trás, uma voz rude e melodiosa, fazendo as vezes de baixo, e um soprano maníaco vagando para dentro e para fora da melodia.

O prazer de Lucy, naquele momento, era algo maravilhoso de se ver. Ela deixou a cabeça rolar para cima do ombro, mostrando a bonita veia em seu pescoço. O rosto dela rejuvenesceu de alegria e timidez. Minha garganta ficou cheia de areia, e eu vi a mulher do meu pai como a desejara muitos anos atrás.

Só meu pai não compartilhava da alegria da sala. Esticava o queixo com seu tique habitual. Agarrou a faca de manteiga com força suficiente para deixar seus dedos pálidos, e tive medo de que fosse quebrar o prato com ela. Mas então Dwayne chegou ao seu floreio final. Lucy puxou os aplausos. Os olhinhos de réptil de Dwayne giraram em sua cabeça.

– Normalmente, para esse tipo de performance, cinco dólares são a contribuição padrão.

Lucy riu.

– Eu pago os cinco dólares, mas primeiro você tem que cantar mais uma música.

Dwayne encolheu os ombros.

– Assim você ferra com a tabela de preços de um sujeito, mas tudo bem. Vamos ver.

– Chega – meu pai bradou. Ele estava examinando a toalha irritado, como se algo que tivesse perdido estivesse ali, escondendo-se à vista de todos. – Chega de canções. Isto é um restaurante, pelo amor de Deus, e, por falar nisso, alguém pode me dizer onde diabos está a vitela?

– Cale a boca – disse Lucy ao meu pai. – Será que pode, por favor, calar a boca, Roger? Só desta vez?

As narinas do meu pai se dilataram, e suas feições se distenderam num desprezo zombeteiro. Colocando uma das mãos em concha sobre a boca, ele se virou para Dwayne.

– Eu não sei quem é esta mulher – disse, a voz alta o suficiente para que toda a sala ouvisse – e não sei por que ela está na minha casa, comigo. Mas vou ser franco com você. Acho que gostaria de tentar fodê-la.

Dwayne explodiu numa gargalhada, bem como os homens no bar e o menino de gravata presa com clipe, junto à porta. O rosto de Lucy estava inexpressivo. Com calma perfeita, ela estendeu o braço por cima da mesa e tirou um cigarro do maço de Newport junto ao cotovelo de Dwayne. Todos nós a vimos se levantar e arrancar o casaco das costas da cadeira do meu pai. Ele caiu um pouco para a frente. Seu garfo bateu em sua taça de vinho vazia, produzindo uma nota aguda e límpida que continuou soando até sua esposa ter saído pela porta.

Comi meu nhoque com tanta rapidez que ele formou uma bola de beisebol na minha garganta, enquanto meu pai e Dwayne comiam seu escalopinho com ruídos da língua, ofegantes. Eu estava rígido de raiva, com a farsa do jantar, por ter desperdiçado uma noite da qual, no mesmo horário, no dia seguinte, meu pai com certeza não iria se lembrar. Assim que Lucy voltasse aos filés que congelavam em seu prato, eu planejava pedir licença e ir para casa.

Mas dez, quinze, vinte minutos se passaram e Lucy não reapareceu. Eu me levantei. Não a encontrei no bar, e ela não estava fumando na calçada lá fora. A garçonete rude que recrutei não a encontrou no banheiro feminino.

– Ela foi embora, a propósito – eu disse ao meu pai.

Ele franziu a testa e resmungou, como se eu tivesse acabado de ler uma angustiante manchete sobre um assunto que ele não compreendia por completo. Tentei o telefone de Lucy. Ele soou nas calças do meu pai.

Ainda passamos tempo durante mais vinte minutos, com o café. A essa altura, o lugar estava enchendo e o garçom nos trouxe a conta sem ser solicitado. Meu pai olhou para o pequeno fólio, mas não abriu. Seus olhos estavam cansados e baços com a bebida.

– Cento e cinquenta e sete dólares, pai – eu disse, lendo a conta. – Obrigado, aliás.

– Não posso pagar – disse meu pai.

– Por que não?

– A carteira está no meu casaco – disse meu pai. Suspirei e coloquei meu cartão de crédito dentro da aba de plástico.

Na calçada, a chuva tinha parado, mas o frio do outono se solidificara em algo verdadeiro e amargo. Meu pai, em mangas de camisa, envolveu o corpo com os braços e se encolheu em seu colarinho.

– Vou colocar você num táxi – disse. – Qual é o seu hotel?

– Não tenho certeza – disse ele.

– Filho da puta – gritei. – Você não sabe? – Agarrei o meu pai e virei seus bolsos do avesso, procurando a chave do quarto ou um cartão. Ele se submeteu à busca sem protestar, olhando para mim com olhos assustados.

– Isso não é educado – cacarejou Dwayne, que, por razões que não estavam claras, ainda não tinha se despedido. – Sacudir o seu velho desse jeito.

– Fique fora disso – disse, áspero. – Temos que encontrá-la. Ela está andando por aí. Acho que vou ter de gastar uma fortuna numa porra de um táxi e ver se conseguimos encontrá-la na rua.

– Se me permite – disse Dwayne – tenho um veículo à minha disposição. Seria um prazer levar os rapazes.
– Você tem um carro, Dwayne? – perguntei.
– Tenho sim – disse ele. – Bem ali, dobrando a esquina. Vou buscar. Uma pequena dificuldade. Preciso de uma grana para tirá-lo de onde ele está guardado.
– O que ele quer? – meu pai perguntou.
– Quer vinte dólares – disse.
– Tudo bem. Então dê a ele.
– Acho que não.
– Pare de brincadeira – disse meu pai. – Já é tarde e eu estou cansado. Dê a ele o dinheiro.
Eu dei a Dwayne a nota e ele começou a descer a rua. Meu pai abraçava o próprio corpo enquanto o tráfego rugia e a multidão passava roçando nele e o vento desgrenhava seus cabelos grisalhos.
– Vai ser muito bom entrar naquele carro – disse ele.
– Não há carro nenhum – falei. – Ele não vai voltar. Foram outros vinte dólares meus que você jogou fora.
Meu pai se balançou para a frente e para trás na sola dos pés e olhou na direção em que Dwayne tinha ido.
– Peça-me desculpas – eu disse.
Ele apertou os olhos contra o vento, o rosto feito um punho cerrado.
Pelo quê? Pelo dinheiro? Pela conta?
– Claro – eu disse. – Vamos começar por aí. Pelos vinte dólares. Peça desculpas.
Ele abaixou os olhos para a calçada, onde um pombo bicava uma espadinha de coquetel. Ele pegou a lâmina em seu bico, e saiu gingando orgulhosamente pela rua e desapareceu, virando à direita na Minetta Lane. Por fim meu pai suspirou e disse algo numa voz baixa, cheia de remorso.
– O quê? – disse. – Repita, para que eu possa ouvir.

Ele fez uma careta, curvando-se de leve como se uma dor súbita tivesse apertado seu estômago.
– Bispo – disse ele, e se virou.
– Bispo – repeti.
– Bispo come o cavalo preto e avança contra a rainha.

Segundos depois, um velho Mercedes branco parou ali, o rosto amplo e esverdeado de Dwayne olhando para nós de soslaio, por trás do volante. Dwayne estendeu a mão e abriu a porta do carona.
– Você voltou – eu disse.
– Verdade – disse Dwayne.

O banco traseiro estava cheio de jornais e de roupa de cama. Um fedor horrível de urina e roupa velha impregnava o carro. Meu pai e eu nos sentamos juntos no banco. O vento soprava através da janela lateral do carona, e, quando passei o braço por cima do meu pai para girar a manivela, um horizonte destroçado de vidro surgiu na janela e se derramou no colo do meu pai.
– É. Algum idiota quebrou isso – disse Dwayne.

Meu pai não disse nada. Seus dentes se entrechocavam, e seus lábios pendiam frouxos e molhados. Ele parecia irremediavelmente velho, e seus olhos eram grandes e vazios. Uma tristeza se abateu sobre mim então, e eu poderia tê-lo abraçado e segurado a sua mão, mas Dwayne pisou no acelerador e o Mercedes saltou na Houston Street. Caímos num buraco e houve um baque forte. O impacto fez balançar um monte de quinquilharias e penduricalhos que pendiam do retrovisor de Dwayne – pulseiras de carnaval, penas, berloques, medalhões de esportes – e meu pai ficou observando aquela bagunça oscilando com a fascinação de uma criança olhando para o móbile no alto do seu berço. Estendeu a mão e pegou uma placa do Novo México em miniatura. Franziu a testa diante das letras em alto-relevo que diziam "Terra de encantamento".
– O que é isso? – perguntou.

– Só algumas besteiras que eu peguei na estrada – disse Dwayne.

– Não, esta palavra aqui, "encantamento". O que isso significa mesmo?

– Merda – disse Dwayne. – Você sabe o que é magia, Roger?

– Claro – disse meu pai.

– Quer dizer isso, magia.

Meu pai se encostou em mim, estudando o braille laranja.

– Terra da magia – disse ele.

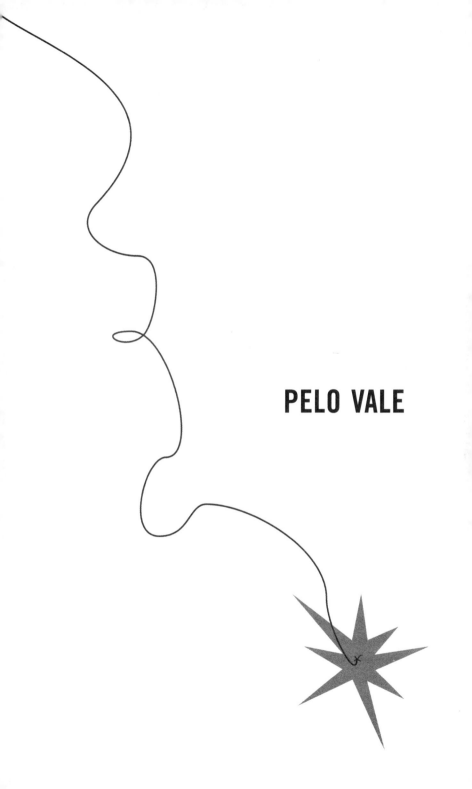
PELO VALE

Quando Jane me deixou por Barry Kramer, foi um tipo sério de dor, mas, quando ela começou a se interessar por ele, já não havia muita coisa entre nós. Durante um bom tempo, já não éramos mais nada, além de uma discussão procurando diferentes maneiras de acontecer. Barry tinha sido seu instrutor de meditação, algo que ele fazia antes de começar o seu negócio de ir nas empresas e ensinar aos empresários como manter os canais de comunicação abertos. Eu tinha ignorado o conselho de amigos e incentivado o relacionamento dela com Barry, porque suas sessões com ele pareciam de fato acalmar Jane um pouco, e também a deixavam menos inclinada a beber até ficar com um ressentimento profundo e me amaldiçoar pelos anos que ela não poderia trazer de volta. Mas não foi uma surpresa agradável quando cheguei em casa certa tarde e ali, à luz do sol, no chão da nossa sala, Jane estava sentada de sutiã, as mãos de Barry sobre seus ombros nus. Quando entrei com nossa filha, Marie, os dois deram um pulo e começaram a explicar como Barry estava mostrando alguns novos movimentos de shiatsu. Eu então ataquei Barry com um pedaço de mangueira que tinha levado para casa a fim de colocar na torneira da banheira. Gritei e fiz minha filha chorar. Quebrei algumas coisas. Fiz promessas de mais violência, e pior, e Jane se foi com Barry e Marie. Lembro-me dela em pé na porta com uma braçada de roupa, os músculos do seu maxilar projetados para a frente e ela me dizendo como eu ia me arrepender do que tinha feito.

E ela estava certa: acabei mesmo me arrependendo, mas depois de um tempo, nem muitas vezes, nem profundamente. Jane comprou a minha parte da nossa casa a um preço justo. Fui morar fora da cidade, num chalé de cômodos contíguos, remodelado, num terreno de dois hectares e meio, com um riacho atravessando o quintal. A casa me servia bem, exceto por um milhão de vespas pretas roendo buracos nas ripas. As criaturinhas faziam uma terrível algazarra, moendo a madeira, e nos fins de semana à tarde, quando a sensação de fracasso e arrependimento não podia ser mantida a distância, eu encontrava uma agradável distração em esguichar veneno dentro daqueles buracos.

Fiz um jardim, e um gato de rua de que comecei a gostar vinha instalar seu mau humor no milho. Obriguei-me a buscar um novo amor e, durante algum tempo, pensei tê-lo encontrado com uma garota do meu escritório. Ela era derretida na minha cama, mas também sofria de depressões que lhe eram muito importantes. Costumava me telefonar apenas para suspirar durante duas horas na linha, querendo que eu aplaudisse a profundidade dos seus sentimentos. Eu rompi, depois senti sua falta, desejando ter pelo menos tido o bom-senso de tirar uma fotografia dela nua.

Via Jane uma vez por mês, no dia em que eu ia buscar Marie. Jane estava mais bonita agora que tinha desistido do álcool em troca do programa herbal em que Barry a colocara. Ela não parecia mais me odiar, e, em geral, me recebia com um tipo de preocupação irritada.

– Fiquei triste ao ver você passar escondido na frente da casa, na outra noite – ela disse, uma vez. – Não é bom para você. Além disso, se estiver pretendendo transformar a espionagem de outras pessoas num hábito, devia consertar o escapamento. Soa como alguém numa armadura sendo arrastado pela rua.

Felizmente, ela ficou fora durante a maior parte do verão, depois de nossa separação, em Mendocino, Califórnia – cidade natal de Barry – no Oregon e em Sedona, Arizona, e depois voltou para cá e viajou de novo, logo em seguida, para um retiro nas montanhas, a fim de interagir com cedros e experimentar episódios cósmicos. Jane me surpreendeu com um telefonema, cedo, certa manhã de setembro. Eu já estava acordado, escutando as vespas comerem a minha casa.

– Tivemos um acidente aqui no ashram – disse Jane. – Preciso que você venha pegar Marie. E Barry também, se não houver problema.

Fiquei irritado com ela, achando que Marie tinha se machucado enquanto os adultos estavam fora curtindo o néctar da suprema instrução, mas Jane disse que não, era Barry. Ele havia caído do telhado ou algo assim, e agora precisava voltar para casa porque não podia fazer nenhuma postura com um tornozelo quebrado. Ela explicou que Barry não estava em condições de operar um pedal de embreagem ou de se dedicar à tarefa de babysitting enquanto ela estava numa sessão. Realmente ajudaria, ela disse, se ele pudesse fazer isso.

Não gosto de dirigir meu carro muito além dos limites da cidade, e não estava superanimado com a ideia de uma longa viagem com Barry Kramer. Mas estava satisfeito com o fato de Jane querer nos levar a um lugar onde poderíamos começar a fazer favores um para o outro. Era o seu tipo de ramo de oliveira, mais madeira do que fruta. Eu disse a ela que tudo bem.

O retiro era na parte ocidental do estado, a três horas de distância. Segui as orientações de Jane, tomando algumas estradas secundárias e sinuosas, estacionei e desci num local muito agradável, um amplo campo de varas-de-ouro correndo até um lago cor de jeans novos, com uma densa mata negra escurecendo a borda da água. Não muito tempo antes, eu tinha lido nos jornais sobre uma mulher que morrera perto dali em circunstâncias estranhas. Ela havia desaparecido certo fim de semana, enquanto acampava com o marido. Os jornais fizeram parecer que ele a havia matado, mas logo antes de a polícia registrar queixa, um caçador atirou num urso preto com parte do chapéu da mulher em seu estômago, um tipo engraçado de boas-novas para o viúvo.

Caminhando pelo complexo, passei por uma jovem sentada diante de uma mesa de piquenique, com um bebê no peito. Crianças pequenas estavam brincando de se pendurar de cabeça para baixo num parquinho de madeira. Um menino que capinava uma plantação de ervilha disse que conhecia minha ex-mulher e apontou para a barraca de lona onde ela estava hospedada.

Barry estava sentado no chão, lá dentro, com o pé machucado num banco. Ele me observou entrar. Sua barba tinha mais fios brancos do que quando eu o havia visto pela última vez, mas ele ainda era um homem bonito. Sem barriga, pele lisa, cabeça cheia de cabelos, mais bem-apessoado do que eu.

– Oi, Ed – disse ele. Jane não estava brincando sobre o pé dele. Estava com aparência péssima: cinza dos dedos à canela, com o turbilhão roxo de galáxias de um hematoma no tornozelo.

Fui apertar sua mão.

– Porra, Barry – eu disse. – Você devia ter me chamado antes que a gangrena começasse.

Ele olhou para o pé e fez um gesto como se afastando um cheiro ruim.

– Uma entorse, só isso. Nada de grave. Só preciso dar a ele um pouco de repouso e deixar o corpo fazer o resto. A meleca é que eu dei um depósito para ficar até o dia primeiro, e eles não querem devolver. Você pode pensar que só se trata de compartilhar e compartilhar num lugar como este, mas acredite, essas pessoas contam cada centavo.

A porta bateu e Marie entrou. Quando ela me viu, fechou um olho e recuou, numa timidez fingida. Em seguida, estendeu os braços para que eu a pegasse, o que fiz.

– Eu estava brincando com Justin e olha só o que eu encontrei – disse ela, dobrando o punho diante do meu rosto. A pele ali estava em carne viva e pegajosa. – Sumagre venenoso, disse ela, com orgulho.

– Eca – eu disse. Coloquei-a no chão outra vez. – Ei, Barry, eu gostaria de dizer oi a Jane, se você souber onde ela está. – Eu ainda não tinha dito a ela que havia preenchido uns papéis no trabalho para me mudar para Hot Springs, onde uma nova filial iria abrir. Eu teria um aumento se conseguisse a posição, e teria subordinados. Eu queria que ela ficasse sabendo.

Barry sacudiu a cabeça.

– Não dá, sinto muito – disse ele. – Ela está no meio de um isolamento.

– Bom, eu só espicho a cabeça lá para dentro e digo oi, bem rápido.

– Sinto muito, mas eles não vão deixar que ela receba visitantes agora, nem eu nem ninguém. Durante 36 horas. Talvez você queira deixar um bilhete.

Pensei a respeito.

– Não, acho que não preciso. Podemos pegar a estrada.

Barry se levantou com uma muleta velha de metal com uma toalha dobrada onde o acolchoado estava faltando. Tentei levar sua mochila para ele, mas ele fez questão de levá-la. Seguiu-me, com esforço, pelo caminho, tendo que parar a cada cinco passos para ajeitar a alça.

Chegamos ao carro e eu segurei a porta aberta para ele, mas ele não entrou no mesmo instante. Ficou ali se balançando sobre sua muleta, olhando para o céu e os campos e as árvores do outono começando a ficar com cor de sorvete. Ele coçou a barba cor de fuligem e inspirou alto e com vontade.

– Cara, eu vou sentir falta disto – disse ele. – Ar puro de verdade. Graças a Deus ainda há algo em que os sacanas ainda não conseguiram colocar uma marca. Fico arrasado por ter que ir embora.

Um bando de gansos levantou voo do outro lado do lago e passou numa formação irregular de bumerangue, no céu. Barry levantou Marie para que ela pudesse ver por cima do carro. Um braço deslizou por cima de seus ombros, o outro segurou-a na dobra dos joelhos, e ele apoiou a minha filha na barriga de uma forma que revelava já ter feito isso muitas vezes antes. Com os olhos nos gansos, Marie puxava preguiçosamente a orelha de Barry, com sua mãozinha maltratada. Eu fiquei observando os dois, e eles observavam os gansos, que chamavam uns aos outros em vozes como pregos sendo puxados de tábuas velhas.

Levantei o banco da frente para que Barry pudesse rastejar até a parte traseira e se esticar. Ele colocou a muleta primeiro e firmou-a no banco enquanto se ajeitava dentro do carro. A muleta não tinha uma ponta de borracha, e agarrou no revestimento e abriu um pequeno buraco em forma de coroa, no vinil. Barry olhou-me para ver se eu tinha visto, então teve um sobressalto de culpa.

– Ah, caramba – disse ele. – Barry, seu filho da puta desastrado.

Deixei escapar um suspiro.

– Não é nada de mais – eu disse a ele.

Ele passou o dedo no rasgão.

– Vamos fazer o seguinte. Vamos comprar um daqueles kits. Sabe aquelas coisas que eles vendem? Podemos consertar isto, fácil.

– Não, um buraco tão grande não dá para consertar. Esqueça.

Eu me adiantei para colocar o banco de volta no lugar, mas Barry colocou seu braço contra ele.

– Ei, ei, espere um segundo, Ed.

– O quê?

– Você não precisa ficar ríspido comigo. Vamos consertar. Se não pudermos fazer isso nós mesmos, leve a algum lugar, e eu pago. Falando sério.

– Ninguém está ríspido – eu disse a ele. – Este carro é uma lata velha. Eu poderia comprar outro pelo custo de consertar esse rasgão. Agora cuidado com o braço.

– Posso pelo menos dar algum dinheiro a você? – Ele fez um gesto na direção de pegar a carteira.

– Não.

Coloquei o cinto do banco do carona em Marie, e saímos dali. Logo estávamos passando ao longo do cume que corre paralelo à fronteira do estado.

Mais à frente, debruçando-se sobre a estrada, estava um rochedo fendido, esticando-se alto no céu. Tinha o aspecto de uma cabeça de galinha, o bico aberto para pegar a minhoca.

– Ei, Marie, o que aquela pedra parece, para você?

Ela pensou no assunto.

– Uma bunda – disse ela, e se acabou de rir.

– Interessante – eu disse. – Não vejo isso.

– Você sabe o que é aquilo? – Barry entrou na conversa, da parte de trás. – Na verdade é a lava endurecida de um vulcão extinto. As camadas externas de sedimentos se desgastam com muito mais rapidez, então só deixam a gente com uma espécie de molde do núcleo da montanha.

Logo Barry estava cochilando. Sua cabeça estava apoiada na janela bem atrás do meu assento, e sua respiração assobiava através de seu espesso bigode. Havia um cheiro nele, sabão e suor e leite azedo.

Perguntei a um monte de gente sobre Barry quando Jane se meteu com ele. Conheci uma mulher que tinha dormido com ele uma vez. Ela disse que aquele estranho fedor dele tinha sido um problema, o que eu fiquei satisfeito em ouvir. Também disse que ele tinha uma banana enorme, que fez exercícios de respiração antes, e que depois tinha ido até a cozinha e preparado uma grande salada de beterraba.

Eu olhei no retrovisor. Barry estava com o pé apoiado nas costas do assento de Marie. Suas calças tinham subido, mostrando uma canela da espessura da perna de um cervo, e tão densamente coberta de pelos pretos e grossos que você poderia pendurar um palito ali.

Eu já começava a me arrepender de estar fazendo aquele favor para Jane. Minha mente divagava. Não dá para você se sentar num carrinho Datsun com o novo amante da sua esposa, sem recordar toda aquela agradável velharia sobre ela que seria melhor não desenterrar. Sua barriga encostada nas suas costas numa manhã fria. A maravilha escorregadia que era ela ensaboada no chuveiro. Uma noite, muito tempo atrás, quando vocês se moveram um sobre o outro, com tanta sinceridade, que arrancaram dois parafusos de seis milímetros que seguravam a cama. Mas comece a exibir de novo todas aquelas cenas antigas e logo Mendocino Barry rouba o quadro, seus quadris nus e mosqueados em sua cama, velas e um incenso fumegante na sua mesa de cabeceira. Você pode vê-lo enfiando uma unha amarela sob os festões do elástico da calcinha dela e removendo-a devagar, talvez com uma ou duas palavras sobre flores de lótus. Você não quer imaginar como ela levanta os quadris da cama, os estremecimentos de boca aberta, ansiosos, nem Barry se empinando numa saudação ao sol, entre os joelhos afastados dela, sua língua se refestelando como um deus tiki em terrível agonia. Você não quer começar a pensar em Borboletas Pairando ou no Talo de Jade, ou na Porta da Morada Sagrada, quando consegue se lembrar de uma vez, de algumas vezes, na verdade, em que chegou a casa tarde, depois de ter bebido uma grande quantidade de álcool, e se deitou em sua mulher adormecida, dizendo: "Vamos lá, mãe, não podemos dar uma trepadinha?"

Isso me deixou enjoado. Afastei um arrepio e estendi a mão e dei um tapinha na cabeça de Marie. Ela estava começando a cochilar.

Ela se contorceu debaixo da minha mão.

– Não mexa comigo quando eu estiver com sono – disse ela.

Entramos na magra rodovia estadual que corria vale adentro. A oeste, a terra descia, e para baixo, onde as montanhas se aplainavam, a grade verde das fazendas parecia nítida e vívida como uma mesa de bilhar.

Seguimos por um tempo, e ninguém falava. Marie brincava com os dedos e murmurava consigo. Lá fora, o sol estava caindo rapidamente, fazendo grandes sombras se acumularem nos espaços entre as colinas. Os outros carros agora estavam de faróis acesos, e eu apertei o botão para acendê-los e também liguei a calefação. Marie enfiou a mão na frente da saída de ar, para sentir o calor sobre ela.

O calor era uma coisa sobre a qual eu e Jane gostávamos de brigar. Ela nunca conseguia se aquecer em nossa casa. Podíamos estar no meio de julho, e ela queria fechar as janelas e ligar a calefação. Eu não colocava o termostato acima de dezoito graus, então ela ligava os queimadores do fogão e ficava ali, carrancuda, como uma mulher das cavernas guardando o carvão. Muitas vezes, a primeira coisa que eu via, quando chegava em casa do trabalho, era Jane em pé junto ao fogão, com os cabelos cheios de nós e uma camiseta velha caindo perto da chapa. Eu gritava com ela por causa disso, mas não ajudava. Sua camisola pegou fogo duas vezes, e tivemos de parar, deitar e rolar Jane no chão da cozinha.

O vinil rangeu atrás de mim, e ouvi Barry se sentar e bocejar.

– Ei, Barry, Jane ainda faz aquele negócio de tentar tocar fogo em si com o fogão?

– Não que eu tenha notado – disse ele. Contei-lhe sobre seus dois acidentes.

— Não me surpreende. Ela tem uma circulação terrível.

— Ei, ela ainda faz aquela coisa de deixar um monte de trapos cheios de ranho embolados na cama? Cara, eu me lembro, era tanto Kleenex velho por ali, que você se deitava na cama e *crrrunch!*. Dava vontade de vomitar. Ela ainda faz isso?

Barry deu uma risada seca.

— Sem comentários — disse ele.

— O quê?

— Sinto muito — disse Barry. — Isto me deixa um pouco desconfortável, para ser franco com você. Não é justo condená-la sem que ela esteja aqui para se defender.

— Só estou tentando conversar — disse. Deixei o assunto de lado sem perguntar o que realmente queria saber, que era se Jane ainda sofria com aquele sonho que costumava ter quando éramos casados. Desde que ela era menina, tinha esses pesadelos em duas camadas nos quais sonhava que um homem estava de pé, diante da cama. Então ela sonhava que tinha acordado do pesadelo só para ver que realmente havia um homem parado diante da cama. Nesse momento, era um inferno. Às vezes, ela pulava da cama e começava a correr. Ela se machucava com isso. Ela corria de encontro às paredes. Certa vez, ela atravessou uma porta de correr de tela. Às vezes, os lençóis se embaralhavam em torno de seus tornozelos, e, antes que ela pudesse começar a correr, caía de cara no chão, e de manhã estava com um olho roxo. Aqueles sonhos sempre me matavam de susto. Jane jurava que eles não queriam dizer nada, não eram o que parecia, a memória de alguém assediando-a quando era criança. Eu queria perguntar a Barry se ela havia mencionado os pesadelos em todo aquele trabalho de consciência que tinham feito juntos, mas tinha a sensação de que ele daria um jeito de inverter as coisas e fazer com que os sonhos fossem culpa minha.

O céu estava escurecendo, quando Marie se inclinou em seu banco e fez uma coisa estranha. Ela inclinou a cabeça para baixo e colocou os lábios sobre o câmbio. Pôs a coisa toda na boca e abriu a mandíbula por completo. Uma fita de baba escorreu e ficou brilhando sob a luz verde do painel. Esperei que ela parasse, mas ela não parou. Parecia ter adormecido daquele jeito. Dei uns tapinhas em suas costas.

– Querida, pare com isso – disse. A cabeça de Barry estava no retrovisor mais uma vez, embora seu rosto estivesse escuro contra as luzes do carro atrás do nosso.

– Está tudo bem, Ed – disse Barry. – Jane e eu a deixamos fazer isso em viagens longas. As vibrações a relaxam. Ela diz que a sensação em seus dentes é boa.

– Bem, mas não é seguro – falei. – Vamos, querida, saia daí.
– Puxei os ombros de Marie, mas ela não soltava o câmbio, nem sequer se mexia. Algumas crianças você poderia colocar num barril e jogá-las um lance de escada abaixo e elas mesmo assim não acordariam. Marie é assim.

– Marie, querida.

Barry deu a impressão de que ia dizer algo, e então não disse, e então disse.

– Ed, se me permite, eu acho que você poderia deixá-la ficar aí. Jane diz que está tudo bem. Não há mal nenhum nisso, de verdade.

Olhei para Marie ali embaixo, com a manopla do câmbio roncando em sua boca. Um assustador zumbido engasgado saía dela. Estava me dando nos nervos. Coloquei minha mão debaixo do queixo de Marie e a puxei para fora do câmbio. O que aconteceu foi que seus dentes beliscaram um pouco seu lábio, e quando ela se sentou, piscou algumas vezes os olhos, tocou a pequena mancha de sangue no canto da boca e começou a chorar.

– Está vendo, Ed, o que eu estava tentando dizer é que se você só tivesse deixado ela...

— Barry — disse eu. — Obrigado por dar sua opinião, mas eu apreciaria que, fosse o que fosse que você vai dizer, você calasse a boca.

— Ei, vamos lá, Ed, não precisa ser hostil comigo — disse ele.

Marie estava inspirando longa e irregularmente, e eu sabia que quando o ar saísse seria em alto e bom tom.

— Não estou sendo hostil, Barry. É só que não preciso ouvir a opinião de uma droga de uma comissão, neste momento.

Marie deu início a um longo e profundo gemido com um bocado de força pulmonar por trás. Fez uns dois desses, e depois só ficou sentada ali, choramingando.

Barry deixou passar um segundo e então disse:

— Ela está machucada?

— Não, Barry, porra, ela não está machucada. — Eu esfregava Marie nas costas. — Meu amor, você está bem, não está?

Ela bufou e cuspiu e balançou a cabeça negativamente.

— Oh, Jesus, sim, você está bem, querida. Você está ótima. Barry, ela está ótima. Ela só está com um pequeno corte no lábio, só isso.

— Ela está sangrando?

— Barry, será que você pode, por favor, calar a boca? Por favor, está bem? — Eu me virei para Marie e enxuguei uma lágrima de seu rosto. — Agora, querida, como posso deixá-la contente? Você está com fome? Quer um milkshake? Quer uma coisa gostosa para comer?

— Não — disse ela, em cerca de dezesseis sílabas.

— Ah, droga, você quer sim — disse eu. Meu humor estava me deixando a ponto de quebrar alguma coisa. Liguei o rádio alto e dei um soco no meio do volante, mas com cuidado, de modo a não buzinar.

Uma neblina nos havia seguido montanha abaixo. As estacas das cercas cintilavam rápidas e quase indistintas nas vigas baixas. No topo de uma colina, surpreendemos um gambá comendo algo na estrada. Ele se virou, os olhos brilhando amarelos e ordinários nos faróis.

Barry se mexeu, e, mais uma vez, sua cabeça estava entre os assentos.

– Ed, você se importaria de diminuir isso por um segundo? Diminuí.

– Desculpe. Acho que eu deveria dizer algo – disse ele.

– Está tudo bem. Você já disse algumas coisas.

– Não, eu quero pedir desculpas. Não foi certo da minha parte criticar você há pouco. Uma parte de mim tem esse jeito de falar quando não deveria.

– Esqueça – disse.

Barry tossiu na mão.

– Ei, olhe Ed, eu quero que você saiba que fico agradecido por esse favor, por você ter vindo me dar uma carona. É uma coisa meio estranha. Quer dizer, não somos exatamente amigos ou algo do gênero, mas eu acho que é bom, é importante a gente poder ficar um tempo juntos, nós dois.

– Sim, é encantador.

Ele continuou.

– Quer a gente goste, quer não, somos, a nosso modo, uma família agora, nós quatro, e eu detestaria, mais do que tudo, saber que a minha presença ameaça você, ou que de algum modo...

– Você não me ameaça, Barry – eu disse a ele. – Eu só não gosto tanto assim de você.

Ele ficou quieto e deu um grande suspiro.

– Maravilhoso. Essa é uma excelente atitude da sua parte, Ed.

Barry afundou lentamente para trás, em seu assento. Aumentei o rádio outra vez e segui em frente rápido na escuridão.

No fim de um ligeiro declive, deparamo-nos com um restaurante que era um chalé de madeira com alguns letreiros em neon nas janelas. Barry tinha mantido um silêncio aborrecido durante os últimos quarenta minutos, que aos meus ouvidos, era quase tão ruim quanto sua voz anasalada e superior.

— Ei, aí atrás — eu disse, com alegria intencional. — Vou dar uma parada para um café. Quer comer alguma coisa?

— Tudo bem — murmurou Barry.

Parei diante do restaurante. Marie e eu saímos pelo estacionamento. O ar noturno estava espesso com o cheiro da caixa de gordura junto à porta da cozinha. Barry veio mancando atrás da gente, sem se apressar. Marie e eu encontramos três cadeiras no bar. O restaurante era um lugar alegre, com um monte de bugigangas penduradas nos painéis de pinho nodoso: ferramentas agrícolas de ferro, páginas de jornal emolduradas com vitórias de futebol, placas de carro e várias reimpressões em latão de propagandas vintage com negros sorridentes de lábios vermelhos. Onde não havia objetos como aqueles, os moradores locais tinham grampeado notas de um dólar rabiscadas. Antes que eu pudesse impedi-la, Marie estendeu a mão e arrancou uma da coluna ao lado de seu banco. A garçonete a viu fazer isso. Era uma garota de cintura alta, com uma gola bem côncava mostrando o generoso e sardento espaço entre os seios. Peguei o dólar de Marie e estendi para a garota.

— Abra a boca e ela arranca as suas entranhas — disse. — Por favor, não chame a polícia.

A garota riu. Pôs a mão em concha sobre o rosto.

— Fique com ela — disse. Eu achei que podia puxar assunto, mas ela se afastou com sua bandeja, e Barry Kramer entrou, mancando. Ele não olhou para mim, mas se sentou ao lado de Marie. Pediu um queijo-quente, rodelas de cebola empanadas e um vinho tinto, que veio numa garrafinha com tampa de rosca. Ele começou a comer os pretzels que estavam num prato no bar, ao passo que esperava sua comida vir.

Enquanto isso, o bar estava ficando cheio de gente querendo relaxar às pressas. Umas mulheres com jeito de caixas de banco, usando conjuntos de rayon, estavam entornando tequila e chupando limão. Num canto, um garoto de óculos de sol amarelos tinha colocado um equipamento de DJ, que tocava uma música de baixo, e um amigo do DJ deslizou até a pista de dança, cada parte de seu corpo fazendo sua própria e nervosa dança urbana. Depois de algum tempo, as caixas de banco se provocaram umas às outras, obrigando-se a sair de seus bancos, e foram tentar se divertir com o rapaz que dançava, mas ele circulava entre elas, como se fossem pilares de tráfego, perdido em seus movimentos.

Um pouco mais afastado, no bar, um homenzinho de camisa de golfe rosa bebia uma cerveja e assistia à televisão aparafusada sobre a parte dos fundos do bar. Ele não podia ter mais do que seus 21 anos. Parecia extremamente chateado e grego, com um nariz comprido e um centímetro e meio de testa entre as sobrancelhas e a raiz do cabelo. Depois de um tempo, uma garota grande e esguia entrou e sentou ao lado dele. Ele não olhou para ela, embora todos os outros tenham olhado. Com cerca de um metro e oitenta e cinco, ela era uma girafa oxigenada usando jeans apertados e mais maquiagem do que uma garota de sua idade precisava usar. Ela colocou o cotovelo no bar, apoiou o rosto no punho, e deu uma baforada zangada na direção do homenzinho. O garoto sugava sua cerveja e fingia não notá-la.

– Eu estava esperando por você em casa – disse ela.

– É, eu não estou em casa – disse ele, com os olhos presos na tela da tevê.

– Não me diga – disse a garota. Ela pegou um canudinho de coquetel e o usou para limpar debaixo das unhas.

Nossa comida chegou. Cortei o cheeseburger de Marie em pequenos pedaços. Ela pegava cada pedaço do sanduíche e lambia antes de colocar na boca. Eu nunca tinha visto ninguém comer desse jeito antes. Para a sobremesa, comprei para ela um pedaço de torta, da qual ela tirou duas cerejas e me entregou o resto. Comi em três mordidas. Já era tarde, e ainda tínhamos mais duas horas de estrada reta e maçante até chegar em casa.

Mas Barry não acabava nunca seu queijo-quente. Ele o arrastava lentamente através de uma poça de mostarda em seu prato, dava uma mordida, e mastigava por cerca de dez minutos antes de engolir. Ele escutava uma piada que um pintor de paredes contava a três bancos dali, e riu alto quando ela chegou ao fim. Observou o garçom fazer um truque através do qual colocou uma garrafa vazia na borda do balcão e bateu no gargalo com a palma da mão, fazendo a garrafa ser arremessada num arco alto e cair numa lata de lixo no canto. Barry aplaudiu, junto com todo mundo, exceto o jovem casal mais afastado. O jantar do sujeito tinha aparecido. Quando a mulher tentou dar uma mordida no seu sanduíche, ele empurrou o prato para ela.

– Divirta-se – disse ele.

– Qual é a sua hoje, Lewis?

– Nada. Só pensei que poderia ser divertido fazer uma refeição uma vez sem a porra das suas mãos na minha comida, mas não.

A garçonete passou, e o rapaz a chamou.

– Ei, Jenny. Seus peitos parecem felizes esta noite.

– É, mas eles estão chorando por dentro – disse ela por cima do ombro.

A garota olhou de relance para a garçonete e depois para o garoto.

– Vamos até Cherokee – disse ela. – Don e Lisa vão jogar cartas.

– Divirta-se – disse ele – e diga àquele babaca que ele me deve uma mangueira do compressor. – Ele bateu uma nota sobre o bar e saiu com sua cerveja. A garota revirou os olhos como se não se importasse, mas, antes que a porta tivesse se acomodado na moldura, levantou-se e foi atrás dele.

Os dois estavam lá fora, no estacionamento, quando voltamos para o meu carro. As coisas tinham piorado entre eles. O sujeito estava imprensado contra uma picape GMC azul, e ela estava com o dedo em riste em sua cara, o cabelo voando. Peguei Marie e caminhei rápido para o carro, e o casal continuou com suas palavras gritadas.

Coloquei o cinto de segurança em Marie. Depois abaixei o banco da frente para Barry, mas ele ficou parado de costas para mim, os olhos sobre o par infeliz.

– Você vem, Barry?

Ele não se mexeu. O show estava ficando bom. Barry assistiu ao garoto tentando contornar sua namorada grandona e entrar em sua picape, mas ela continuou a gritar e ficar em seu caminho. Ele a empurrou no peito e fez com que ela caísse sentada.

– Jesus Cristo – disse Barry. – Temos que fazer alguma coisa.

– O que precisamos fazer é ir embora daqui e deixar esses jovens fazerem o que tiverem de fazer com privacidade.

Ele torceu o rosto para mim.

– Sabe de uma coisa, Ed, eu tenho pena de você. Tenho mesmo.

A mulher não ficou caída durante muito tempo. Um segundo mais tarde, estava de pé, chicoteando metros de braço branco sobre o homenzinho. Ele levantou a mão e deu um tapa nela. O som chegou até nós com um estalo nítido, como uma bola de beisebol caindo na luva.

– Meu Deus – disse Barry.

Com sua muleta, ele foi até onde estavam os garotos. Entrei no carro e liguei o motor, achando que ia fazê-lo desistir de sua missão, mas ele continuou.

Quando Barry estava ao alcance das cusparadas do casal, ele parou, a luz azul de um refletor jorrando em torno dele num cone brilhante. Ao vê-lo, eles pararam de se atacar. Barry começou a falar numa tranquila cadência de Mendocino, e, por um tempo, pelo menos, sua magia da Califórnia fez efeito. Os garotos se encolheram, escutando o sermão de Barry como dois alunos do ensino médio surpreendidos se agarrando juntos debaixo das arquibancadas. A mansidão durou cerca de noventa segundos, e em seguida o garoto gritou com Barry e fez um gesto como se fosse acertá-lo com o punho. O garoto não atingiu seu pomo de Adão, mas Barry afundou para trás em sua muleta, escondido atrás de seus dedos abertos, protegendo o rosto.

Mas não se afastou. O garoto brandiu sua garrafa de cerveja, e Barry ergueu as mãos, exibindo algum filme em sua cabeça no qual era o adorado homem de paz. De certa forma, eu realmente queria ver aquele jovem matuto de camisa de golfe Hilfiger tomar a muleta de Barry e enfiá-la nele como uma bailarina numa caixinha de música. Mas, se Barry levasse uma surra, eu sabia que isso resultaria numa longa campanha de ressentimento da parte de Jane, que com certeza iria me responsabilizar.

Levantei Marie do banco do carona e a coloquei no banco de trás. Então dirigi rapidamente pelo estacionamento e abri a janela e chamei o nome de Barry. O garoto se dirigiu a mim, se balançando sobre os calcanhares, à beira de levitar com adrenalina.

– Algum problema, veado?

Sorri para ele.

– Nenhum problema, seu merda – disse. – Só preciso apanhar o meu amigo, e então você pode voltar a bater na sua namorada.

O garoto atirou a garrafa e ela se fez em pedaços de encontro à minha porta. Marie gritou. Uma névoa vermelha pulsava na minha visão, e eu estava fora do carro, indo na direção dele. Barry se colocou no meu caminho, dizendo:

– Não, Ed, Cristo, por favor – e eu passei por ele. O pequeno grego sorria numa fraude de bravura, esperando, suponho, que o seu rosto falso de assassino me assustasse e me fizesse esquecer os dez centímetros e trinta quilos que ele tinha a menos. A raiva abriu uma boca muito grande e faminta no meu peito, e eu sabia que não devia deixá-la ir longe demais, só acertá-lo no nariz uma ou duas vezes. Talvez tirar o cinto dele e dar-lhe umas chicotadas. Preparei-me para a briga e levantei as mãos, e então estava num sonho. Era um jantar na casa dos pais de Jane, em Memphis. Uma tempestade uivava lá fora e relâmpagos estalavam nas janelas. Eu estava conversando com o pai de Jane.

– Melhor patifes do que tolos, Edward – dizia ele, a voz monótona. – Melhor patifes do que tolos.

Acordei deitado de costas com uma dor no maxilar. O garoto estava embaixo de mim, me envolvendo num complexo aperto de corpo inteiro, alguma ciência de equipe de luta livre de que eu não conseguia me soltar. Suas pernas prendiam meus dois joelhos. Um de seus braços estava na minha garganta, e ele usava o punho livre para esmurrar a minha têmpora. Por cima dos socos e da respiração, e os ruídos de pivô da nossa luta na terra, estava a buzina anasalada da voz de Barry, berrando por ajuda, quando tudo o que ele precisaria fazer para pôr fim àquilo era cravar a ponta da muleta entre os dentes alinhados do garoto e se apoiar nela.

O merdinha tinha me prendido de um modo que me deixava impotente. Eu não conseguia me mexer ou respirar. Meus olhos corriam com frustração e dor. Eu estava pensando que não havia muito a fazer, além de ficar ali e apanhar, quando eis que olhei para baixo e percebi que o rosto do garoto estava num local acessível, bem ao lado das minhas costelas. Levantei o cotovelo e abaixei-o. Ele xingou em voz baixa. Repeti o gesto, e aquele segundo golpe desfez a sua chave de mestre. Ele soltou um suspiro, e seu aperto em torno da minha garganta relaxou. No terceiro golpe, algo cedeu, e eu senti isso no meu cotovelo, um colapso nauseabundo, como o osso de um frango cru cedendo à tesoura. A garota estava gritando, me chutando, e então alguém a puxou de volta. A essa altura, uma pequena multidão de cidadãos preocupados tinha se derramado para fora do restaurante. Rolei para longe do garoto, e não o ouvi sequer suspirar.

Cuspi algo quente e grosso que não escorreu do meu queixo. Tentei me levantar, mas o homem que eu tinha visto atrás do bar veio e colocou a mão em mim.

– Não se mexa – disse ele. Em sua mão havia um pequeno taco de alumínio. Eu me sentei no chão perto do meu para-choque. Barry não estava na multidão, nem Marie. A menina foi para junto do seu amigo, gemendo em cima dele, segurando sua cabeça. Era difícil olhar para aquilo, o modo como sua bochecha pendia frouxa do olho.

O barulho do alarme da porta do meu carro parou e eu supus que algum bom samaritano tivesse embolsado minhas chaves. Tentei ver quem era, mas o barman tocou minha perna com a bota.

– Que tal você ficar quieto até a polícia chegar?

– Ele bateu primeiro – eu disse.

– E você bateu por último. Um monte de vezes, pelo visto. Fique bem aí.

Por mim, tudo bem. Eu não estava mesmo com vontade de ir a lugar nenhum. Deitei-me, tentando respirar devagar, minha traqueia como se alguém a tivesse enchido de brasas. Fechei os olhos. Podia sentir os estranhos ao meu redor, e o sangue uivava nas minhas orelhas. Eu precisava organizar a minha história, precisava pensar no que poderia ser feito com Barry e Marie se a polícia decidisse me deter durante a noite, mas tudo isso parecia muito distante.

O que me veio à mente naquele exato instante foi a lembrança daquelas noites em que Jane tinha seus sonhos. Às vezes, o sonho também me infectava. Eu acordava gritando junto com ela, quase vendo aquele homem conosco no quarto, sabendo que apenas um mínimo segundo separava um martelo ou um machado e a minha nuca. Ela se levantava, acendia as luzes, verificava dentro dos armários, debaixo da cama, e eu me levantava e fazia isso com ela, e não porque ela havia pedido. Quando, por fim, voltávamos para baixo das cobertas, ficávamos deitados durante um bom tempo no escuro, semiadormecidos, os corações batendo, conscientes de todos os lugares em nossa casa onde não tínhamos pensado em olhar.

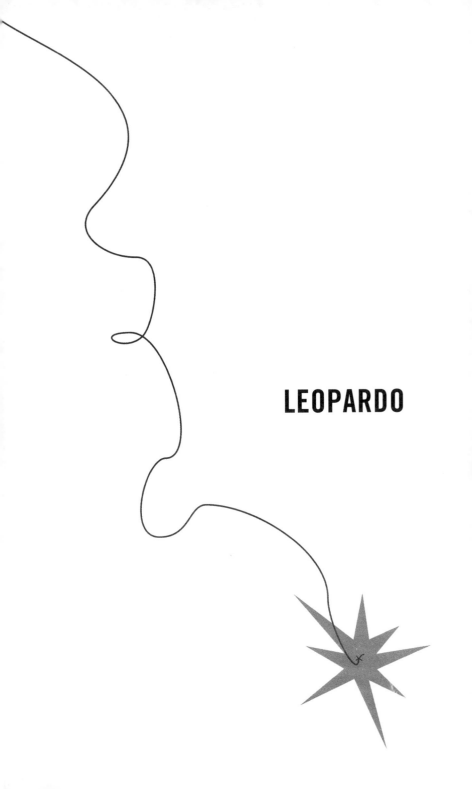
LEOPARDO

Bom-dia.

Você não dormiu bem. Não abra os olhos. Ponha a língua para fora. Procure o ponto dolorido em seu lábio superior. Reze para que ele tenha se curado durante a noite.

Não teve sorte. Ainda ali, áspero sob a língua, e, embora seja muito pequeno, menor do que o diâmetro da borracha de um lápis, ao tato parece muito maior. Sua mãe diz que é uma infecção fúngica inofensiva, e tem menos pena de você por causa disso do que deveria.

O gosto é melhor do que o aspecto. Um hambúrguer pequenino é o que o fungo parece, rachado e marrom, e perfeitamente centrado na pequena área canelada entre o septo e o lábio superior. Ontem, no refeitório, Josh Mohorn destacou a semelhança diante da mesa de seus amigos. Uma coisa dolorosa, considerando o quanto você gostaria de ser Josh Mohorn.

Ele se virou para você e disse:

– Ei, Yancy, me faz um favor?

– O que foi? – disse você, animado com o raro prazer da atenção de Josh.

– Poderia ir se sentar ali? – perguntou ele, fazendo um gesto na direção da outra extremidade da mesa. – Não tenho condições de comer o meu almoço com essa porra desse seu hambúrguer na minha cara.

Até mesmo você tinha que admirar a poesia sucinta daquelas palavras, que de imediato criaram um frenesi, todo mundo zombando e chamando você de "Burger King", ou "hamburguinho" ou "carne moída," nome que pegou pelo resto do dia e que certamente vai cumprimentá-lo esta manhã na escola. Você tem onze anos, a idade em que nossas essências começam a se revelar, irremediavelmente, para nós e para o mundo. Assim como Mohorn é irremediavelmente um craque no futebol e nas roupas, com cabelo de plumas e sapatos brancos de camurça, você é irremediavelmente um homem com fungo.

Não vá à escola hoje. Finja que está doente.

Sua mãe vem acordá-lo. Em casa, ela usa jeans manchados de tinta, camisetas velhas, através de cujas mangas folgadas muitas vezes dá para ver os pelos de suas axilas. Mas hoje de manhã ela está vestida para o trabalho em uma blusa azul de cetim e uma calça branca apertada, roupas que falam de uma vida secreta.

– Não estou me sentindo bem – diz você à sua mãe.

– Onde? No estômago?

– É – diz.

– Oh, Deus – diz ela. – Espero que não seja aquela coisa que as pessoas andam tendo por aí.

– Não sei o que é – diz você, levemente ofegante. – Só dói muito.

Ela coloca a mão em sua testa e a mantém ali. Sua palma está seca e fresca. Você sempre admirou as mãos dela – dedos compridos e magros, unhas limpas e com ranhuras, que nunca precisam de esmalte. Na altura do nó de seu indicador direito, há um ponto vermelho perfeito, como um selo de qualidade do fabricante. Ela desliza os dedos pelo seu peito. Sua pele está pegajosa de suor. Você dormiu com as roupas da escola, jeans e um blusão, como sempre faz, em meio à bagunça farfalhante de livros e revistas empilhados em montes sobre sua cama. Você terá doze anos no ano que vem, mas de modo geral ainda aprecia o sono sólido e imperturbável de uma criança pequena. Poderia ter oito boas horas de descanso num caixote.

Os dedos de sua mãe roçam de leve seu esterno, e isso o deixa desconfortável. Uma rajada de espinhas grandes e dolorosas brotou ali recentemente. Elas latejam com uma consciência humilhada quando sua mãe as toca. Esta área do seu corpo é uma fonte de preocupação, em parte porque, anos atrás, um garoto que foi seu babysitter lhe disse que, durante a adolescência, todos os meninos desenvolvem um ponto fraco no peito, como a moleira de um bebê, e você poderia matar alguém perfurando-o naquele lugar. O babysitter era um grande mentiroso, você agora percebe, pior até mesmo do que você. Ele disse que na Flórida vivia uma raça de palhaços assassinos que carregavam facas de cozinha e viriam atrás de você, se cometesse um pecado. Também disse que os médicos realizavam abortos fazendo os bebês nascerem e, em seguida, colocando-os num balde e deixando-os chorar até a morte. Ainda assim, você não tem certeza se o babysitter estava mentindo sobre o ponto fraco. A ideia o intriga. Você se contorce para longe da mão de sua mãe.

– Você quer ficar em casa?

Engolir em seco outra vez. Fechar os olhos.

– Não sei. Acho que sim.

– Está bem.

Ela o beija e se levanta, abaixando a cabeça para não bater na cama de cima do beliche, que está cheia de cobertores velhos e caixas com coisas dela. Ela tem razão em tomar cuidado. Não faz muito tempo, você bateu a cabeça ali, com tanta força, que uma luz branca e intensa surgiu por trás de seus olhos. Em sua fúria, você atacou a cama com sua faca de sobrevivência, causando feridas pequenas e insatisfatórias. As pequenas lascas e sulcos na armação são um lembrete desencorajador do ataque inútil.

Na prateleira atrás de sua cabeça, fica o toca-fitas que seu pai comprou para o seu aniversário de dez anos. Você tem pilhas de cassetes com suas canções favoritas, gravadas do rádio, por isso todas elas começam alguns segundos atrasadas, mas você não se importa. Gostaria de escutar as fitas, mas pode ouvir seu padrasto na cozinha. Ele está fazendo barulho com panelas batendo umas nas outras e com seus pés desajeitados, tão alto que você acha que ele deve estar fazendo isso de propósito. Você não põe a mão no toca-fitas porque não quer que ele saiba que está acordado.

Ele e sua mãe vivem em oito hectares de floresta densa. Seu padrasto se imagina uma espécie de socialista habitante de uma região remota, e não tem um emprego normal. Fica ocupado demais cuidando dos três grandes jardins da propriedade, e cortando lenha para a fornalha que convenceu sua mãe a comprar. Ele valoriza o trabalho acima de tudo, e, a cada vez que você se vira, seu padrasto está ali, colocando uma vassoura em sua mão, ou lhe dando roupa lavada para pendurar no varal, ou lhe dizendo para ir buscar lenha, ou esfregar uma pia, ou cavar um buraco. "Tenho um serviço para você" é o lema do seu padrasto, e às vezes você o imita para fazer sua mãe rir.

Você esfrega o polegar ao longo da carne macia e branca de seu antebraço, ainda sem cor devido a um serviço que teve de fazer no verão passado. Seu padrasto o fez capinar cerca de meio hectare de madressilva, arbustos e trepadeiras onde ele queria colocar um galpão. No meio do trabalho, quando ele e sua mãe não estavam em casa, você encharcou a mata com removedor de tinta e tocou fogo. Teve o cuidado de ficar com a mangueira à mão, e as chamas não saíram de controle. Você liquidou três dias de trabalho em uma hora de fogo. Mas a fumaça o cobriu, e, dois dias depois, você teve uma monstruosa infecção com hera venenosa. Bolhas surgiram em suas mãos, pescoço e pálpebras. Em seguida elas estouraram e criaram casca numa multidão de pequenas joias marrons. O médico disse que aquilo poderia tê-lo matado, caso você tivesse inalado a fumaça. Quando ouviu isso, você lamentou não tê-la inalado uma ou duas vezes: não o suficiente para morrer, mas gostava da ideia de ter de passar algum tempo com um balão de oxigênio, por causa de um trabalho que seu padrasto o havia mandado fazer.

Se você diz não ao seu padrasto, quando ele lhe pede para largar tudo e ir fazer alguma tarefa, isso é conhecido como "atrevimento". "Estou cansado desse seu atrevimento", ele diz, ou "Já chega da porra do seu atrevimento". Ele é um homem magro, delicado, com óculos de armação de metal, mas nem a sua magreza nem a sua maneira de falar como um bandido piegas de Hollywood fazem com que você tenha menos medo dele. Ele já lhe deu uns tapas algumas vezes. Não faz muito tempo, seu pai veio lhe buscar e o seu padrasto discutiu com ele. Empurrou seu pai e o derrubou no chão, e em seguida pegou uma pedra do tamanho de uma bola de futebol e fez como se fosse jogá-la na cabeça de seu pai. Mas só a atirou longe e riu. Durante muitos anos, sempre que você pensar em seu pai, a imagem dele agachado no gramado, as mãos segurando a cabeça em desesperada defesa da pedra que ameaçava esmagá-lo, fará parte do quadro. Você está contando os dias até fazer dezesseis anos, que já escolheu arbitrariamente como a idade em que vai poder chamar o seu padrasto para uma briga.

Ao meio-dia e meia, ouve a porta ranger e bater, e depois o zumbido queixoso do triturador de folhas do seu padrasto sendo ligado. Ele está outra vez fazendo forragem, uma substância que parece valorizar mais do que comida ou dinheiro. Agora é seguro sair da cama. Você vai até a cozinha e se serve de uma grande tigela de cereal. Leva-a até o quarto de sua mãe e seu padrasto, que contém a única televisão da casa. Fica maravilhado ao descobrir *Jeannie é um gênio* num dos canais. Jeannie está zangada porque, como presente de noivado, amigos do major Nelson encheram a casa com a obra de um gênio terrível, esculturas que gorgolejam com ruídos de digestão. A barriga de Barbara Eden o excita enormemente. Você tateia dentro da cueca. Quase que imediatamente, ouve o moedor de folhas ser desligado. Desliga a TV, corre para a cozinha, e se senta diante da mesa. Seu padrasto entra, trazendo um intenso aroma vegetal. Pedaços de folha e casca de árvore se agarram em seus braços e peito brilhantes.

– Está se sentindo melhor? – pergunta ele.

– Não muito – diz você.

Ele põe a mão áspera em sua testa. Sua mão tem um cheiro delicioso de gasolina.

– Você não parece quente, na minha opinião.

– É o meu estômago que está doendo.

– Você vomitou?

– Não – admite você.

– Deve estar se sentindo melhor ou não estaria tomando esse leite. Se está conseguindo tomar leite, deve estar melhorando.

Você não entende o que o leite tem a ver com aquilo, mas não quer discutir com ele.

– Estou com dor de cabeça – diz você. – Achei que devia comer alguma coisa, só isso.

Ele dá um sorriso debochado e desconfiado, e bufa pelo nariz. Como um jovem mentiroso, você, em geral, consegue ir muito longe com a hipótese de que os adultos têm coisas mais importantes com que se preocupar do que pegar uma criança em cada pequena mentira que ela tenta contar. Mas o seu padrasto parece ter tempo suficiente para estudar e questionar tudo que sai de sua boca. Passa dias coletando provas de que são suas as marcas de dentes numa caneta que você disse não ter mastigado. O ódio que você sente pelo seu padrasto consome tudo e é incessante, mas isso acontece apenas porque o seu mundo ainda é pequeno, e seu padrasto assume um significado desproporcional na história da sua vida. O fato de o seu padrasto dar a impressão de não gostar de você com uma energia e implacabilidade correspondentes à sua própria parece ser prova de que sua mãe é casada com uma criança imatura e perigosa.

– Você deveria ir tomar um pouco de ar fresco – diz o seu padrasto. – Que tal ir buscar a correspondência?

Isso não é justo. O caminho na entrada de casa é mais de meio quilômetro de cascalho esburacado que leva quinze minutos de caminhada e, até onde o seu padrasto tem condições de dizer, você está doente.

– Por quê? A mamãe vai buscar quando vier almoçar.

– Vá você – diz o seu padrasto. – O ar vai lhe fazer bem.

– Na verdade, eu ainda estou meio tonto.

– Aposto um sundae de chocolate que vai sobreviver.

Você sai pelo gramado com os pés descalços. A terra sob os seus dedos é como pelúcia, com túneis de toupeira. É um dia quente de outono. O céu está tão claro que as árvores parecem acessórios de televisão com uma tela azul por trás. Você já perdeu os calos do verão, e o caminho de cascalho é pontiagudo, fazendo com que caminhe aos solavancos, os cotovelos no alto, como um passarinho tentando voar. Você culpa seu padrasto pelo desconforto do cascalho, e a cada metro apanha um punhado e atira para a mata, na esperança de que aqueles punhados custem um monte de dinheiro para repor.

Passa pelas pilhas de lenha e pelo galinheiro. Passa pelo trecho da floresta onde já construiu um belo alpendre circundando o pé de um carvalho. Ficou muito bom, feito de galhos que encontrou caídos e descascou com uma faca de tanoeiro até ficarem lisos e cobriu com palha de pinheiro. Um dia, um garoto do bairro novo do outro lado da mata apareceu e vocês discutiram. No dia seguinte, você encontrou a armação do alpendre espalhada pela clareira e os lanches pouco atraentes que havia escondido ali – castanha de caju, lascas de banana – derramados na terra.

Mencionou o vandalismo ao seu padrasto, e, numa manhã de domingo, quando o menino e sua família estavam na igreja, vocês dois caminharam pela floresta e destruíram a cara casa na árvore na propriedade dos pais do menino. Seu padrasto arrancou o telhado de zinco e quebrou a escada com um pé de cabra. Você quebrou as janelas de vidro com pedras, e doía-lhe a força daquilo – vocês dois juntos na mesma tribo selvagem e honrada.

Você abre a caixa do correio. Está abarrotada de revistas, contas, catálogos e folhetos de propaganda exibindo galerias vermelhas de carne de supermercado, cuja visão faz a ferida no seu lábio latejar. Deve haver mais de cinco quilos de correspondência, uma carga escorregadia que nenhum doente deveria ter de carregar. No topo da pilha, algo chama a sua atenção. É um folheto feito à mão com a foto xerocada do que parece ser um leopardo. "Bicho de estimação perdido", diz o folheto, com um número de telefone abaixo. Uma brisa começa a descer pelo seu pescoço. Você se vira e olha para a floresta, embora não consiga ver nada. As folhas não caíram ainda, e dá para ver dez metros à sua frente. Você se volta de novo para o folheto. O leopardo parece magro e nada ameaçador, mas seu coração bate um pouco mais forte sabendo que ele talvez esteja ali, caminhando por entre os resíduos foscos de pinheiros perto da sua casa, suas patas pintadas pisando, em silêncio, sobre as raízes das árvores, as agulhas de pinheiro e os tesouros cobertos de folhas compostos por antigas latas de cerveja e frascos de remédio, espalhados ali por pessoas descuidadas do passado. Com o leopardo lá fora, a mata agora parece excelente.

Lá longe, no final do caminho, dá para ouvir novamente o ronco do triturador de folhas sendo ligado, um barulho de crueza e estupidez surpreendente, e um insulto aos ruídos suaves e aos movimentos sutis da floresta viva ao seu redor. Se este leopardo está aí em algum lugar, certamente está ofendido com essa profanação do silêncio pelo seu padrasto. Não seria problema para um leopardo se esgueirar por trás dele e levá-lo embora, sem deixar vestígios.

É quase uma da tarde, hora em que sua mãe vem para casa almoçar. Você não quer ficar sozinho em casa, com o seu padrasto. Ainda está irritado com o fato de ele tê-lo mandado descer o caminho no dia em que você estava doente. Dá uma dezena de passos e então um plano se apresenta. Com muito cuidado, você joga a correspondência no cascalho, no caminho, para dar a impressão de ter sido jogado ali de repente. Desliza para dentro do sulco de um pneu, abrindo os braços e as pernas na atitude de alguém que desmaiou. Quando o carro da sua mãe chegar à entrada, ela vai encontrá-lo ali. Ela talvez tenha que pisar no freio para evitar atropelá-lo, mas você está longe o suficiente da entrada para achar que ela poderia acertá-lo por engano. Ela virá até você chorando e preocupada. Você vai deixá-la persuadi-lo a contar a história de como o seu padrasto o obrigou a ir pegar a correspondência.

Não se mexa. Não se preocupe com o cascalho se enterrando em sua bochecha. Não estrague a cena. Pode ser que, de todo modo, ela não acredite. Ela já acredita em parte naquilo que seu padrasto anda dizendo sobre você: que você é um criminoso sentenciado que não pode abrir a boca sem uma mentira sair dali.

Um inseto, provavelmente uma inofensiva formiga preta, marcha sobre a parte de trás da sua perna. Muitos minutos se passam. Com o passar do tempo, a euforia tonta que você sentiu no início, com a genialidade do seu estratagema, começa a erodir e se transformar em vergonha. Você decide que vai esperar até dez carros terem passado correndo pela estrada de asfalto, e, se sua mãe não tiver chegado até lá, vai se levantar e voltar para casa.

É o sexto carro que você ouve frear de repente, dar marcha a ré e em seguida vir pelo caminho que leva à sua casa. Não é o carro de sua mãe. É um carro com um motor de zumbido grande e suave. Talvez seja o correio ou alguém fazendo a volta. Fique imóvel.

Uma porta se abre, e sua língua engrossa, quente de tensão. Você mantém os olhos bem fechados. Sapatos com solado duro vêm andando sobre o cascalho. Alguém se debruça sobre você.

– Ei, amigo, ei, ei. – É uma voz de homem, alto e nervoso. – A mão dele cutuca seu ombro. – Vamos lá, amigo.

O homem respira descompassadamente. Você leva um susto quando os dedos tateiam o lado do seu pescoço, em busca de seu pulso. Permita que seus olhos se abram, tomando cuidado para piscá-los irregularmente, como os atores de cinema fazem quando acordam de um desmaio. O que primeiro ocupa a sua visão é um sapato preto brilhante, talvez de couro ou plástico, subindo até uma calça cinza de tecido sintético tão limpo e bem vincado que poderia ter sido feita com um molde. Você vê de relance o cinto do homem, onde uma pistola preta grande repousa num coldre e, em seguida, o emblema cromado em sua camisa cinza e limpa. Ele é jovem, seus olhos protuberantes numa cara grande e massuda ladeada por costeletas louras ralas.

– Calma – diz ele. – Vamos com calma.

Se alguém precisa de calma, não é você, mas o policial. Sua cabeça grande gira dentro do colarinho, avaliando a condição de seu corpo com o escrutínio nervoso de um galo acompanhando um besouro.

– Você está bem? – pergunta ele outra vez. – Está sentindo dor? Está sangrando em algum lugar?

– Eu... acho que não.

– Você mora ali?

– Sim, sim, estou bem – você diz. Senta-se. O policial põe a mão em seu ombro.

– Calma. – Ele esfrega o olho. – Jesus. Você me deu um baita susto, rapaz. Eu vi você e toda a correspondência espalhada. Pensei, Oh, que droga. Achei que talvez tivesse nas mãos alguém que tivesse levado um tiro de um carro de passagem, ou pelo menos um motorista que tivesse atropelado alguém e ido embora. Olhe para isto – diz ele, indicando o quadril para mostrar que abriu o botão de pressão do coldre que mantém sua arma no lugar. Ele parece jovem e nervoso demais para ser confiável com uma arma.

Ele pergunta como você está se sentindo e se já desmaiou antes.

– Não, estou bem – diz você a ele, se levantando. – Mas obrigado por tudo. – Comece a juntar a correspondência. Com alguma sorte, ele vai voltar para o seu carro, que está com o motor ligado, e ir embora. Sua mãe vai voltar a qualquer momento. Não há muito tempo para correr até a curva no caminho, fora da vista da estrada, e remontar o espetáculo.

O policial põe a mão grossa em seu braço.

– Vamos lá. Entre no carro e descanse um pouco.

Com a ajuda do policial, você recolhe os envelopes e catálogos. Ele o conduz ao banco do carona no carro e abre todas as saídas de ar do painel para que todas soprem em você. Ele acelera o motor. A brisa saindo do painel é suntuosamente fria e traz um leve cheiro de remédio, como a sala de espera do consultório de um dentista. Nada que a sua mãe possui tem um cheiro tão brilhante e limpo como isto.

Projetando-se do painel, está uma espingarda num suporte metálico. Espalhados sobre o banco estão outros aparatos de polícia – uma grande lanterna preta, um bloco de notas num estojo de couro vagamente marcial. De algum modo, essas coisas são mais genuínas e assustadoras do que a espingarda, cuja exata semelhança com o que você já viu em filmes faz parecer irreal.

– Você está se sentindo bem? – pergunta ele. – Não está tonto nem nada?

– Não – diz você. – Estou bem, agora. Mesmo.

– O que é isto aqui? – pergunta ele, apontando para o próprio lábio a fim de indicar o hambúrguer.

– Já tive isso antes. É só um fungo.

O policial olha para você por um momento. Suas narinas sobem com repugnância. Então ele tira o rádio da base.

– Dois-zero-cinco, dois-zero-cinco. Pode cancelar aquela chamada para Roger Road. É só um garoto que ficou meio tonto e desmaiou. Está tudo bem agora – diz ele, piscando o olho para você, embora você não saiba ao certo por quê. Ocorre-lhe que o despreza um pouco por ser tão facilmente enganável.

O policial continua falando.

– Diga-me uma coisa – ele continua. – Eu não preciso de meu café esta tarde. Depois de ver você deitado lá daquele jeito, vou ficar tenso o dia todo. Caramba, eu tinha certeza de que tínhamos outra criança morta em nossas mãos.

Suas orelhas se levantam diante da palavra "outra". Na última primavera, Samantha Mealey, uma menina de nove anos de sua escola, foi encontrada nua num bordo, no campo de golfe público, um pedaço de corda de varal amarrado em torno no pescoço. Na verdade, você a conheceu no ônibus, umas poucas semanas antes que ela morresse. Ela era uma menina descarada e destemida, com um riso rouco e atraente. Naquela tarde, para grande desgosto do seu irmão mais velho, ela estava tentando puxar as calças de alguns garotos para baixo e dizendo palavrões em voz alta para se divertir. Ela era uma garota excitante.

Você ainda não deu o seu primeiro beijo, mas já está preocupado com sexo. Apenas duas séries acima da sua, o pessoal já está fazendo. Quando você soube que o homem que matou Samantha Mealey a estuprou antes de amarrar a corda em seu pescoço, o que lhe ocorreu foi o seguinte: *Pelo menos ela não morreu virgem* – um pensamento que não pôde compartilhar nem mesmo com os mais cruéis dos seus amigos.

Você sente um impulso maníaco de começar a falar, para não ter que ficar sozinho com os pensamentos sobre o assassinato de Samantha Mealey. Mostra o folheto com o leopardo para o policial.

– Ouviu falar nisso? – pergunta. – Tem um leopardo solto por aí. Ele pega o papel e dá uma olhada.

– Ele era o animal de estimação de alguém – diz você.

– Veja, eu não sei quem teria uma coisa dessas na sua residência, mas vou lhe dizer uma coisa: eles provavelmente são elementos perigosos.

– Traficantes de drogas – diz você.

– Pode ser. Motoqueiros, talvez – diz o policial. – Eu juro, toda esta área está mudando. A gente simplesmente não sabe mais. Costumava ser uma cidadezinha agradável. Agora está se transformando num desses lugares onde tudo pode acontecer.

Ele devolve o folheto. Você leva a mão à porta.

– Obrigado, então – diz ao policial. – Eu preciso ir. Meu pai deve estar se perguntando onde eu estou. – Você tenta abrir a porta. Está trancada.

– Oh, você não vai andando a lugar nenhum, amigo – ele diz, com um carinho sério que incomoda. – Vou levá-lo de carro. Se você desmaia outra vez e bate com a cabeça, eu vou ficar encrencado.

Ele engata a marcha no carro, que desliza para frente. Espinhos e pequenos pinheiros não podados se prendem ao carro com guinchos intermitentes que envergonham você.

– Obrigado – diz você ao policial assim que sua casa aparece. – Obrigado pela carona e tudo mais.

Ele se vira na direção do triturador de folhas, onde o seu padrasto está, de costas.

– É o seu pai? – pergunta ele. – Eu deveria ir conversar com ele – diz o policial. Você não quer, mas não há nada que possa fazer.

Juntos, você e o policial atravessam o gramado até o seu padrasto. O gramado está cheio de uma planta especial que explode sementes quando você toca nela. Pequenas nuvens se detonam em torno dos sapatos brilhantes do policial e aterrissam em sua calça. Seu padrasto continua colocando folhas no triturador, até o policial estar a cerca de um metro de distância. Então ele se vira. Franze os olhos para o policial e depois para você. Ele transpira em profusão, e o suor enrola o cabelo em seu peito nu, em dezenas de cachos escuros. Ele desliga o triturador, parecendo hostil e desconcertado.

– Quem é você? – pergunta.

– Guarda Behrends, senhor. Eu estava passando de carro e encontrei o seu filho deitado no caminho. Ele me deu um susto.

– Hum. – Seu padrasto se vira para você. Os músculos em torno de seus olhos estão tensos. – O que você estava fazendo deitado no caminho?

– Não sei – diz você. – Eu só fiquei tonto e depois acordei. Acho que desmaiei.

– A correspondência estava toda espalhada e ele estava deitado de cara no chão – diz o policial. – Não sei o que aconteceu com ele. Levei um susto. Pensei que talvez tivesse levado um tiro.

– Talvez você tenha se sentado e depois adormecido – diz o seu padrasto, depois de um momento. – Deve ter sido isso que aconteceu.

– Eu não me sentei – você diz. É típico dele questionar a sua história, mesmo com um policial ao seu lado, corroborando-a. – Eu caí.

Seu padrasto segura seu queixo entre o polegar e o indicador e vira seu rosto para trás e para frente, como se fosse uma mercadoria que ele estivesse pensando em comprar.

– Você deve ter caído bem de leve – diz ele. – Quando se desmaia, o tombo é forte. Não tem nenhum corte.

– Não sei como eu caí – diz você. – Não estava lá assistindo.

– Tudo bem. Vá para dentro, agora – diz seu padrasto.

Mas você não se mexe. Não quer ir. O sol escorrega para trás de uma nuvem. Alguma coisa – você não sabe o quê – está prestes a acontecer. Você sente isso e fica ali, segurando a correspondência, raspando a borda afiada de uma revista no queixo, do qual um único e precioso fio de cabelo recentemente ousou se enroscar.

– Foi muita sorte eu tê-lo visto – diz o policial. Ele parece estar se inclinando para um aperto de mão ou palavras de gratidão por parte de seu padrasto, e você tem pena dele por isso. – Quem sabe? Alguém poderia ter entrado rápido e o atropelado. Foi sorte.

– É, muita sorte – diz o seu padrasto. Então ele se vira para você. – Vá para dentro. Espere a sua mãe.

Mas você fica onde está. Então, lá nas árvores atrás do varal, você ouve um galho estalando e o som de alguma coisa grande se agitando na sombra da mata. Sua respiração fica mais rápida e curta. Você fecha os olhos. Imagine-o, o leopardo, seus ombros subindo e descendo, conforme ele corre pelo gramado.

– Ei – diz o padrasto, dando um leve tapinha em sua bochecha. – O que houve com você? Vai desmaiar de novo?

Não responda. Escute. Fique parado.

UMA PORTA PARA OS OLHOS

A minha filha, na primeira noite que passei na sua casa, quis logo de cara me deixar com medo. Eu não tinha nem terminado a sopa quando ela apareceu, muito animada, com uma pilha de fotos. Ela as guardava num saquinho plástico, para que ficassem a salvo mesmo no caso de uma inundação. O que havia nessas fotos para que precisasse ser tão cuidadosa com elas? Alguém morto na rua em frente ao apartamento de Charlotte, um tiro no peito, um homem negro de cerca de dezoito anos de idade.

– Está vendo, papai? Bem aqui? Está vendo o sangue escorrendo da sua boca? Ele tinha sido morto fazia muito pouco tempo, quando eu o encontrei.

– E daí? – eu disse a ela. – É um homem morto. Eu conheço ele? Já não há coisas horríveis suficientes por aí para que eu tenha que olhar para isso?

Mas a minha filha estava tão animada com as suas fotos que me fez ver cada uma delas, até aparecerem as fotos nas quais a polícia e o motorista da ambulância chegaram e destruíram seu ângulo com suas barricadas.

– Daqui para a frente não está bom – disse ela, curvando a boca para baixo. – Não dá para ver nada. Eles me bloquearam antes que eu pudesse chegar a ver o *rigor mortis*.

– Você já viu coisa demais, Charlotte – disse. – Nunca deveria ter visto isso, e agora vem e me mostra. É uma ideia estranha de como fazer alguém se sentir bem-vindo.

Ela bateu a pilha de fotos com força, sobre a mesa, para ajeitá-las. Então deslizou-as de volta para dentro do saco plástico.

– Só estou querendo dizer que não é como Pottsville. Você tem que ter cuidado por aqui.

– Eu não tenho medo deste lugar – disse. – Já vi algumas coisas. Não nasci ontem.

Se eu tinha medo de alguma coisa, era da minha filha, uma mulher adulta a qual, quando encontra um homem morto, a primeira coisa que faz é tirar uma centena de fotografias. Eu não disse nada. Charlotte é uma moça solteira, embora tenha sido casada uma vez. Fizemos uma grande e tola festa de casamento com fraques, e uma limusine branca e um tocador de gaita de foles. Seu casamento durou dez meses. Desde então, Charlotte foi para uma universidade depois da outra, acumulando diplomas, o último em saúde pública. Eu não a via se casando novamente. Ela estava com quarenta e um anos. Seu rosto ainda era um pouco bonito, mas ela havia se transformado numa daquelas moças que rebocam uma carga considerável debaixo do cinto.

– Detesto dizer isso, papai, mas você é ingênuo – declarou ela. – As coisas acontecem em toda parte, nesta cidade, e a gente nunca sabe onde. Este é um lugar arriscado.

– E daí? Devo ficar em casa o dia todo com medo de morrer?

– Claro que não. Há muitos bons lugares aonde você pode ir. Há o Centro Mintz em Nashville Street. Eles têm jogos lá, e cartas, e acho que lhe dão almoço e não cobram nada.

– Vou pesquisar – falei. – Que tipo de garotas há por lá?

– Velhas, eu acho – disse ela.

– Não me importo – disse. – Talvez eu possa paquerar um pouco. Arranjar uma namorada legal.

– Ah, é? Você anda estudando os livros de como seduzir? Desenvolvendo um método?

– Claro que não. Eu não tenho um método. Meu método é ser gentil e simpático. Talvez você devesse tentar.

Minha filha virou as costas e começou a mexer em alguma coisa em seu braço branco e grande. Charlotte não gostava de ouvir falar sobre mim e as garotas. O motivo por ter me levado para lá era um romance. Eu andava metido com uma garota espanhola em Pottsville. Minha filha sentiu que eu estava ficando romântico demais com ela. E daí? Minha esposa tinha morrido fazia sete anos, e não havia mais ninguém.

Voltei para a minha comida, e isso fez Charlotte colocar os dedos nos ouvidos e murmurar alguma coisa consigo mesma e olhar para o colo.

– Qual é o seu problema, querida?
– Você e essa sopa. Você diz a todo mundo para não fazer barulho ao tomar sopa, mas eu não conseguiria fazer mais barulho que você mesmo que tentasse.
– OK, tudo bem – eu disse. – Vou comer uma sobremesa.
– Tenho um pouco de sorvete de noz-pecã – disse ela.
– Tem Hershey's?
– Acho que sim.
– Eu gostaria do meu com um pouco de Hershey's, por favor.

Ela pegou o meu prato e foi para a cozinha, os calcanhares batendo durante todo o caminho. Tudo soava alto e estranho naquele apartamento, pois, apesar de fazer dois anos que Charlotte já estava ali, ela não tinha muita mobília, e não havia colocado tapetes.

Pela janela aberta, eu podia ouvir mais barulho vindo do outro lado da rua. Um homem estava parado numa sacada, no andar de cima, esmurrando a porta para valer. Soltei o freio da minha cadeira e virei-a para poder ter uma visão melhor. Ele bateu durante um tempo, mas ninguém atendeu. Quando Charlotte voltou, o homem estava tão frustrado que batia com força na calha de zinco que corria pela borda da casa. Isso assustou uma fileira de pequenos pássaros verdes que estavam empoleirados no fio da rede elétrica. Eles esvoaçaram, dando pios roucos. Aparentemente, o homem tinha dado pancadas daquele tipo algumas vezes no passado. A calha estava bem amassada, dobrada e ondulada como uma ponta de cigarro.

Charlotte colocou o sorvete diante de mim.

– Olhe para esse palhaço – disse, apontando para o homem com a minha colher. – Ele se meteu em sérios problemas com a mulher. Está ali batendo feito um idiota, e ela não o deixa entrar.

Charlotte deu uma risadinha.

– Ah. É típico. Não é a mulher de ninguém lá em cima. Essa nossa vizinha aí – disse minha filha numa voz importante, sarcástica – é uma puta.

– Charlotte, o que essa mulher fez a você para que tenha de dizer algo tão feio às suas costas?

– Não estou dizendo nada feio, estou sendo sincera – disse Charlotte. – Ela vai para a cama com os homens para ganhar a vida. Fique olhando. Tem homens entrando e saindo 24 horas por dia.

Como se quisesse demonstrar por Charlotte que ela estava certa, uma fresta se abriu na porta logo em seguida. O homem parou de bater e entrou. A rua ficou em silêncio e os passarinhos verdes voltaram para o fio da rede elétrica.

No dia seguinte, Charlotte foi para a aula e eu fiquei em casa. Não podia ir para o Centro Mintz. Teria sido muito trabalhoso para mim. Mesmo Charlotte tendo dito que faria isso, ela não havia pedido ao senhorio que colocasse uma rampa nos degraus. Na verdade, eu não preciso da cadeira. Só gosto dela com o objetivo de economizar energia, a minha energia. Na minha opinião, se tudo o que vou fazer é me levantar do lugar onde estou sentado e caminhar para algum outro lugar só para me sentar outra vez, posso muito bem permanecer na cadeira.

Mantenho um diário. Não escrevo nada ali, exceto o tempo, e não digo muito sobre ele. "Quente, céu claro" é mais ou menos a quantidade de coisas que escrevo. E com o meu pequeno estojo de aquarela, pinto o céu. Não todo ele, apenas mais ou menos o que poderia pintar numa carta de baralho. Eu costumava colocar mais palavras no diário, porém, quando olhava para trás e via o que tinha escrito, notava que tinha me tornado uma espécie de jornalista barato com relação à minha vida, dizendo só coisas desagradáveis – quando brigava com a minha esposa, ou quanto dinheiro tinha dado à minha filha, ou o dia em que estava comendo num restaurante e uma mulher teve um ataque apoplético e caiu da cadeira. Então, parei de escrever palavras e decidi ficar só com as pinturas e o tempo. Não é grande coisa como diário, mas é preciso, pelo menos.

Por volta do meio-dia, fui para a varanda com o meu estojo. Com o sol no rosto, comi o sanduíche que Charlotte havia deixado para mim, de salame com mostarda. Então me pus a trabalhar. Havia um céu incomum naquele dia. Tanta coisa estava acontecendo lá em cima que tive de fazer três pinturas dele para transmitir a ideia toda. Acima dos fios da rede elétrica era muito fácil – somente um azul simples. Mas, na direção do rio Mississippi, havia uma grande escuridão verde com relâmpagos em profusão, e isso necessitou de um pouco de reflexão e cuidado para pintar corretamente. O número três foi o local que combinava mechas escuras onde as nuvens de tempestade se desfaziam no azul.

Devo ter passado uma hora fazendo minhas três aquarelas, e, nesse intervalo de tempo, três homens visitaram o apartamento da senhora do outro lado da rua. Um deles era um homem magro e negro, com uma barba grande e um chapéu de camponês vietnamita. Talvez a mulher não tivesse gostado da sua aparência, daquele chapéu ou outra coisa qualquer nele, porque o obrigou a bater na calha por cerca de dez minutos, antes de deixá-lo entrar.

O segundo cliente era um jovem branco, com shorts baggy e grandes panturrilhas cor-de-rosa. Ela não o deixou entrar de jeito nenhum. Isso significava, para mim, que a mulher devia ser uma pessoa interessante. Não ia com qualquer um. Tinha escrúpulos de alguma espécie. O terceiro era um policial uniformizado, e ele não teve que esperar mais de um minuto. Fiquei animado, achando que ele ia arrastar a prostituta para fora, de algemas, e eu finalmente poderia dar uma olhada nela. Mas não, quinze minutos depois o filho da puta sai sozinho e vai embora em seu carro. Se eu fosse uma pessoa decente, teria anotado a placa e telefonado para a delegacia. Mas até onde eu sabia, todo o maldito departamento estava metido nesse tipo de coisa, e seria perigoso se eu ligasse. De todo modo, fiquei muito curioso sobre a mulher. Cada vez que tinha um visitante, a porta se abria e o homem desaparecia lá dentro, sem qualquer sinal dela. Nem uma única vez cheguei a ver sua mão, e isso estava me frustrando. Era como assistir ao vento. Você só conseguia vê-la pelo que ela movia.

Depois que o policial saiu, esperei que outra pessoa viesse, mas ninguém veio, então entrei e tirei uma soneca. Quando começava a escurecer, Charlotte voltou para casa. Pedimos comida chinesa para o jantar, e então Charlotte disse que ia para uma aula de dança. Para me manter ocupado, ela havia alugado alguns vídeos na biblioteca, *Os pássaros feridos*, que eu já tinha visto. Charlotte foi dançar, e eu não sabia o que fazer. Telefonei para Sofia, a garota que conheci em Pottsville, mas não havia ninguém em casa.

Às nove e quinze, fui para a cama. Adormeci e meu sonho foi uma lembrança verdadeira. Sonhei com Claudia Messner, uma menina doidinha da minha escola. Uma vez, ela disse que queria que eu a beijasse num cemitério, e eu disse tudo bem. Então nós fomos para um cemitério. Ela escolheu uma lápide grande para se sentar, e eu a beijei em cima da lápide. Sua boca tinha o sabor da bala de amora que ela estava chupando. Depois de algum tempo, um jovem passou de carro. Ele disse: Ei, vocês dois não podem ficar se beijando aqui.

O que é que você tem a ver com isso?, falei, bem durão.

Cacete, eu não estou nem aí, disse ele. Mas essa é a lápide do meu tio, e a minha tia viu vocês dois aqui e está furiosa com isso. Ela me mandou dizer a vocês para sairem de cima dela.

Então, Claudia e eu fomos até um pequeno trecho de floresta ao lado da estrada e nos deitamos ali em cima de umas vinhas, até nossos lábios ficarem doloridos. Era uma lembrança muito agradável para mim. Mas não consegui sonhar o sonho inteiro, porque, quando minha filha voltou de sua dança, ela enfiou a cabeça na minha porta e disse:

– Oi, papai, cheguei – como costumava fazer quando era menina.

Estava escuro no meu quarto e eu ainda tinha Claudia na cabeça. Disse:

– Oi, Charlotte. Gostaria que você conhecesse Claudia, que está deitada aqui na cama comigo.

Charlotte não disse nada. Só acendeu a luz forte do teto, olhou para mim, piscando os olhos para a minha cama, e apagou a luz outra vez.

Minha primeira semana na casa de Charlotte foi mais ou menos como aquele primeiro dia. De manhã, minha filha ia para a universidade e me deixava com um sanduíche. Eu não tinha o que fazer. As aquarelas e observar a mulher do outro lado da rua – estas eram as minhas ocupações. A segunda alimentava a primeira. Eu queria tanto ver a mulher que ficava na varanda durante horas, pintando. Pintava não apenas minhas pequeninas amostras de céu, mas tudo que conseguia ver – as coisas muito complexas que eles têm nos postes de eletricidade (não se pode enterrar os cabos nesta cidade pantanosa), as casinhas, um buraco enorme na rua, que as pessoas tentaram preencher com seu lixo, incluindo uma vassoura para fora do buraco alertando os motoristas. Pintei um grande rato morto no esgoto, tão inchado que se podia ver o couro brilhando por baixo do pelo. Perto dali, um grupo de abutres andava, ignorando a carcaça, como se dissessem, *Sabemos que comemos coisas horríveis para sobreviver, mas há um limite.*

Não sei como a mulher aguentava todo o trabalho que estava fazendo. Homens subiam e desciam os seus degraus o dia inteiro, mas, em três dias de observação, eu ainda não a tinha visto. Bastava olhar para cima, para aquela porta, onde havia um pano bege pendurado na janela, e meu coração batia um pouco mais rápido, e minha temperatura subia um grau. Como ela era? Seria feliz ali? Alguns homens entravam com pacotes. Eu me perguntava se ela fazia as compras de supermercado dessa forma. Dando a si mesma em troca de um frango ou uma lata de feijão, porque não podia encarar os vizinhos no supermercado. Nas duas direções da rua, o dia todo, eu observava as pessoas entrando em suas casas e saindo. Só eu e a mulher que eu não conseguia ver estávamos presos em casa. Era ridículo, mas senti que tinha essa ligação com ela por causa disso.

A quarta tarde era um sábado, e Charlotte disse que queria preparar para mim um jantar de verdade, com os últimos caranguejos da estação. Ela saiu para fazer compras. Eu estava na varanda quando aconteceu algo em que não pude acreditar. Alguém tentou obrigar a mulher a sair tocando fogo na casa. Não era um homem que eu tivesse visto antes. Ele tinha pele clara e uma jaqueta com o Empire State Building em lantejoulas nas costas. Fez o habitual, batendo na calha, e quando isso não funcionou, pegou um isqueiro e segurou a chama contra a porta. Eu devia ter gritado ou chamado a polícia, no entanto, mais uma vez na vida, fui um covarde. Você chama os policiais por causa de alguém assim e daqui a pouco é a sua casa que está pegando fogo. O pânico, um sabor amargo e metálico, surgiu em minha boca. Mas só fiquei ali, olhando para ele, sem fazer nada.

O homem ficou daquele jeito por algum tempo, mas não conseguia fazer o que queria. Só manchou de fuligem a porta. Por fim, ele parou de tentar e saiu furioso pela rua. Eu tinha sido testemunha ocular de um crime hediondo, e tinha uma obrigação. Rolei de volta para dentro de casa e revirei tudo em busca de alguma coisa em que pudesse escrever. Encontrei um envelope de Charlotte, da companhia de gás. Na parte de trás, escrevi: "Olá. Meu nome é Albert Price. Sou o seu novo vizinho do 4903. Testemunhei alguém tentando queimar sua porta, na tarde de terça-feira. Posso descrevê-lo." Coloquei o telefone da minha filha. Então saí da minha cadeira. Peguei uma bengala e fui lá para fora, para o vento, que soprava muito forte. Atravessei a rua sem problemas, mas os degraus até o apartamento da mulher eram muito difíceis para mim. Quando chegasse ao topo, estaria sem fôlego.

A ideia era apenas enfiar o envelope na porta e ir embora, mas, uma vez eu tendo conseguido ir até ali, tive dificuldade em me ater ao plano. Tinha visto tanta gente tentar a sorte na porta, era irresistível como uma roleta. Você tinha que dar um giro. Bati. Nada aconteceu. Bati de novo, com um pouco mais de força. Ia virar as costas quando ouvi passos lá dentro. A porta se abriu, só uma fresta. Tudo quanto eu conseguia ver era um olho espiando pela fresta, um olho grande e amendoado, bonito. Havia algo de errado com o olho, e era interessante. A pupila estava dilatada e deformada. Espalhava-se até a parte da avelã como o buraco de uma chave-mestra.

– Muito bem – disse ela, em voz baixa. – O que você quer?

Fui apanhado de surpresa. Não conseguia falar. Ainda estava com a respiração acelerada.

– Moro ali – disse, apontando para baixo, para a casa da minha filha. – Diabos, me desculpe. Aqui está. – Estendi o envelope para ela.

Ela olhou para ele sem muito interesse.

– Você está bem? Precisa de um copo de água, ou algo assim?

– Para ser sincero, não seria má ideia – disse. Ela abriu a porta. Olhei para trás, para a rua, mas não havia ninguém me vendo, apenas um cão farejando o bueiro. Entrei em sua casa e pude vê-la inteira pela primeira vez.

Ela não era o tipo de prostituta para o qual eu estava preparado. Era uma mulher mais velha – mais nova do que eu, mas tinha muitos anos nas costas para aquele tipo de negócio. Seu cabelo era grisalho, e estava preso, com firmeza, na nuca, feito uma boa quacre. Tinha o rosto liso e ossos finos, e não estava usando ligas ou rendas ou coisas de se usar no quarto, apenas uma camiseta limpa de malha branca com decote em V e uma saia jeans azul, mostrando umas pernas bem bonitas. Eu não sabia o que pensar dela.

Havia um pequeno vestíbulo, e em seguida mais degraus. Subi devagar.

– Tem certeza de que está tudo bem? – perguntou ela. – Espero que você não resolva desmaiar aqui. É um dia cheio para mim.

– Não vou. Mas a água seria bem-vinda.

Ela foi até a cozinha e abriu a torneira. Estava escuro e frio como um porão no apartamento dela, que era apenas uma sala com uma cama no meio e uma cozinha no canto. Numa mesa, havia uma velha máquina de costura, cujo plástico tinha ficado amarelo. Uma colcha cobria a cama, e estava afundada no meio, onde a mulher tinha tirado um cochilo, ou talvez entretido alguém. Havia um pé de tomate perto da janela, com um fruto grande e vermelho.

Ela voltou com a água e eu bebi em dois goles.

– Mais? – perguntou ela.

– Sim, por favor – disse.

Ela encheu o copo e trouxe de volta.

– Olhe, eu só queria dizer que meu nome é Albert Price. Sou seu vizinho. Moro do outro lado da rua.

– Sei que é – disse ela. – Fica lá fora, na varanda, como se estivesse com medo de que alguém fosse roubá-la.

– Bem, me desculpe pelo incômodo, mas havia um homem lá fora, agora há pouco. Ele tinha um isqueiro. Estava tentando queimar a sua porta.

Ela fez um som como um cacarejo.

– É Lawrence – disse. – Ele acha que eu lhe devo alguma coisa, mas não devo nada.

– Talvez não, mas ele poderia ter feito mal a você.

– Eu gostaria de vê-lo tentar – disse ela.

– *Eu* o vi tentar! Ele tentou incendiar a sua casa.

Ela semicerrou os olhos e sacudiu a cabeça.

– Lawrence gosta de fazer barulho. Ele não faz nada realmente para valer. – Ela acendeu um cigarro, soprou uma nuvem, e inalou um pouco pelo nariz. – Quantos anos você tem, Albert?

– Tenho 83 – disse.

Ela ergueu e abaixou as sobrancelhas

– E veio até aqui para me dizer isso? – Ela se apoiou na parede e cruzou os braços sobre o peito. – Só para me falar de Lawrence? Nada mais com que eu possa ajudá-lo?

Eu precisava pensar. Nunca tinha estado com uma prostituta na vida, exceto uma vez, na Alemanha, uma garota para levantar o moral da tropa. Uns amigos meus a levaram sorrateiramente para a caserna. Acho que não tinha nem quinze anos, e todos nós nos empenhamos em usá-la de maneiras terríveis.

Agora era diferente, uma mulher adulta. Pensei em beijá-la e pensei nas minhas mãos sobre sua pele, e passou pela minha mente que talvez aquela seria a última mulher em que eu teria chance de tocar. Qual o significado daquilo, eu me perguntava, terminar a contagem das mulheres em sua vida?

Minha respiração era a coisa mais alta na sala. Eu não me sentia muito firme.

– Posso me sentar aqui? – perguntei a ela. – Posso me sentar na sua cama?

– Não me importo.

– Qual é o seu nome, senhorita? – Eu não conseguia escutar, devido ao barulho do meu coração.

Ela acariciou o pescoço com os dedos e olhou para mim com os olhos semicerrados.

– Carol – disse, por fim.

Estendi a mão para colocar o meu copo d'água sobre a mesa. Minha mão tremia tanto que fiz um barulho alto ao colocar o copo.

– É um nome bonito – eu disse, embora não achasse, particularmente.

– Obrigada – disse ela. Eu podia ver que, sob a blusa, ela não estava usando sutiã.

– Muito bem, Carol. E se você viesse aqui para o meu lado? Eu só quero que a gente se deite aqui por um tempinho. Qual seria o preço para isso?

Um queixo extra de dúvida se formou sob o seu queixo.

– Que porra é essa que você está dizendo, Albert?

– Não quero muita coisa – disse. – Só quero que a gente se deite aqui. Tenho vinte dólares no bolso. Vou lhe dar. Vinte dólares só para descansar. Para mim, parece ser um bom negócio.

Então, Carol começou a rir um riso alto, que repicava, um som muito bonito mesmo. Eu não conseguia me lembrar da última vez em que tinha dito algo capaz de fazer uma pessoa rir daquela maneira. Quando ela por fim conseguiu se controlar, disse:

– Espere aí, Albert. Você acha que eu sou uma *prostituta*?

Eu não disse nada e ela teve outro acesso de riso.

– Prostituta – murmurou ela, dentro da mão. – Isso vai matar Glenda. Isso vai fazer Glenda se dobrar de rir.

– O quê?

– *Me pagar para deitar com você.* – Ela esfregou a palma da mão no olho. – Sorte sua eu ser tão tranquila, Albert. Para a maioria das pessoas, se você diz uma coisa dessas, iria estar na maior merda.

– Se você não quer, o problema é seu – disse, agora um pouco irritado. – Só, por favor, não me trate como se eu fosse um idiota. Eu vejo os homens entrando e saindo.

– Albert, você entendeu tudo errado – disse ela. – Eu não vendo este corpo.

– Não?

– Claro que não. Eu vendo *drogas*.

– Oh, meu Deus! – exclamei.

– Porra, todo mundo nesta rua sabe disso. Eu vendo para todo mundo. Até mesmo para aquele pessoal na esquina com a casa grande e a cerca alta de ferro.

Coloquei a mão no rosto.

– Oh, Jesus. Peço desculpas.

– Tudo bem – disse ela. – Você se confundiu.

– Oh, Deus – disse.

– Está tudo bem – disse ela. – Você está aqui, agora, Albert. Agora me diga, de que tipo de coisa você precisa? Eu tenho comprimidos para dormir, Vikes, Xanax, comprimidos para levantar o astral. Eles trazem do México. Você gasta mais na farmácia.

– Não preciso dessas coisas – disse. – Tomo diuréticos. É tudo.

– Tenho uma erva da boa, muito suave. Ajuda a abrir o apetite. É melhor engordar um pouco se está pensando em ficar por aqui. Não é uma cidade para gente magra. É uma cidade para o tipo fortão.

Pensei no assunto.

– Você está falando de fumo?

– Ã-hã.

– Vamos fazer o seguinte, então. Vou comprar um pouco de fumo de você.

– Um baseado?

– Claro – disse. – Um baseado. Que diabo.

– Vamos lá, Albert. Você pode comprar mais do que um baseadinho de nada. Eu tenho contas a pagar.

– Tudo quanto eu tenho é esta nota de vinte. Isto compra um baseado?

Levantei a nota.

– Tudo bem – disse ela, e pegou-a. Colocou a mão debaixo da cama e tirou um recipiente de plástico que estava cheio de sacos de maconha e pegou um punhadinho de um dos sacos. Então sentou-se numa cadeira, ao lado da cama. Ela não tinha papel, então esvaziou um cigarro e começou a enfiar o material, com cuidado, dentro do papel frágil e vazio.

– Posso lhe fazer uma pergunta, Carol? – perguntei.

– Depende – disse ela.

– O que aconteceu com o seu olho?

– Ele não enxerga direito. Consigo ver luz e escuridão e é mais ou menos só isso.

– Sei, mas o que aconteceu com ele?

Ela ficou em silêncio.

– Impacto – disse, depois de um tempo. – Descolamento de retina.

– Está bem, então o que a descolou?

Ela suspirou.

– Para dizer a verdade, foi uma bala. De uma pistola calibre 22. Meu marido atirou em mim. Isso é o que dizem, de todo modo.

Ela me estendeu o baseado. Era um baseado bem pequeno por vinte dólares.

– Você acende, Carol.

Ela deu de ombros.

– Vou dar um tapinha.

Ela levou um fósforo ao beaseado e inalou profundamente.

– O que você quer dizer com "Isso é o que dizem"? Não acha que ele atirou em você?

– Para ser franca, é igualmente provável que eu tenha atirado. Lembro-me da arma em minha mão, em certo momento.

– Eu diria que você é bastante bonita para quem levou um tiro na cara.

– Bem, eu não estava bonita quando aconteceu. Meu olho inchou como uma bola de basquete. E sabe como eles colocam você numa cama de hospital? Eu estava sentada daquele jeito, com o sangue escorrendo deste jeito, e ele escorria por aqui e fazia uma cruz perfeita. Eles chamaram todos os enfermeiros e funcionários para ver aquela cruz, como se fosse um milagre. Mas eu não estava pensando em Deus naquele hospital, e não penso nele agora.

Ela passou o cigarro para mim. Dei uma tragada.

– No que você estava pensando? – perguntei a ela quando parei de tossir.

– Eu estava meio que viajando sobre o que é levar um tiro. Sobre como é você ser tocado por uma coisinha de nada, só que ela toca em você muito rápido. Se estivesse indo devagar, você estaria bem, sem problemas. A única coisa que importa é a velocidade.

Fazia silêncio na sala, e então eu disse:

– Engraçado você ter levado um tiro.

Ela inclinou a testa para mim.

– É, foi engraçado feito a porra.

– Não, eu quero dizer, é uma conexão engraçada entre nós, Carol. Eu também levei um tiro.

– Verdade?

– Verdade. Na Alemanha. Na guerra. Aqui.

Puxei a gola para o lado, a fim de que ela pudesse ver a minha ferida. Pareceu interessá-la. Ela se inclinou e passou os dedos na cicatriz, algumas vezes, com muito carinho. Então puxou de volta a minha gola e a alisou com a mão.

– Os alemães atiraram em você?

– Não – eu disse. – Foi o meu próprio sargento. Isso já foi perto do fim. Nós já não tínhamos mais muita munição, não tínhamos artilharia nem armas pesadas, mas, por algum motivo, ele queria que atravessássemos o rio Elba, onde toda a luta estava acontecendo. Eu disse que seríamos uns idiotas se tentássemos atravessar sem fazer uma barragem, e que eu não faria isso. De repente, atrás de mim, uma pistola dispara, e o cara atira em mim. Eu disse, "Meu Deus, ainda estou aqui?" Quando fiquei curado, Truman tinha jogado a bomba.

Carol sorriu para mim. Seus dentes eram muito brancos e certinhos.

– Você é religioso, Albert?

Tentei pensar no assunto, mas não conseguia concentrar de verdade os meus pensamentos. Eu estava bem alterado com a maconha. Dei de ombros. O tecido da minha camisa parecia novo sobre a minha pele, e dei de ombros mais uma vez para sentir aquilo de novo.

– Claro – eu disse finalmente à mulher. – Deus é uma pessoa maravilhosa. Gosto dele.

Carol deu uma risada bonita diante daquilo.

– Você estava certa sobre esta droga – eu disse, depois de um tempo. – Ela deixa a gente mesmo morrendo de vontade de comer.

– Está com fome?

– Ah, estou – disse.

– Bem, não olhe para mim – disse ela. – Não posso cozinhar agora. Hoje é um dos meus dias ocupados.

– E aquilo?

– O quê?

– Aquele tomate. Poderíamos comer – disse. – Parece maduro.

– Você quer comer o meu tomate?

– Claro – eu disse.

Ela estendeu a mão e puxou o tomate de sua videira e o entregou a mim.

– Você não quer um pouco?

– Não – ela disse. – Mande ver.

Dei uma mordida. Estava delicioso, cheio do sabor forte e verde da videira. Escorreu tanto suco que Carol me interrompeu e foi buscar uma toalha. O caldo corria pelo meu queixo. Eu podia sentir minha barba ficando pesada com ele, mas não me importava.

Eu tinha quase terminado, quando Carol fez um gesto para que eu fosse até a janela aberta. Charlotte havia chegado em casa. Ela estava na varanda, ao lado da minha cadeira vazia, segurando os caranguejos num pacote de papel branco, olhando para um lado e outro da rua.

– É a sua filha?

– É ela mesma – disse.

Charlotte gritou o meu nome, alto como um megafone.

Carol pareceu não ouvir. Ela segurava o pequeno remanescente do nosso cigarro.

– Você quer mais disto aqui? – perguntou.

– Não, obrigado – disse.

Ela lambeu os dedos e o apertou, depois colocou dentro da boca e engoliu.

Lá embaixo, Charlotte gritou para mim novamente.

– Você não vai falar com ela? – perguntou Carol.

Eu coloquei as mãos no parapeito da janela e enfiei a cabeça inteira para a tarde lá fora. O vento esfriou a umidade em meus lábios e em meu queixo.

– Ei – eu chamei a minha filha. – Ei, Charlotte, olhe aqui para cima.

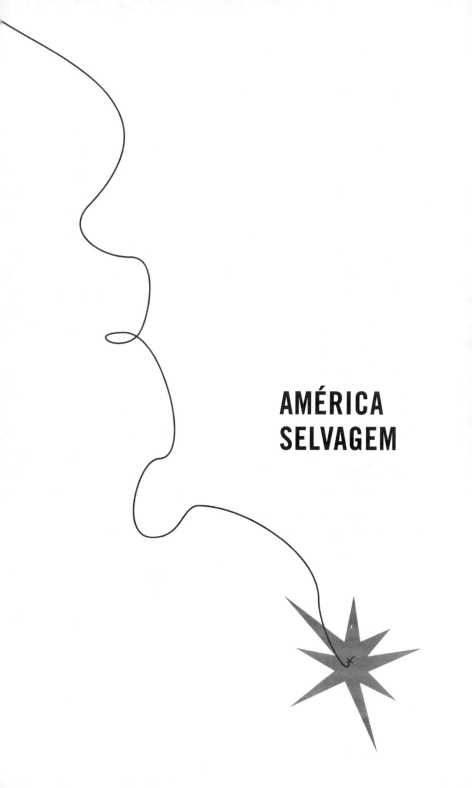

AMÉRICA SELVAGEM

O sino na coleira do gato despertou-a. Ele tinha trazido algo: um filhote de pombo roubado do ninho, todo ferido e envolto na fronha de Jacey. A coisa era rosa, quase translúcida, com faces magenta e ovais cor de lavanda em torno dos olhos. Parecia uma borracha semicozida com sonhos de um dia se tornar uma prostituta. Jacey deu um grito curto, então se levantou e correu para o banheiro, fechando a porta atrás de si, para que o gato ficasse no quarto. Sua esperança era de que o gato comesse o pássaro, antes que ela tivesse de olhar para ele outra vez.

Onze e meia. Sua mãe ficaria contando pílulas na farmácia, até as oito horas da noite. Isso deixava Jacey em companhia de sua prima Maya, que tinha vindo passar a semana. Quatro dias antes, Maya havia descido das montanhas para uma visita, antes de ir para uma escola gratuita do governo para os melhores jovens dançarinos do estado. Na opinião de Jacey, já fazia tempo demais que Maya estava ali. Quando crianças, elas passavam quase todos os verões juntas e alegres. Haviam suportado acampamentos de verão como um time, haviam roubado salamandras-aquáticas dos lagos nas montanhas e chocolate e batom das drogarias de Charlotte e, mais recentemente, alguns vinhos e analgésicos da infeliz mãe de Maya. Haviam experimentado seu primeiro beijo uma na outra, só para praticar, e um verão, quando Jacey estava com dez anos, tinham comido cascas de ferida dos joelhos uma da outra para cimentar um pacto de um dia criar as suas famílias na mesma casa duplex, na costa da Carolina.

Mas o vínculo daquele almoço de casca de ferida já não valia muito, quando a puberdade chegou e encaminhou as meninas a destinos diferentes. Três semanas antes de fazer dezesseis anos, Maya tinha se transformado num louva-a-deus de um metro e oitenta, de porte lendário e grande reputação no balé, enquanto Jacey ainda andava por aí, com o queixo e a testa brilhantes e uma configuração física como um frasco de picles. Maya suspirava muito por Rudolf Nureyev e dizia, várias vezes, como era difícil amar um homem morto. Preocupava-se com sua arte numa linguagem que pegava emprestada com os críticos de Nova York – "É difícil encontrar um equilíbrio entre o rigor e a paixão" – discussão tão compreensível para Jacey como a música das baleias. Ela choramingava sobre a preciosa cartilagem em seus joelhos e tornozelos, dizendo, "Eu nunca vou me perdoar se tiver que voltar a ser modelo" – ela já tinha aparecido em circulares locais para uma cadeia de lojas de departamentos.

Não que a Jacey faltassem seus próprios atributos. Sua voz, cantando, era um contralto confiante e rouco que nunca desafinava. No show de talentos do penúltimo ano de escola, ela executou o hino "Strawberry Wine" com tanta solidão e ânsia, que o professor de educação física, um gárgula de cabelos brancos que nunca expressava um único sentimento, além de "Os músculos funcionam por contração", teve que enxugar as lágrimas. E daí? Você não ouvia Jacey falando sobre como Manhattan ou Nashville estariam ansiando por ela em breve. Não, ela planejava seguir em frente com uma carreira em farmácia ou fisioterapia, talvez cantar um pouco pela casa, se encontrasse um marido que tocasse bem violão. Enquanto Maya tinha sido escolhida para esvoaçar no alto, acima das sarças da vida, Jacey não se envergonhava por ser a pedra pequena e honesta, rolando, sem nenhuma graça, em meio aos espinhos.

Embora esse fosse provavelmente o último interlúdio de verão que as primas iam partilhar, Maya tinha mostrado uma falta de interesse insultante em passar tempo com Jacey. Eis as coisas que Maya tinha, até o momento, se recusado a fazer com a prima: patinar no gelo no shopping, ver um filme, ir a uma festa secreta com cerveja a dois bairros dali, fazer compras e ver o corpo de bombeiros voluntário tocar fogo numa casa abandondada e depois apagar o incêndio com as mangueiras. Maya parecia considerar todas as atrações da área de Charlotte como puro tédio interiorano – e isso da parte de alguém cuja cidade natal consistia numa ferrovia, meia dúzia de caipiras e artesãos e alguns cachorros. O que você poderia fazer com uma pessoa assim? Não podia lhe dizer mais uma única palavra agradável até que ela fosse para a escola de dança na segunda-feira, e foi o que Jacey resolveu fazer enquanto ia para o andar de baixo.

Na intimidade da sala aquecida pelo sol, Jacey se esparramou no sofá. O cheiro tostado e mofado da colcha era agradável. Jacey decidiu que ficaria feliz naquele lugar até seu pai chegar naquela noite e levá-la para jantar fora. A cada duas semanas, ele vinha de onde morava com sua esposa, em Southern Pines, para vê-la. Jacey ainda estava se recuperando da meia década de hostilidade explícita que sentiu por seu pai após o divórcio. Durante a pior fase de suas dificuldades, dois anos antes, Jacey tentou esfaquear seu tímido pai com uma lixa de unha. A notícia se espalhou, e até hoje os parentes mais distantes de Jacey a viam como a constrangedora maluca da família, destinada a uma vida de pobreza e desgraça, apesar de Jacey ser uma aluna responsável e ter ido para a lista de honra dos alunos com A e B durante quatro semestres seguidos. Não haveria mais violência com seu pai. O ódio é cansativo quando a diversão acaba, e lhe faltava agora energia para isso. De todo modo, o pai dela não tinha mesmo feito nada de errado, exceto se casar com uma mulher alta, de voz rouca, cujas calças com elástico passando por baixo dos pés combinavam com sua postura de general do exército. Jacey estava ansiosa para ver seu pai naquela noite. Esperava convencê-lo a levá-la ao Restaurante Crawdaddy, onde ela poderia comer os Cajun Chicken Littles de que gostava.

    Jacey ligou a televisão. Estava passando golf, golf, *Mama's Family* e o programa *Wild America*. O apresentador Marty Stouffer estava ocupado com seu hábito de colocar as mãos nuas em algo horrível e fascinante da natureza – hoje, uma pilha de veludo recém-descartado dos chifres de um alce. Havia veias no negócio. Parecia o tapete de um local onde tivesse ocorrido um assassinato.

    – Olhe só para você, toda aconchegada aí – disse Maya, quando ela entrou na varanda fechada ao meio-dia e quinze. Ela estava vestida em seu último estilo, um êxtase diáfano de cachecóis e xales ao estilo de Stevie Nicks. Numa das mãos, ela segurava um lenço; na outra, um maço de cigarros Vantage. Maya fumava abertamente. Ninguém a incomodava com isso, porque na sua profissão o cigarro era visto como uma espécie de vitamina. Maya bocejou e começou a torcer o cabelo num nó. Ele passava da sua cintura, e ela se queixava dele muitas vezes, em geral declarando, no mesmo fôlego, como planejava doá-lo para uma empresa que fazia perucas para pacientes com câncer. Realmente, era um pequeno milagre Maya não ter pegado fogo, com todos aqueles panos diáfanos e seu cabelo fino de moral excedente flutuando perto das brasas de seus cigarros.

    – Há um passarinho morto na minha cama – disse Jacey, sem tirar os olhos da tela.

    Maya fez uma expressão cômica.

    – O que é isso, o código para alguma coisa?

    – Para um passarinho morto na minha cama.

    – Sério? Agora?

    – É.

    – Que tipo de passarinho?

    – Asqueroso – disse Jacey. – Um filhote molhado e feio.

    – Posso ver?

    – Não – disse Jacey.

– Por que não?
– Porque Scopes está lá trancado com ele. Eu não vou deixá-lo sair até ele comer o passarinho.
– Inteligente, você – disse Maya.
– Comparada com o quê? – perguntou Jacey.

Maya pareceu confusa. Ela deu uma estranha risada com o fundo da garganta. Jacey pensou, com alguma satisfação, que Maya já estava sentindo a pontada da sua indiferença. Como se tomada por um súbito arrepio, Maya começou a dar uma série de espirros.

– Des*culpe* – disse ela. – Alguma coisa por aqui está mesmo me fazendo espirrar.

Jacey mudou de canal até dar a volta completa e retornou a Stouffer, ainda segurando aquele terrível veludo.

– Prenda a respiração, eu acho.
– Tudo *bem* – disse Maya. – Então você o deixou lá? O passarinho?
– Ã-hã.
– Eu jogo fora para você, se quiser. Não me importo com coisas mortas.
– Scopes está cuidando do caso – disse Jacey. Diante da gentileza repentina de Maya, Jacey se sentia pequena e infantil. – Ei, você está com fome?

Maya disse que adoraria comer alguma coisa, e Jacey foi até a cozinha preparar um farto brunch para duas pessoas. Ela colocou queijo cheddar em alguns ovos, e, com uma faca de manteiga, tirou um cubo de carne cinza preso no gelo formado com o vazamento das bandejas, na parte de baixo do congelador. Jogou-o na panela com um som metálico e manteve a chama alta até a carne se dobrar e fumegar. Então, regou tudo com um pouco de vinho tinto de um jarro aberto.

– Oh, meu Deus – gemeu Maya diante do prato, embora o pedaço de carne que tinha aceitado não fosse maior do que um dominó. – Jace, isto é literalmente a melhor coisa que eu já coloquei na boca.

– Sobrou bastante – disse Jacey, mastigando um suculento bocado.

– Ooh, é melhor não – disse Maya, o que Jacey teria considerado um insulto, se Maya não tivesse revelado que, por mais que adorasse carne vermelha, ela tendia a prendê-la no vaso sanitário. Jacey terminou alegremente o bife, enquanto Maya terminou seu brunch com manteiga de castanha de caju espalhada numa fatia fina de biscoito de aveia, alimentos que ela havia trazido especialmente das montanhas.

Durante 45 minutos, as garotas ficaram deitadas no sofá-cama de forma amistosa, falando sobre os hábitos de suas mães, ambas mulheres solteiras, e das falhas de seus pais e das esposas deles. Falaram de rock and roll, xampu e de uma fantástica nova marca de cooler de vinho à venda nas melhores lojas. Então Maya olhou para o relógio de bolso de bronze que ela andava usando aqueles dias. Disse:

– Ah, merda. Jace, você acha que a tia June iria se importar se eu ligasse para Charleston? Preciso ligar. Posso deixar um dinheiro para ela.

– Quem mora em Charleston?

– Ah, esse cara, Doug – um outro modelo, Maya explicou, com quem ela havia sido fotografada na última primavera, num abraço junto ao mar, propaganda para a Big Stick Surf Shop, em Myrtle Beach. Maya enfiou a mão na bolsa da Guatemala que levava sempre consigo e tirou dali a fotografia de um jovem bronzeado com um colar de búzios de pé numa praia. Dentes tão brancos que até pareciam falsos, olhos grandes e líquidos como os de uma mula sob cabelos escuros e despenteados, enrijecidos pelo sal. Ele era uma pessoa de tamanha beleza que Jacey teve de verificar a parte de trás da foto para se certificar de que não era um recorte de revista.

– Este é seu namorado? – Jacey perguntou.

– Na opinião dele – disse Maya. – Ele veio me ver algumas vezes. Quer me levar para o festival Burning Man, em agosto. Está sempre falando sobre como você pode se casar em Nevada, com dezesseis anos. Nem sei quantas vezes eu disse a ele que não, mas ele continua se fazendo de desentendido. Ele é do tipo que gruda no pé.

Jacey ainda estava segurando a foto.

– Porra, Maya. Há gente por aí que cortaria o pé fora para ficar com alguém como ele.

– Muito bem, mas pobre do burro do Doug – disse Maya, com um suspiro. – Outro dia, eu estava contando a ele que queria entrar no Corpo da Paz, no Suriname, e ele me perguntou se ainda havia algum tigre na África.

Na opinião de Jacey, a própria Maya era culpada de certa burrice, nesse caso. Você não dá nota baixa a um cavalo de corrida porque o domínio dele do francês é ruim. Mas Jacey ficou de boca fechada, porque ela também não sabia onde ficava o Suriname. Se tivesse de adivinhar, teria dito que tinha algo a ver com a guerra do Vietnã.

Maya olhou de relance para Jacey.

– Mas, na verdade, não é por isso que eu preciso me livrar dele. Tem uma outra coisa.

– O quê?

– É segredo. Você tem que jurar que não vai contar.

– Claro – disse Jacey.

– Para ninguém. Nem mesmo para qual-é-mesmo-o-nome-dela, Dana.

– Nós não somos mais amigas.

— Não escreva nem no seu diário. Se a tia June descobrir, estou fodida.

— Porra, eu *não vou* fazer nada disso. Quer, por favor, me dizer?

O segredo era este: Maya estava tendo um caso secreto com Robert Pettigrew, subdiretor da Governor's School of Performing Arts, para onde Maya iria na próxima semana. Ela havia conhecido Pettigrew numa competição estadual, em Lenoir, na primavera anterior. Eles vinham se correspondendo, e as cartas dele tinham confirmado que ele era uma pessoa sincera e gentil e, apesar da diferença de idade, era, Maya disse, "totalmente em contato com o meu mundo".

— Quantos anos?

— Acabou de fazer trinta e cinco — disse Maya.

— Nossa! Você disse *trinta e cinco*? — exclamou Jacey.

O rosto de Maya ficou frio e sombrio. Ela pegou os cigarros.

— Esqueça. Foi uma idiotice te contar.

— Olhe, Maya, eu não vou contar nada a ninguém, mas é só que, caramba, trinta e *cinco*.

— Pode me julgar, eu não dou a mínima — disse Maya, secamente. — Isso é entre mim e Robert, e, pelo que me diz respeito, todo mundo pode se danar. Idade é apenas um rótulo. O que acontece conosco é que nós dois somos almas velhas.

— Acho que não.

Maya suspirou.

— Eu o amo, Jacey.

Não havia como responder a essa observação. O pai da própria Jacey só tinha trinta e sete.

— É que ele desbloqueia estes *espaços* dentro de mim — estava dizendo Maya. — É como se ele soubesse coisas a meu respeito que nem eu mesma sei.

Numa repulsa particular, Jacey cerrou os dentes de modo que um canino superior rangeu sobre um inferior.

– Ótimo, bem, e vocês já, quer dizer, vocês por acaso já... – Jacey não conseguia encontrar um termo apropriado para quando uma jovem arranca gemidos de um representante das artes com trinta e cinco anos de idade.

– Se nós somos amantes?

Somos amantes – o canino rangeu de novo. Quem disse isso? Trazia à mente uma imagem dos dois sob um caramanchão coberto de flores, enquanto cisnes observavam.

– Já? – perguntou Jacey.

– Robert quer esperar até o dia de Ação de Graças, até eu fazer dezesseis anos.

– Que ele espere para sempre, esse é o meu conselho. Eu acho que você é louca em desistir de Doug.

Jacey estava olhando para a foto, alisando o cabelo com o dedo.

– *Suriname*. Eu ficaria com ele mesmo se ele não conseguisse encontrar o planeta terra num globo.

Maya riu dentro da sua xícara de chá, com um borbulhar cavernoso.

– Bem, fique à vontade, Jace. Eu mal consigo falar com ele ao telefone. Depois de Robert? Vendo como as coisas podem ser? Até mesmo falar com Doug faz com que eu me sinta tão incrivelmente sozinha. Quando ele fala, é só um som. É como o ruído numa concha.

– Pois é, eu adoro esse som! É relaxante!

– Então vocês dariam um belo par.

– É, só que ele nunca gostaria de mim – disse Jacey.

– Acredite em mim, Jacey, ele teria sorte se ficasse com você.

– Claro que sim.

– Por que não? Você é bonita. Você é sexy. Eu pagaria um milhão de dólares pelos seus olhos e pelas suas lindas sardas. Acredite, você estaria se vendendo barato. Ele não iria nem conseguir entender as suas piadas. Você iria ficar de saco cheio num minuto.

– Isso não aconteceria – disse Jacey.
– Você faz a viagem de carro com ele, então. Quatro dias com Doug vão me deixar no fundo do poço. Vão mesmo.
– Eu iria agora mesmo.
Maya riu seu riso trinado.
– Fantástico. Você estaria me tirando de uma roubada, sinceramente.
– Não, eu estou falando sério! – disse Jacey, agora sentada de pernas cruzadas e com as costas muito retas, no sofá-cama, quase tremendo de interesse. – Pode contar comigo.
– Está certo, está certo. Não vá engolir a língua. Seja como for, eu realmente preciso ligar para ele. Você não acha que a tia June ia se incomodar?
Jacey se sentiu um pouco tonta.
– Claro que não! – disse ela, e correu para buscar o telefone sem fio.
Maya pareceu um pouco irritada por Jacey ficar tão perto, enquanto ela ligava para Charleston. Mas Jacey, que estava temporariamente insana com fantasias de deslizar pelas montanhas de Nevada no carro de Doug, o homem dos búzios, com olhos de mula, não parecia estar prestes a sair. Ela queria ver que artimanhas Maya usaria para fazer aquilo acontecer. Dê as más notícias a ele com cuidado, e em seguida passe Jacey para ele como substituta, quando o momento for perfeito, esse era o truque – como o momento em *Indiana Jones*, quando Jones rouba o ídolo de ouro do suporte sensível ao peso e o substitui tão habilmente pelo saco de areia. Uma manobra delicada, que só alguém como Maya, com sua graça adulta e estranha, tinha talento para executar.
Para sua decepção, Jacey mal conseguia distinguir o som áspero da voz de Doug no telefone. Desejou ter pensado em ouvir da extensão em seu quarto. Sabiamente, Maya não começou a falar logo de Jacey, mas primeiro embalou-o com um bate-papo. Ela falou sobre um bicho de pé no seu joelho. Em seguida, tinha

algumas coisas a dizer sobre alguém desconhecido de Jacey, chamado DJ Now-and-Later. Então Maya começou a discutir a sessão de fotos para um catálogo de fim de ano de Belk Leggett. A essa altura, Jacey estava pensando que provavelmente estava na hora de começar a abordar os detalhes da questão de sua viagem ao Burning Man. Mas a conversa continuou durante outros (provavelmente caros) sete minutos de nonsense amigável, antes que Maya por fim dissesse: "Eu disse a você, Esquecido Jones, não estou em casa. Estou perto de Charlotte, vim ficar com a tia Jane e com minha prima Jacey."

Ao ouvir seu nome, Jacey sentiu um terror emocionante achando que Maya ia colocar o telefone em sua mão. O que ela poderia dizer a um homem daqueles? De olhos arregalados, sacudiu a cabeça para Maya, que lhe devolveu um olhar incomodado e continuou falando. Embora Maya fosse mais do que hábil naqueles assuntos, Jacey sentiu que um pouco de orientação não lhe faria mal no momento. Deu uns tapinhas no joelho de Maya.

– O que *foi*? – Maya sussurrou.

– Olha, só diga a ele que eu sou engraçada – disse Jacey.

– O quê?

Jacey engoliu em seco.

– Só diga a ele que eu sou engraçada e sexy.

Maya assentiu.

– Sim, Doug? Olha, eu tenho uma mensagem da minha prima. É. Ela quer que eu te diga que ela é engraçada e sexy.

Jacey sentiu vontade de vomitar.

– É *claro* que sim, bobinho. – Maya cobriu, com a mão em concha, o tefelone. – Ele disse para te dizer *ótimo*.

Jacey ficou boquiaberta diante de sua prima, por um momento. Ao ir embora da varanda fechada, teve que fazer muito esforço para não sair correndo.

Lá em cima, no quarto de Jacey, Scopes, o gato, não tinha feito nada com o passarinho. Estava embolado ao lado dele, no travesseiro, instalando-se para um dia inteiro de satisfação. Jacey fez uma careta pela janela. Seu pulso martelava em suas bochechas. Ela desejou ter algo valioso para despedaçar. Ouviu Maya encerrar o telefonema para Charleston, e sua respiração desacelerou um pouco. Então Jacey pegou o telefone e ligou para Leander Buttons na casa dos pais dele.

Jacey tinha ficado com Buttons dez dias antes. Tinha sido uma espécie de acidente, e o plano de Jacey era não falar com ele até a escola começar no outono, se é que falaria com ele depois disso. Leander não tinha muito mais do que um metro e meio de altura. Às suas costas, chamavam-no de "Little Buttons", e, às vezes, na sua cara. Ele tinha sido educado em casa, até a oitava série. Garoto de interesses variados, ele era bom no trombone e também era aspirante a sofrer esgotamento. Seus grupos incluíam tanto os patetas da banda marcial quanto aqueles hippies sem graça que ficavam chutando Hacky Sacks no círculo mais distante da cena de drogados da escola. A higiene de Little Buttons deixava a desejar. Seus olhos lacrimejavam, e ele tinha com tanta frequência um pedaço de comida no canto da boca, que você se perguntava se ele o guardava num pires, ao lado da cama, durante a noite e colocava de volta de manhã. Uma vez, na hora do almoço, seus amigos levaram uma máquina de cortar cabelo à sua cabeça, e a bola resultante era um prodígio de sujeira, cheia de tanta oleosidade natural, que mantinha a forma quando a chutavam no rinque das Hacky Sacks.

Mas houve circunstâncias atenuantes para que Jacey se aproximasse dele na outra noite, na cidade. Naquela noite, Jacey tinha subido muito alto na magnólia que dava para a Igreja Nova Vida, com sua melhor amiga, Eileen Gutch. Elas tinham bebido cada uma três garrafas de cerveja antes que uma chuva forte e quente começasse a cair. O tempo fez Gutch ir correndo para casa. Com duas horas pela frente até que sua mãe fosse buscá-la, Jacey estava sozinha, tonta e com os sentimentos à flor da pele no centro da cidade, vagando pelas ruas molhadas que brilhavam como você gostaria que brilhassem no lindo filme de verão da sua vida.

Junto ao estacionamento, ela viu Little Buttons sair cambaleando de um arbusto. Eles não eram amigos, mas tinham compartilhado a mesma sala de aula base e também aulas de inglês por dois anos seguidos. Sua camisa estava suja de terra e folhas, e ele tinha um domo vermelho na testa. Explicou que tinha acabado de batê-la em alguma coisa, durante uma rodada de "O elevador", também conhecido como "O clássico de Charlotte", através do qual você hiperventilava e seu amigo batia no seu esterno, para que você desmaiasse e depois tivesse uma onda bem barata. O parceiro de Leander no Clássico também tinha desaparecido quando o tempo virou. Assim, num ato de ternura regada a cerveja e desejo de noite chuvosa, Jacey pegou a mão de Leander na sua e o levou para o planetário. Não para o teatro principal, onde era preciso pagar quatro dólares para assistir à máquina de estrelas fazendo as constelações, mas a um lugar velho e grátis, o Modelo de Copérnico, no esquecido segundo andar. Ali, quando você apertava um losango verde na parede, as luzes diminuíam, engrenagens escondidas no teto faziam ruídos surdos e guinchavam, e por cinco minutos os planetas do sistema solar, representados por bolas de espuma pintadas de cores fluorescentes, cambaleavam em torno de uma lâmpada amarela que era o sol.

Ela e Buttons ficaram ali durante uma hora e meia e apertaram o losango verde dezesseis vezes. O agarramento ficou bastante intenso, mas nada de irreparável aconteceu. Num dado momento, Little Buttons deixou seus esforços de lado, para perguntar se Jacey era virgem, uma pergunta para a qual ela não tinha uma resposta exata. A história era a seguinte: no verão passado, num acampamento misto de dois dias, no Tennessee, ela acabou numa barraca com um rapaz de New Jersey, também com treze anos na época. Ele deu em cima dela. Sua lábia era uma personificação literal do ardente Pepé, o gambá francês. Milagrosamente, isso resultou tanto no primeiro beijo de verdade de Jacey quanto em seus primeiros movimentos mais ou menos nua, com um garoto. Por razões técnicas, não tinha inteiramente "entregado o ouro", como Eileen Gutch gostava de descrever o ato. Se ela tivesse que colocar um número, Jacey diria que havia entregado uns quarenta por cento do ouro. Então, lá no planetário, ela sussurrou "Na verdade, não" a Little Buttons, que ficou tão agitado com essa notícia que começou a respirar como se outro Clássico de Charlotte estivesse à mão.

Leander Buttons havia telefonado três vezes no dia seguinte ao interlúdio dos dois no sistema solar e quatro vezes no dia seguinte a esse. Jacey não telefonara para ele de volta. Até aquela manhã, Jacey não tinha visto muito interesse em ser apreciada por um tampinha esquisito como Leander. Mas agora, com sua prima insuportável em casa, Jacey estava melancólica. Pensou que poderia ser bom ter alguém, *qualquer um*, que pudesse dar uma passada e gostar dela por um tempo, não importava quanta comida houvesse na curva dos seus lábios.

– Jacey? – veio o guincho da voz de Leander ao telefone.

– Sim, Leander.

– Uau. É estranho você me ligar – ele buzinou. – Eu só deixei umas cinquenta mil mensagens.

– Desculpe.

– Você poderia ter dito que chegou em casa, pelo menos. Alguém poderia ter assassinado você, pelo que me dizia respeito.

– Sim, bem, eu fui assassinada, mas só um pouco. Mas escute, Leander, o que você vai fazer hoje?

– Nada de mais. Estudar o meu trombone. – Ele tirou um som rápido como prova. – Depois, eu disse à minha irmã que iria ajudá-la a fazer uma torta de manteiga de amendoim, porque ela está de saco cheio e quer cozinhar. Em seguida, talvez boliche com Josh Gurskis e uns outros caras.

– Tenho uma ideia. Não faça nada disso – Jacey disse. – Venha aqui para a minha casa. Quero passar o dia vendo filmes.

– Na sua casa? – O tom dele era cauteloso. Ele parecia sentir o cheiro de uma armadilha.

– Sim, Leander, na minha casa.

– Com os seus pais?

– Não. Nada de pais. Minha mãe está fora o dia todo. Ela está no trabalho.

– Hum, bem, de que tipo de filmes você está falando?

– Vamos ver, tem pelo menos *Tubarão* e *Uma dupla quase perfeita*, e acho que *Excalibur* e um outro que não sei o que é. A etiqueta está apagada.

– Bem, o que você acha que esse é?

Jacey suspirou.

– Porra, Leander, eu não sei! Mas, se faz tanto tempo que está aqui, provavelmente é algo bom. Agora, você quer vir para cá ou não?

Ele disse que estaria lá em cerca de uma hora.

Little Buttons teve que dirigir sua bicicleta motorizada por cerca de doze quilômetros até chegar à casa de Jacey, que ficava numa área afastada do condado, numa erupção de construções esparsas de tijolos à beira de uma floresta estadual. Jacey correu para o andar de baixo, quando ouviu a bicicleta chegar, fazendo muito barulho, na entrada de veículos. Quando chegou à porta da frente, Leander já tinha baixado o descanso e estava inspecionando um amassado na lateral azul da Puch.

– O que houve? – perguntou ela.

– Para começo de conversa quase sofri um acidente vindo para cá. Alguém jogou uma lata de Cheerwine em mim, na Piney Mountain Drive.

– Jura? Você se machucou?

– Não, era só uma lata vazia, mas mesmo assim eu quase bati numa árvore. Que filho da puta. Sorte dele eu estar tentando chegar aqui rápido, ou eu o teria seguido até sua casa, para poder cortar os seus pneus uma hora dessas.

Sinceramente, Jacey entendia como alguém podia querer jogar uma lata no Little Buttons. Ele estava vestido como quem pede algo assim. Seu cabelo não era o ninho costumeiro. Em vez disso, ele o havia alisado para trás com tanto gel, que parecia um calombo de asfalto fresco. Sua camisa era uma camisa de sair à noite, num tecido brilhante, e ele usava jeans pretos apertados que afunilavam até chegar num par de sapatos adornados que parecia ter sido roubado de um cafetão alpino. De certa forma, ela ficou lisonjeada que ele tivesse se dado ao trabalho de se enfeitar tanto assim, mas a roupa revelava uma intensidade e uma estranheza de afeto de que Jacey não se sentia à altura. Além disso, ele a fazia se sentir desconfortável com o que estava usando, jeans cortados acima do joelho e uma camiseta do seu trabalho de empacotadora no supermercado Harris Teeter.

– Para que você se arrumou tanto, Leander?

– Você não gostou?

– Não, não, eu gostei. É só que você se arrumou demais.

Buttons olhou para o chão, infeliz.

– Minha irmã Gina fez isso. Eu disse a ela que vinha ver você, e ela colocou toda essa porcariada em mim. Estou uma merda, né?

Jacey riu.

– Não, Leander, você está bem. Está bonito. Mesmo.

– *Você* está bonita – disse Little Buttons, caminhando até ela. Ele apertou os olhos diante do rosto dela, fazendo-a se sentir tímida. O cheiro dele era de limpeza.

– É estranho ver você.

– É?

– É. Estranho e ótimo – disse ele.

Jacey conseguiu não se esquivar, quando ele a abraçou e lhe deu um rápido beijo no rosto. Como não foi reprovado, Buttons prorrogou o aperto, suspirando e arquejando em seu ouvido, correndo o dedo ao longo da sobra de gordura onde a tira do sutiã de Jacey cortava suas costas.

– OK, OK, Leander – disse Jacey.

Ele recuou e começou a passar a mão pelo cabelo ininterruptamente. Em seguida fez um gesto estranho e vagamente paralisado através do qual arrastou o pulso sobre o zíper e fez uma torção leve com os quadris.

– Desculpe – disse ele.

– Não, tudo bem – disse Jacey. – É só que eu não estava pronta para ser espremida desse jeito.

Leander estalou as juntas dos dedos.

– Mas então, acho que a gente deveria ver *Tubarão,* se for *Tubarão I* o que você tem – disse Leander. – Eu gosto de quando eles estão no barco, de noite.

Mas Jacey agora não tinha tanta certeza se tinha sido sábia em se comprometer com uma tarde no sofá com Leander Buttons. Um balanço na varanda ao estilo dos velhos tempos teria sido a coisa certa. Antes de ficar presa com ele no sofá, ela queria se sentar ao ar livre com Little Buttons, ver, à luz do dia, aquele rosto que a havia beijado no escuro do planetário.

Jacey recuou e apertou os olhos para o chalé verde do outro lado da rua como se ele tivesse sido construído na noite anterior.

– Jacey?

– O que, Leander?

– A gente vai entrar?

– Num minuto – disse Jacey, sem a menor ideia do que queria fazer.

Naquele momento, Maya apareceu nos degraus da frente. Tinha trocado seus lenços de cigana por uma camiseta, tênis e um short azul de algodão que não era muito diferente de uma calcinha. Olhando para sua prima, Jacey de repente se lembrou de que um teorema para dizer se dois triângulos retos são congruentes é "perna-perna".

Ela ainda estava zangada com a prima por causa do telefonema para Charleston, e ficaria por muito tempo ainda, mas sentiu-se grata por Maya não rir ou levantar uma sobrancelha diante dos trajes de Leander. Maya, a adorável hipócrita, estava de volta a toda sua doçura e fraternidade. Disse que estava indo dar uma caminhada. Será que Jacey queria que ela trouxesse cerveja ou bolos da lojinha que ficava mais adiante na estrada?

Agora que Jacey pensava no assunto, uma ida à loja parecia uma boa ideia, o tipo certo de período de adaptação que ela queria antes de se dedicar a *Tubarão* e Buttons na penumbra da sala. Jacey sugeriu que caminhassem todos até a loja a fim de comprar coisas para uma "salada de filme" – pipoca coberta com salgadinhos Chex mix, M&M's e bastante manteiga derretida. Buttons disse que podia levar Jacey na Puch. Jacey disse que não. Tinha opiniões firmes sobre duas pessoas andando naquilo. Era muito amiga de Ricky Murphy, que, na primavera passada, tinha deslizado para fora da traseira de uma scooter e partido o crânio na calçada.

Na caminhada pela Smithfield Road, Maya não falou de Nureyev ou do trabalho como modelo, nem de sua própria excelência. Em vez disso, elogiou os triunfos de Jacey, sua voz como cantora, e sua velocidade nos cinquenta metros (Jacey tinha aqueles surpreendentes pés velozes que a gente, às vezes, encontra nos gordinhos); contou como, num acampamento de meninas durante a sua infância, Jacey tinha sido mais esperta do que um grupo de metodistas que havia chegado antes das primas para assinar a folha de inscrição para canoagem lembrando a eles de que, no dia do Juízo Final, os últimos seriam os primeiros, e os mansos herdariam a terra. As metodistas correram para ser as primeiras a entregar seus remos, e, durante todo o dia, as primas remaram no lago. Jacey não podia evitar se deleitar com os elogios. Incrível como Maya conseguia se tornar alguém quase impossível de desprezar durante muito tempo.

Mas ocorreu que a loja estava fechada sem explicação, e Maya disse que eles deveriam ir todos para a floresta.

– Porque, vejam só – disse ela, e puxou de sua calça minúscula um mirrado cigarro de maconha. Que melhor maneira de desfrutar o dia de hoje, ela observou, do que uma onda em meio às árvores? Leander disse que divertido mesmo seria assistir a *Tubarão* chapado. Jacey não podia discordar.

A floresta estadual era uma extensão de carvalhos e pinheiros enegrecidos pela queima controlada, com os brotos já assediados pelas glicínias e pela cursiva peluda das vinhas da hera venenosa. Em busca de um lugar onde fumar, eles deixaram as largas pistas de cascalho onde cavaleiros trotavam e seguiram pelas trilhas secretas através das moitas e dos espinhos. Jacey e Maya tinham andado por ali muitas vezes, nos verões passados, e Maya abriu caminho através das velhas trilhas escondidas. Que bom, pensou Jacey, que embora três anos tivessem se passado desde que tinham estado ali juntas, e as meninas não eram as amigas que tinham sido, alguma parte de Maya ainda guardava uma lembrança do lugar.

Leander não parecia se incomodar que a lama estragasse os seus sapatos tiroleses, ou com os fios rebeldes que haviam escapado de seu capacete de gel e balançavam soltos sobre o seu rosto. Não dava para andar perto dele porque ele batia violentamente nos arbustos com uma vara que tinha encontrado.

Mas a caminhada continuou por mais tempo do que o necessário. Maya parecia ter esquecido o baseado e dado início a uma exibição de conhecimento da montanha, mostrando a Jacey e a Little Buttons como identificar o gengibre selvagem, sabugueiro, cogumelos-ostra e sassafrás. Ela encontrou uma mandíbula de cervo, e arrancou os molares e os distribuiu como lembranças marrons daquele dia. Jacey ficava para trás, perdendo, de vez em quando, Leander e Maya de vista, em meio à mata. Ficou irritada ao ouvir Buttons cobrindo Maya com seus próprios conhecimentos sobre a vida ao ar livre – a profundidade mítica da raiz mestra de certa espécie de pinheiro, informações sobre pirita e sobre a *Saggitaria,* e como você poderia treinar um corvo para ser seu animal de estimação com paciência e migalhas de comida.

Jacey estava quase furiosa quando elas chegaram ao local de descanso – uma penhasco baixo com vista tanto para o caminho principal quanto para o riacho cor de molho de carne assada no fundo da ravina. As folhas enceradas dos rododendros formavam uma espessa barreira do caminho. Os corredores e cavaleiros passavam e não os notavam. Ninguém viu os adolescentes até que um homem mais ou menos jovem, com cabelos rebeldes e um velho casaco de fazer exercício apareceu na trilha. Ele parou, espreitando por entre os arbustos. Tirou um chapéu imaginário e caminhou até o riacho. Eles o observaram tirar o casaco, a camisa e as botas, e se sentar, ao estilo indiano, na grande ilha de pedra escura no meio do rio.

Depois que o homem passou, Maya tirou o baseado do short.

– Vocês vão gostar disto aqui – Maya explicou a Leander, lambendo e beliscando o papel antes de acendê-lo. – Só uma boa viagem mental, bem suave. Não altera muito o corpo.

– Nós vamos fumar ou só ficar falando? – perguntou, agressiva, Jacey, que tinha fumado maconha duas vezes e nunca sentira coisa alguma.

– O que é que está acontecendo, Jacey? – perguntou Maya.

– Nada. Estou com calor. Minhas pernas estão coçando. – Jacey coçou as panturrilhas furiosamente, e Maya ficou observando.

– As minhas também ficam assim – disse Maya. – Principalmente quando faz algum tempo que eu não faço exercício.

– Eu faço exercício – disse Jacey, áspera. – Eu nado quatro vezes por semana.

– Isso é fantástico – disse Maya. Ela entregou o baseado a Leander, junto com uma caixa fina de fósforos.

– Uma pessoa ao nadar transpira mais de três litros de suor por hora – disse Leander. – Meu irmão trabalha na piscina do Centro Comunitário. Eles têm de colocar produtos químicos constantemente para cuidar disso. Tome, Jacey.

Ela pegou o baseado e puxou uma cautelosa quantidade de fumaça para dentro das bochechas e passou o baseado para Maya, que deu uma longa tragada e se deitou à sombra dos rododendros. Lânguida, ela virou as mãos para o céu e começou a fazer uma respiração treinada.

– Vocês sabem o que eu adoro? – perguntou ela. – Eu gosto do cheiro, esse cheiro de podre maravilhoso. Todas estas plantas que receberam o sol e a água da chuva por aqui anos atrás, sei lá; agora as folhas e as árvores caídas estão apodrecendo sobre a terra, voltando para ela, e estão expirando toda essa energia de volta para o ar. Literalmente, é o cheiro do verão que você está sentindo, de cinco, dez, cem anos atrás, toda essa energia voltando agora. Não sei explicar. É triste, mas é bonito também.

– Estou entendendo – disse Leander.

– Sabe o que mais eu adoro? – Maya perguntou.

– Cheetos? – sugeriu Jacey, tentando romper o feitiço de sensualidade silvestre que Maya tinha começado a tramar.

– Uma batata Pringles – disse Leander Buttons. – Uma batata Pringles é um paraboloide convexo.

O que quer que Maya também adorasse, ela deixou de lado quando o rapaz sem camisa no riacho mais adiante ligou um radinho, e um jazz suave de cassino soou vagamente em meio às árvores. A música colocou Maya de pé. Ela sentiu o ar com as palmas das mãos e girou os quadris.

– Levante, Jacey. Venha dançar comigo.

– Não vou não.

– Tudo bem, chata. Leander. Levante-se. Venha cá. Você não tem escolha.

Leander, nervoso e alegre, permitiu que Maya o puxasse para cima. Ela deslizava diante dele, e Leander vacilava tentando acompanhá-la, como se estivesse lutando boxe, a cabeça se inclinando e girando para todo lado, porque ele não conseguia se decidir qual a melhor parte de Maya para olhar. A música seguinte começou, uma valsa. Maya puxou Leander para si, conduzindo-o pelo penhasco. Ele estava sorrindo como um idiota. Colocou as mãos na faixa nua de pele entre a camiseta e o short de Maya e a deixou ali.

Jacey podia sentir a raiva brotando nela como ondas de calor numa estrada. Conseguiu se conter da primeira vez em que Maya baixou Leander num mergulho olímpico, mas, na segunda vez, sua raiva extravasou.

– Tudo bem – gritou ela. – Porra, você sabe dançar. A gente já entendeu, Maya. Pode se sentar agora.

Leander e Maya pararam, mas não largaram um do outro. Maya mostrou seus dentes lisos num meio sorriso zombeteiro.

– Jesus, o que diabos há de errado com você? – perguntou ela. – Chamei você para dançar e você disse que não. Que diferença faz?

– *Nenhuma* diferença – disse Jacey, levantando-se. – Dance tudo o que quiser. Ou, na verdade, por que vocês não vão para algum lugar foder? Há um monte de arbustos e outras coisas por aqui aonde vocês podem ir foder.

Maya inspirou de modo pronunciado e chocado e deixou cair os braços dos ombros de Leander. Leander deu um riso abafado. Jacey continuou:

— É, você quer, Leander? Ela faz isso sem problemas. Ela é uma grande puta. Veja, há um cara em Charleston com quem ela está tentando parar de foder, por causa desse outro cara com quem ela está se preparando para foder, seu professor ou algo assim, mas ela não pode foder com ele ainda, porque ele é tão velho que é contra a lei, mesmo que ela queira.

Uma expressão desabada e atordoada surgiu em Maya, como se um pedaço crucial de um cordame tivesse sido cortado por trás do seu rosto. Sua boca despencou, ficando aberta o suficiente para caber uma tangerina.

Fosse qual fosse o som que Maya estava prestes a fazer, Jacey não queria ouvir. Ela saiu correndo em meio à vegetação, e foi só quando chegou ao riacho que começou a chorar. Lágrimas quentes jorraram dela. Mas temendo que Maya e Buttons pudessem vê-la de seu poleiro, ela rapidamente engoliu o choro e lavou o rosto pegajoso no riacho.

O que ela mais queria era voltar para a escuridão da tarde na casa de sua mãe e assistir à televisão e comer bolachas com queijo cheddar e uma rodela de picles. Mas, para ir embora da floresta, ela teria que passar pelo lugar onde Maya e Leander estavam se escondendo. Sentia que não podia deixá-los vê-la indo embora para casa e manter alguma dignidade, então saiu caminhando a esmo junto ao riacho, na esperança de parecer distraída e à vontade. Andou correnteza abaixo e correnteza acima de novo. Atirou pedras na água. Acariciou o líquen e se agachou para ver camarões-de-água-doce, o que não a acalmou em absoluto.

Não muito longe do penhasco, ela parou e olhou para o homem sem camisa deitado na ilha de pedra. Ele estava com o rádio ligado e os olhos fechados, contente como um gato ao sol. Ela o observou levar uma garrafa verde de cerveja aos lábios, bebê-la até a última gota e colocá-la no riacho. A garrafa oscilou num redemoinho e seguiu rio abaixo, num chumaço de espuma bege. Em seguida, ele tateou em busca de mais uma cerveja no meio de uma porção que se entrechocava numa piscina perto de sua mão, abriu-a e bebeu um pouco, tudo isso sem abrir os olhos. Você tinha que apreciar alguém que só precisava de uma pedra quente, cerveja e um rádio barato para se divertir. Jacey pensou que talvez gostasse de falar com ele, só dizer oi, pelo menos, mas ele continuava deitado tomando sol. Minutos se passaram, e Jacey podia sentir os olhos de Maya e Leander nela, observando-a se demorar na margem do rio como uma idiota.

– Ei – chamou-o ela.

O homem ergueu a cabeça e olhou para ela, levantando pedras de músculos no abdomen.

– Muito bem – disse ele, com um bocejo. Sentiu o gosto de sua boca, piscou, e empilhou os punhos atrás da cabeça, para não forçar a barriga olhando para ela. – O que está acontecendo?

– Você não tem mais dessa cerveja, tem? – Jacey perguntou.

O homem olhou para o caminho. Então olhou para as garrafas gelando no riacho e coçou a cabeça.

– Vamos lá, por favor – disse Jacey. – Eu estou com tanta sede que estou quase morrendo. Me dá uma. Eu posso pagar.

Ele se sentou, parecendo alguém que se sentia meio invadido, mas balançou a cabeça e riu.

– Acho que sim – disse ele. – Venha cá.

Jacey pisou, com cuidado, sobre as pedras forradas de algas que levavam até a ilhota. Quando chegou lá, o homem já tinha tirado uma cerveja da água para ela e aberto a tampa.

– Não está gelada, mas não vai queimar a sua boca – disse ele. Sua voz era suave. Jacey deu dois goles grandes e ofegantes, e em seguida olhou para a garrafa com grande interesse. A timidez a aquecia, um calor mais profundo do que o do sol.

— Heineken — disse ela. — A melhor cerveja no mercado, na minha opinião.

O homem não disse nada, mas uma pequena explosão divertida escapou do seu nariz.

— Bem, mas eu não queria vir aqui e te encher o saco — disse Jacey. Ela colocou o dedo em seu bolso e tirou um par de notas amassadas. — Tome. Eu tenho dois dólares. Isso é suficiente?

— Não se preocupe com isso — disse o homem. — Sente aí, se quiser.

Jacey se sentou, suas robustas pernas cor-de-rosa esticadas na frente dela, cruzadas nos tornozelos, que era o modo como elas ficavam mais bonitas. Bebeu outro gole grande da sua cerveja, e, antes que pudesse evitar, um terrível arroto molhado saiu dela.

— Gesundheit — disse o homem, olhando para ela com olhos afetuosos e cinzentos no fundo de rugas alegres. Seu cabelo loiro estava escasseando um pouquinho na frente, mostrando um couro cabeludo sardento, mas era preciso olhar de perto para ver isso. Uma coisa mais óbvia era a situação de seu braço direito. Tinha uma cicatriz funda no ombro. Um vergão irregular serpenteava para baixo, no interior de seu bíceps, afinando até chegar quase ao punho. Pelos pretos, grossos e brilhantes como suturas ocasionais, passavam pela cicatriz aqui e ali. O braço tinha três tatuagens, todas elas de mulheres, feitas com bom gosto surpreendente, nenhuma delas nua ou numa pose indecente. A tatuagem na parte de cima mostrava uma senhora de meia-idade, sentada como que para uma fotografia da escola, com o cabelo repartido ao meio, usando um par de óculos grandes com lentes fumê. Uma segunda mulher em seu antebraço sorria para um cachorrinho com orelhas de morcego que ela embalava nas mãos. A terceira mostrava uma mulher de calça capri, pescando na arrebentação, com o sol se pondo. Jacey teve de olhar por algum tempo até perceber que em todas as três imagens a mulher era a mesma.

– Você mora aqui perto? – perguntou o homem.

– Muito perto: logo depois da Smithfield Road, que eu chamo de Shitfield Road, um lugar de merda – disse Jacey, rápida e nervosa. – Não acontece nada ali. Eu gostaria de morar na cidade.

– É, a cidade é ótima se o seu negócio são os banqueiros e os negros – disse o homem.

Ele tirou um cigarro de uma embalagem verde e ofereceu um a Jacey, que aceitou. Ela se inclinou para trás e tragou, a palma de uma das mãos apoiada sobre a rocha. O penhasco estava atrás dela. Ela esperava que Maya e Leander a estivessem vendo por completo, seu cabelo caindo com o sol batendo nele, a cerveja que ela corajosamente tinha conseguido e a admirável fumaça do tabaco erguendo-se da sua mão.

– Sou Stewart Quick – disse o homem. – Qual o seu nome?

Jacey lhe disse que era June, o nome de sua mãe.

– Gosto desse nome – disse ele. – A garota com quem eu provavelmente devia ter me casado se chamava August.

– Por que não se casou?

Quick puxou os lábios para trás por cima dos dentes e apertou os olhos de forma amigável diante do passado.

– Não sei. Medo, estupidez, dinheiro, o pai dela, e o sinal de pele mais horrível que já vi, bem aqui – Quick disse, apontando para o local onde sua narina direita se juntava com sua bochecha. – Era como uma bola de golfe.

Jacey cobriu a boca para esconder o aparelho e riu dentro da mão.

– Então, quantos anos você tem, June? – perguntou-lhe.

– Adivinhe. – Ela jogou a garrafa vazia no rio, como havia visto Quick fazer.

– Quarenta e cinco – disse ele, entregando-lhe outra cerveja.

– Vá tomar banho – disse Jacey. – Tenho dezoito anos.

– Ora, que coincidência – disse ele. – Eu também.

Então, ele quis saber coisas sobre Jacey: quanto tempo fazia que ela morava ali em Smithfield Road, se tinha estudado na escola, se planejava ir para a faculdade, o que ia estudar lá. Ela lhe contou o que achou serem mentiras inteligentes e ágeis. Achava que ia para Emory estudar medicina, mas uma parte sua se sentia atraída por Nova York, onde uma escola, cujo nome lhe escapava, tinha lhe oferecido uma bolsa integral para estudar interpretação e voz.

Diante de tudo o que ela dizia, Stewart Quick sorria e fazia que sim e lhe dizia quão cheia de bom-senso ela era, o quão talentosa devia ser para ter tantas boas perspectivas aos seus pés.

Então, ele olhou para a colina, para o dossel verde e espesso de carvalhos e seringueiras e pinheiros.

– Seus amigos ainda estão lá em cima? – perguntou ele. – Talvez eles queiram descer e ficar com a gente aqui no rio. – Jacey não gostou do tom daquilo. Magooua achar que Quick não sentia, como ela, a atmosfera isolada e especial entre os dois juntos e sozinhos ali na pedra quente.

– Não – disse Jacey. – Eles já me encheram. Não quero mais vê-los por hoje. Ei, deixe eu te perguntar uma coisa, Stewart.

– Sim?

– Quem é essa no seu braço? – perguntou ela. – Ela é bonita. É a mesma mulher em todas, não é?

Quick olhou para as suas tatuagens, dobrando o braço de um jeito doloroso e desajeitado que fez seu lábio inferior se projetar e brilhar.

– Minha mãe. Até onde eu sei, este é o braço dela, bem aqui.

– O que você quer dizer com "dela"? – Jacey imaginou aquele braço rasgado e cheio de pelos preso naquela mulher de aparência decente e riu na boca da garrafa.

– Quero dizer que eu não teria este braço se não fosse por ela.

– Você não teria *você*, se não fosse por ela – disse Jacey, sentindo-se leve e ousada com a cerveja.

– Se não fosse por ela, eu teria perdido o braço, é o que estou dizendo – disse Stewart Quick. O sol deslizou para trás das árvores e a luz diminuiu.

– Na guerra? – perguntou Jacey.

– Não, porra – disse Stewart Quick. – Não foi numa guerra, foi numa merda de um lava a jato. Quer ouvir a história?

Jacey disse que sim.

– Bem, eu tinha um chefe. Vou lhe dizer, se você me pedisse um cretino e eu te desse aquele cara, você ainda ia ficar me devendo uns trocados. Seja como for, um dia estávamos com uma fila de um monte de carros, buzinando sem parar, e esse cara estava gritando comigo para eu tirar umas toalhas limpas da máquina de lavar. Mas eu não estou falando de uma máquina de lavar comum. A coisa girava umas dez vezes mais rápido do que a que você tem em casa. Então, ele estava furioso comigo, "Vá pegar umas toalhas! Cacete, pegue as toalhas, Stew!" Eu vou até a máquina. Abro-a e coloco a mão lá dentro, só que ela ainda não acabou de girar, então o que é que ela faz, ela arranca o meu braço e desloca o meu cotovelo e esmaga a minha mão.

– Puta merda, sério? – disse Jacey.

– É, eu nem sabia o que tinha acontecido, estava em estado de choque. Só fui até o estacionamento no meio da tarde, e ele estava cheio de gente querendo lavar as suas Mercedes e essa merda toda depois do trabalho. Eles olham e veem esse garoto arrastando o braço atrás dele sobre o concreto como um barco de brinquedo, pendurado por um pedacinho de pele. Os médicos disseram "Diabo, cortem fora". Mas minha mãe foi até lá, ficou possessa com eles, gritando, fazendo um escândalo. Fizeram com que eles colocassem o braço de volta. Eles disseram que não fazia sentido. Ela disse: "Que se foda se ele ficar preto e apodrecer. Vocês costurem o braço do meu filho de volta. Se ele morrer, a gente corta de novo. Mas vocês costurem essa porcaria de volta."

Quick levantou a mão e lançou-lhe um olhar remoto, avaliando-a como se fosse um objeto raro que ele tivesse pegado numa loja, algo que admirava, mas que não podia se dar ao luxo de comprar.

– Uma espécie de milagre, eu acho – disse Jacey.

– Um milagre com desconto – disse ele. – O osso dói feito a porra durante boa parte do tempo. Além disso, eu não sinto nada na mão.

– Que merda – disse Jacey.

Agora Quick estava tocando com o polegar os outros dedos da mão prejudicada, um por um, observando o desempenho de perto, sorrindo, numa espécie de prazer aturdido.

– Não sei. Faz você ficar satisfeito com o que tem, eu acho. Além do mais, tem alguma coisa nisso, em ter uma parte do corpo que não consegue sentir. Meio como ser duas pessoas ao mesmo tempo.

– Pelo menos não é sem graça – disse Jacey. – Eu acho que ele é legal, tem um jeito legal, com essas cicatrizes e tudo mais.

Quick riu. Abriu outra cerveja e, entregando-a para Jacey, acomodou-se junto a ela, apoiando-se de lado, a cabeça perto o suficiente do seu joelho a ponto de ela poder sentir sua respiração secando o suor em sua pele.

– Que tal se a gente trocasse? – perguntou ele. – Você fica com este braço e eu fico, não sei. Talvez eu fique com esta perna.

Jacey recuou.

– Você não iria querer esta perna grande e sem graça – disse ela.

– Errado de novo – disse Quick. – Mercadoria de primeira. Excelentes condições, exceto por esta coisinha aqui.

Quick colocou a mão ruim em volta do tornozelo de Jacey. Levou a outra à boca, sugando por um momento o polegar, e depois usou-a para esfregar círculos lentos sobre uma mancha marrom no interior da perna esquerda Jacey, logo abaixo do joelho. Ela deixou, durante um momento. Depois tirou a perna. Alarmou-a muito, a faixa brilhante que Stewart Quick tinha deixado ali, mas ela temia ofendê-lo se a enxugasse.

– É uma marca de nascença – murmurou ela. Quando ela era criança, a mãe a ensinara a usar a marca para diferenciar a esquerda da direita. – Quando eu era pequena, essa marca tinha a forma de um peixe. Ainda tem, um pouco.

Ela deu mais um gole da garrafa e ficou observando um pequenino besouro vermelho lutando para passar por uma fenda na rocha. Quick se sentou. Tomou a cerveja dela, segurou seu queixo entre o indicador e o polegar e a beijou de leve na boca. Em seguida, recuou e ficou olhando para ela com um sorriso que se abria.

– Tudo bem, June? – perguntou ele. – Pensei que você queria.

Seus lábios formigavam com a barba rala de Quick, uma sensação complicada. Ela se perguntou se sua boca estava diferente agora, desfigurada, talvez, ou possivelmente alterada de uma forma boa e glamourosa. Sentia uma vontade intensa de tocar os próprios lábios, mas não tocou, com medo de que o homem mais velho pudesse ver isso como uma crítica ao presente não solicitado.

– Sim, não – disse Jacey. – Eu queria. Quer dizer, estou feliz que você tenha feito isso.

Quick deu um suspiro satisfeito, alto e nítido como um vazamento de vapor.

– Porra, você está brincando?! – exclamou ele. – Isto é o verão, isto mesmo. É disto que eu estou falando. É assim que o dia deveria ser.

– Eu sei – disse Jacey. – Gostaria que não estivesse acabando.

– Oh, mas não está – disse Quick. – Ainda tem um bom pedaço do dia pela frente. – Quick mergulhou a mão na correnteza e passou água do rio nas dobras do pescoço. – Tive uma ideia, June.

– Qual foi?

– O que a gente precisa fazer para ter o dia perfeito é pegar a estrada até Hidden Lake e dar um mergulho. Acabei de me lembrar que hoje é sábado. Vai ter uma banda tocando e tudo mais. Tem uma barraca de cerveja. É onde eu preciso estar.

– Talvez. Não sei – disse Jacey. – Tenho que encontrar umas pessoas às sete.

Quick olhou para o relógio.

– Bem, são o quê, quatro horas agora, mas faça o que você tem de fazer – disse ele. – Só seria durante uma hora ou coisa assim. É o que vou fazer.

O escaravelho vermelho estava andando em círculos confusos, na sombra do tornozelo de Jacey. Ela o conduziu à canoa estreita de uma folha de salgueiro, e colocou a folha na água. A folha correu até o redemoinho e sumiu de vista. Então Jacey olhou para o penhasco e viu apenas folhas.

– Pode ser – disse Jacey. – Acho que seria legal.

Animado, Stewart Quick vestiu a camisa e guardou o rádio. Então levou Jacey através do riacho e, pelo caminho, uma trilha diferente pela qual ela viera. Em quinze minutos, chegaram ao início da trilha, onde o carro de Quick, um Mitsubishi Lancer de duas portas, estava estacionado. Ele tinha colocado uns acessórios caros no carro – vidros fumê, aros cromados e um grande aerofólio subindo da traseira. Quick abriu a porta para ela. Jacey parou.

– Só uma hora? Você jura? – perguntou.

– Sem dúvida – disse Quick. Ela entrou.

Quick arrumou o equipamento no banco traseiro. Inseriu a chave e abaixou as janelas, mas não ligou o motor.

– Ei, venha cá – disse ele a Jacey.

– O quê? – perguntou ela.

– Venha cá, June.

Ela não se mexeu. Quick se inclinou sobre o freio de emergência e pôs a boca na de Jacey, não tão suavemente quanto antes.

Passou a língua por entre os dentes dela e colocou a palma de sua mão ruim sobre a parte da frente do short dela, movendo-a com uma força dolorosa, como se tentasse despertar sensação suficiente para que seus nervos embotados pudessem sentir. A náusea começou a se formar na barriga de Jacey. Tinha certeza de que ia vomitar ou gritar, mas humilhar-se diante do homem mais velho parecia uma agonia tão ruim quanto. Sua mão estava alcançando a maçaneta da porta quando Quick se virou de forma abrupta e segurou o volante, e colocou a base da outra mão sobre o olho, como se algo tivesse se alojado ali. Ele murmurou consigo algo que Jacey não conseguiu ouvir.

Por um momento, Jacey achou que Quick talvez fosse abrir a porta e levá-la de volta para a floresta, mas ele ligou o carro, saiu para a estrada e deu um tapinha no joelho de Jacey de forma amigável.

– Como você está, June? Tudo bem?

– Tudo bem, sim – disse Jacey. – Ah, merda, na verdade, sabe de uma coisa, Stewart? Acabei de me lembrar. Podemos virar aqui rapidinho? Preciso passar em casa, é só um segundo. Quero buscar o meu maiô.

– Você não precisa disso – disse Stewart Quick.

– Preciso sim. Eu quero nadar. Você disse que íamos nadar.

– Você pode entrar na água como está – disse Stewart Quick. – É um lugar descontraído. As pessoas não se importam.

– Bem, *eu* me importo – disse Jacey, a voz meio estridente – Não vou ficar o resto do dia com short molhado e frio. Preciso pegar o meu maiô.

Quick ficou em silêncio. Ela podia ouvir sua respiração pelo nariz. Então ele deu uma risada seca e abrupta, sem qualquer alegria.

– Tudo bem, minha amiga – ele disse. – Como quiser.

E o carro diminuiu de velocidade para fazer a curva.

O coração dela batia vertiginosamente. Sentia-o menos no peito e mais no queixo, onde Quick a havia segurado, por trás dos seu short de brim, em seus quadris, e na perna, onde o polegar áspero dele havia tentado limpar a sua marca de nascença. Ela não tinha nenhum plano para o que fazer uma vez que voltasse para a casa de sua mãe, mas imaginava que uma vez lá dentro com a porta fechada, algo ia lhe ocorrer.

O Lancer de Quick passou pela casa dos Fenhagen, e os gêmeos estavam ali na frente, lutando numa piscina de plástico. Passaram pela casa dos McLure. O filho adolescente deles estava queimando as ervas daninhas na vala, na beirada do seu gramado. Ao sol da tarde, as chamas eram invisíveis, apenas uma faixa de ar transformado em gelatina.

– É aqui – disse Jacey. Fizeram a curva. Quick dirigiu até a casa. O Buick prata do pai de Jacey estava na entrada, três horas adiantado, e, quando o viu, o que ela não sentiu foi alívio.

– Ei – disse Stewart Quick. – Quem é esse cara?

Seu pai estava lá fora no gramado, arrancando pétalas mortas das roseiras que havia plantado muitos anos antes. Ao ouvir o som dos pneus de Quick no cascalho, antes mesmo que pudesse divisar sua filha por trás do vidro fumê da janela lateral, ele se virou e acenou desajeitadamente, as pétalas marrons caindo de sua mão.

Ao ver seu pai, o medo abandonou Jacey, e uma fria mortificação tomou seu lugar. Lá estava ele, ainda não tendo completado quarenta anos, careca feito uma maçã, e irradiando um sorriso ingênuo de menino gordo. Seu rosto, inchado com uma queimadura recente do sol, brilhava contra o verde escuro das roseiras às suas costas. Ele usava as sandálias baratas de borracha que Jacey odiava, e uma camiseta preta com um desenho de cabeças de lobos uivando, cujo gêmeo menor estava no fundo do armário de Jacey com a etiqueta do preço ainda presa. Meias cinzentas e exaustas caíam em torno de seus tornozelos grossos, que subiam até pernas familiares das quais Jacey também sofria, coisas arqueadas e troncudas que uma vida de exercícios nunca melhoraria muito. Sua humilhação foi repentina e contínua, e sem pensar ou ter motivos. Mas a sensação exposta e sem palavras que a esmagava era de que seu pai não era bem uma pessoa, não realmente, mas uma parte privada dela, uma maldição de vulnerabilidade rosada e atarracada que Jacey tinha o direito de manter oculta do mundo. Fosse o que fosse aquilo que Stewart Quick tinha visto de desejável nela, Jacey sabia que não poderia sobreviver à associação com o sorridente imperturbável que caminhava na direção dela sobre a grama sedosa.

Jacey abriu a porta.

– Você vai voltar? – perguntou Quick, com certa urgência na voz.

Ela não respondeu.

– Aí está ela – disse o seu pai. – Onde você estava, Jace? Faz uma hora que estou aqui esperando.

– Ora, ficou esperando por quê? – sibilou Jacey. – Você disse às sete.

– Ah – disse o seu pai. – Tentei telefonar. Saí mais cedo. Só achei que, antes de jantar, podíamos ir a Emerald Pointe.

Seu pai olhou para o grosseiro pássaro amarelo do Mitsubishi de Stewart com o motor ligado atrás dela.

– Quem é, Jacey? Com quem você está?

Atrás dela, uma porta do carro se abriu e Quick chamou o nome de sua mãe. Jacey passou por seu pai e foi rápido para casa. Teve que se desviar da bicicleta de Leander para chegar ao caminho de tijolos. Provavelmente, eles estariam de volta a qualquer momento, ele e Maya, para levar o festival de vergonha do dia ao seu ápice. Jacey entrou correndo pela porta, subiu a escada acarpetada até o seu quarto e teve uma boa notícia. O gato, depois de muitas horas de prisão, havia finalmente resolvido se ocupar do filhote de passarinho na cama de Jacey, embora seu apetite tivesse acabado deixando um pé rosa e um triângulo ferido de asa careca restantes na colcha. Quando Jacey entrou ofegante pela porta, o gato saltou do peitoril da janela onde estava cochilando e saltou para a cama. Ficou ali, se demorando junto aos restos do pássaro, observando Jacey com olhos furiosos. Mas, depois de um tempo, o gato relaxou e, convencido de que Jacey não representava uma ameaça, comeu o resto de sua refeição.

O PARQUE
DE DIVERSÕES

Está escuro agora. O sol deslizou por trás dos arvoredos cor de laranja, revelando o arco-íris distorcido das montanhas-russas do parque de diversões. Os vermelhos berrantes do Coro do Diabo e o azul e branco da Roda Gigante e os verdes estroboscópicos do Orbitador e o amarelo e roxo perseguindo um ao outro nas Chaises Volantes se misturam e o céu brilha com um tom marrom de hiena. O pânico toma conta das garças no canal de drenagem. Elas fogem para o carvalho que vigia o curral de feno do Menor Cavalo do Mundo. Por algum tempo, a árvore se move com uma inquietude branca de garças abrindo e fechando suas asas compridas.

A sombra cai sobre a barraca de Caranguejo Rangum. Um lagarto aparece na borda do bujão de gás ao lado da janela de serviço, desliza pela superfície esmaltada do bujão e passa por uma faixa de ferrugem em forma decrescente. Na barriga do lagarto, a relaxante fricção da ferrugem oferece uma ilusão de calor, e a pele do lagarto passa da cor de uma folha nova à de uma folha morta.

O movimento do lagarto chama a atenção de Henry Lemons, de sete anos de idade, que estende a mão para pegá-lo, curvando os dedos para que formem uma pequena cavidade úmida ao redor do animal.

– O que você pegou aí? – pergunta Randy Cloatch, dez anos de idade, que está de pé ao seu lado. Os dois garotos se conheceram esta noite. Jim Lemons, pai de Henry, veio ao parque de diversões para um encontro às cegas com Sheila Cloatch, mãe de Randy.

Jim Lemons é gerente de uma empresa de pesquisa de mercado em Norton Beach, cidade cujos limites ficam a uns três quilômetros mais adiante, na estrada. A irmã de Sheila, Destiny Cloatch, trabalha na central de atendimento, e foi ela quem organizou o encontro.

Sua noite juntos está indo muito bem – bem demais para Henry e Randy, que durante quarenta minutos ficaram à toa na rua principal da feira, vendo o casal dando voltas e mais voltas lá em cima, na Roda Gigante. Eles conseguem ver o cabelo da mãe de Randy, tão loiro que chega a ter um brilho branco, em rajadas em torno do boné amarelo de beisebol que Jim Lemons usa para esconder uma careca.

Henry segura o lagarto de encontro ao peito.

– Nada. Só um lagartinho.

– É? Um camaleão? De que cor? – Randy quer saber. – Me dê aqui.

Henry dilata a prisão cuidadosa de seu punho. Que lagarto bonito ele é. Veja como sua boca sem lábios se curva para cima nas extremidades, num sorrisinho sábio, como se estivesse satisfeito por se encontrar entre as mãos de Henry. Suas costelas pulsam rápidas e suaves de encontro às espirais sujas do polegar de Henry. O único sinal de alarme que o lagarto dá é a cor que aparece em sua pele, uma cor que um olho pouco atento poderia chamar de verde. Mas Henry Lemons, que levou o lagarto a cinco centímetros dos olhos, pode ver que a pele do lagarto não é de um único matiz, mas sim um mosaico de minúsculos discos amarelos e azuis.

– É sem cor – diz ele a Randy.

– Mentira, me dê ele aqui – diz Randy, tentando pegar o punho fechado de Henry.

– É verdade, seu gordo de merda. Saia daqui. Ele é meu.

Randy Cloatch enrubesce. Com 77 quilos, Randy é o garoto de dez anos mais gordo da feira do condado de Indian River, e é provavelmente o garoto de dez anos mais gordo do condado de

Indian River também. Seus braços parecem pinos de boliche. Seus peitos balançam quando ele anda. Randy está com um pesado gesso azul na perna esquerda. Duas semanas antes, estava martelando o êmbolo das moedas, numa máquina de vender jornal, quando a máquina caiu e quebrou o osso logo abaixo do seu joelho com covinhas.

Randy está acostumado a ouvir zombarias sobre seu peso, embora lhe pareça injusto que Henry zombe dele agora, enquanto está com a perna engessada. O que torna o insulto pior ainda é que Henry Lemons é tão incomumente bonito quanto Randy Cloatch é obeso. Henry é magro, de olhos escuros e vítreos como os de uma égua. Sua beleza deixa homens e mulheres adultos sem palavras. Randy Cloatch quer bater em Henry Lemons, mas a beleza de Henry emana uma espécie de poder que imobiliza sua mão. É a mesma hesitação que se apodera dele quando está atirando pedras nos carros que passam na estrada de quatro faixas ao lado da casa de sua mãe e vem um carro visivelmente novo ou caro.

– Ei, eu dou dois bilhetes por ele – diz Randy Cloatch, esperando banir o insulto ignorando-o.

Henry observa que não dá para comprar nada com dois bilhetes. Até mesmo um passeio nos Shetlands que se arrastam no ringue dos pôneis custa três. Ele explica também que os bilhetes na mão úmida de Randy são tecnicamente dele, de todo modo, já que Randy não teria bilhete algum se seu pai não tivesse pago duas notas de cinquenta dólares em troca de bilhetes tanto para Randy quanto para sua mãe.

Randy agarra o punho do menino mais novo, tentando pegar sua mão e obrigá-lo a esmagar o lagarto. Henry solta um barulho tão estridente que Randy larga seu braço, e Henry sai correndo pela rua principal da feira, passando pela Xícara de Chá e o vociferante borrão cor de rubi da Bola de Fogo, a Mulher Gorila Ao Vivo! e o Pirata. Ele se enfia por um caminho secundário entre o Nickel Extreme e o Trem Fantasma, através de uma colunata de banheiros portáteis que os funcionários do parque de diversões usam. Ele se vê no estacionamento dos trailers, onde a luz de repente para, exceto pelas gotas cor de laranja nos estribos dos caminhões ligados, pálidas no nevoeiro de diesel.

    Henry espera no escuro, apoiado à grade de um caminhão coberta de insetos tostados, e observa a Roda Gigante girar. Não consegue ver seu pai, mas sabe que ele está naquela roda que gira lentamente. Decide que vai ver a roda girar quarenta vezes, um número de que Henry se sente próximo, porque é a idade do seu pai. Ele a observa girar dezoito vezes, perde a conta e recomeça. O lagarto arranha a palma da sua mão. Ele contou até 22 quando percebe que um homem o observa no pilar de escuridão entre as latrinas. Quando ele vê que Henry o notou, o homem caminha até o garoto. Henry tem medo de que o homem seja o proprietário do caminhão em que ele está encostado, ou tenha vindo para mandá-lo embora de uma área aonde nem mesmo os bilhetes enrolados em seu bolso permitem que vá.

    Quando o homem pergunta a Henry o que ele está fazendo ali, Henry lhe conta que Randy Cloatch está atrás dele. O homem faz que sim como se conhecesse Randy Cloatch, como se por um truque do tempo ele também tivesse sofrido nas mãos de Randy quando era pequeno. O homem diz que Randy não vai encontrá-los ali atrás, e, se encontrar, o homem tem como cuidar do assunto. Henry sorri, desejando que Randy *fosse* mesmo até ali para ver só. O homem acende um cigarro. Ele olha para a feira com preocupação no rosto. Ele diz a Henry que, pensando bem, talvez devessem se esconder por algum tempo, apenas tudo ficar calmo. Henry, agora preocupado, pergunta ao homem se ele tem certeza. O homem diz que sim, que ele conhece um lugar, e leva Henry para o banheiro no final da fila, a mão firme, quente e tranquilizadora como uma garrafa d'água, pressionando entre as omoplatas do menino.

    O banheiro é de plástico amarelo, marca Honeypot. O homem fecha a porta do Honeypot.

– Pronto, agora estamos a salvo – diz o homem, e passa a lingueta na tranca. A porta de plástico está deformada por causa do calor e a idade. Um quadrado oblíquo de luz marrom vaza através da porta. À meia-luz, Henry pode ver a fivela do cinto do homem, um disco de prata com um círculo de pedra azul no centro.

O lagarto pula da mão aberta de Henry e desliza por baixo da porta. Uma vez lá fora, ele se acomoda numa faixa de areia onde uma réstia do calor do sol ainda permanece.

Noites quentes e úmidas como esta são desagradáveis para Leon Delaney, o homem no comando do Pirata. Leon é um gigante, a cabeça do tamanho de um hidrante e as palmas das mãos do tamanho de pratos de jantar. O calor da noite atiça a psoríase, deixando seus braços vermelhos, e ele se senta na cabine de comando, raspando a erupção com uma unha da espessura de um cascalho, e os pedaços de pele caem no metal preto do painel de controle do brinquedo. Leon tem 63 anos, e, como teve três enfartes, está sempre sóbrio, exceto pela cerveja. Em nome da nostalgia, ele faz uma pausa de vez em quando e arruma a pele morta numa linha, e dá um palpite sobre quanto custaria se a pele fosse cocaína da boa.

Um jovem chamado Jeff Park está sentado no parapeito, olhando um cartaz escrito à mão que diz "Precisa-se de empregado para brinquedo".

Leon não gosta do jeito de Jeff Park, seus top siders, ou o cacho de cabelo que paira sobre um de seus olhos. Leon prefere contratar homens duros, fugindo de mandados de prisão, em vez de preguiçosos ratos de praia. O ajudante do Navio Pirata faz mais o tipo de gente que Leon gosta de contratar, um tipo mirrado chamado Ellis, que sorri e enrola e não deixa Leon nem por um instante na dúvida sobre que tipo de homem ele é. Neste exato instante, Ellis deveria estar limpando um pouco de vômito no piso do brinquedo, mas ele aproveita a ocasião da chegada de Jeff para deixar de lado o esfregão e comer seu jantar – uma lata de sopa de carne que ele vira fria dentro da boca. Mas a tripulação de Leon está reduzida desde a noite passada, quando o terceiro funcionário fez uma pausa para ir mijar e não voltou mais. Ele precisa de outro homem antes de desmontar o brinquedo, quando o parque de diversões for embora, daqui a dois dias.

– Ei, amigo, está procurando emprego? – É como se a voz do gigante funcionasse à base de gasolina.

– Acho que sim – diz Jeff. – Quanto vocês pagam?

O gigante olha para ele de novo. O polegar e o indicador poderiam dar duas voltas no braço de Jeff.

– Você gosta de pegar no pesado? Dá pra carregar umas coisas?

– Tudo bem. E quanto é que vocês pagam mesmo?

– Cento e oitenta pratas por semana, sete dias. – Ele fica observando para ver se Jeff vacila diante daquele pagamento criminoso.

– Está bem – disse Jeff, e com isso Leon percebe que o jovem está em com sérios problemas. Deveria ter oferecido 150.

– Quer comer alguma coisa?

O jovem faz que sim.

O gigante enfia a mão no bolso e tira uma nota de dez dólares. Jeff olha para o dinheiro.

– Sério?

– Volta pra mim na sexta-feira.

Leon então enumera as outras importâncias que sairão da sua remuneração: trinta dólares por um boné e uma camisa, quinze para um crachá, quarenta dólares por semana por um beliche no trem do parque de diversões. Jeff Park fica piscando os olhos. Faz cinquenta segundos que começou a trabalhar ali e já deve ao gigante 85 dólares.

Ellis joga o cigarro fora e desce da plataforma superior para encontrar o novo empregado. É um sujeito alto, com uns trinta e poucos anos, mas seu rosto é como um saco de papel alisado com a mão suja.

– E qual é o seu nome? – pergunta Ellis.
– Parts – responde Leon por ele.
– Não – diz Jeff. – Park. Não tem *s*. É com um *k*.
– Como "parque" com *k* no fim – diz Ellis.
– É – diz Jeff.
– Legal, isso é bacana – diz Ellis.
– Um buraco é melhor do que alguns dos Parks – ruge Leon da cabine de comando, e sua risada espalha a pele que ele havia juntado ali.

Quando por fim se cansaram da Roda Gigante, Sheila Cloatch achava que talvez estivesse um pouco apaixonada por Jim Lemons. Eles se beijaram algumas vezes lá em cima, e, no silêncio das alturas acima da grade brilhante da feira, isso parecia, de algum modo, ter mais importância, parecia contar. Ele foi cuidadoso com o corpo dela, não como seu ex-marido, que a agarrava como se estivesse tentando com isso chegar a um lugar onde nunca mais teria que tocar numa mulher. Jim Lemons é diferente. Ela teve que colocar a mão dele dentro de sua saia, porque ele não fez isso por conta própria. Ela gosta de sua timidez, de seus óculos e de seus braços, que têm músculos mas não muito pelo. Ela gostaria de convidá-lo ao seu apartamento, colocar os meninos na frente do Nintendo e sentar-se em sua pequena sacada de concreto, bebendo o caro licor de conhaque azul que ela havia guardado. Não dá ressaca se você misturar com Gatorade.

O filho de Sheila, Randy, está esperando sozinho junto à plataforma, beliscando o gesso. Sua mãe consegue fazê-lo confessar que ele e Henry Lemons discutiram.

– Droga, você tem dez anos. Ele tem sete. Você deveria tomar conta dele.

— Mas, mãe, ele disse que eu era um merda — alega Randy Cloatch.

— Eu vou chamá-lo de coisa pior — sussurra ela, entre os dentes. — Sete anos de idade e você botou ele pra correr.

Vinte minutos mais tarde, Jim Lemons encontra seu filho no início da rua principal, vendo um homem de gravata-borboleta demonstrar a capacidade mística de absorção de um quadrado de pano. Henry não diz muito sobre o que aconteceu com ele no banheiro, mas diz o suficiente. Jim não está seguro quanto àquela história. Em seu coração, ele acha que Henry é um garoto sonso, que sua beleza o transformou em alguém tão vingativo e conivente quanto um astro de cinema. Punhadinhos de moedas somem da jarra de moedas de Jim quando Henry vai ficar com ele. Em sua última visita, Henry alegou que uma cascavel tinha sacudido a cauda, para ele, do ralo da pia e pediu para voltar para a casa da mãe. Ele não desistiu da mentira durante todo o fim de semana, nem mesmo quando Jim o espancou por causa disso. Jim poderia suspeitar que o menino estivesse mentindo agora, tentando deliberadamente arruinar o seu encontro. Mas a cueca e um dos sapatos de Henry sumiram, o que dá à história um desagradável tom de verdade.

Jim leva Henry até um policial num estande dedicado à conscientização sobre dirigir embriagado. Mais policiais chegam. Um policial explica a Jim Lemons que ele terá de acompanhar seu filho à delegacia para fazer um depoimento e um exame. Henry não está chorando, nem mesmo perto disso, mas lágrimas surgem em Sheila Cloatch como se ela estivesse fazendo um teste para alguma coisa. O rímel escorre pelo seu pescoço. Ela dá em Jim um abraço longo e arrebatado. Seus cabelos descoloridos exalam um cheiro forte de plástico queimado, e seu hálito cheira ao gim que tomaram com limonada e raspas de gelo na Roda Gigante.

— Eu vou com você até a delegacia, Jim — diz ela. — Para fazer companhia. Quero ir.

O que Jim quer que Sheila faça é ir embora antes que os policiais notem como ela está bêbada.

– Não acho que vá ser necessário – diz Jim, com sua voz de escritório. Ele a deixa e vai falar com o policial que está aguardando, e que insiste que Jim e Henry sigam com ele no carro da polícia. Jim Lemons compreende que o policial está sugerindo que ele talvez tenha motivos para adulterar as provas deixadas em seu filho, mas ele se sente tão enfastiado pelos acontecimentos da noite que não se ofende.

O carro da polícia sai da rua principal, atravessa o estacionamento e pega a estrada onde as estrelas pegam o céu de volta da feira.

– Como você está, rapaz? – pergunta Jim Lemons a Henry, que cantarola a música-tema de um programa de TV.

– Tudo bem – diz Henry com uma voz inexpressiva, que se recusa a reconfortar Jim deixando que ele o reconforte.

Jim Lemons tenta não pensar no que Henry possa ter vivido no banheiro. Em vez disso, concentra sua preocupação no telefonema que já deveria ter dado à sua ex-mulher. A separação não foi amigável. Ela gastou um monte de dinheiro com advogados para garantir que Jim não conseguisse ver Henry mais de dois dias por mês. Quando ele deixou Henry assistir a *Harry Potter*, ela pediu ao coordenador de conduta dos pais para cortar o tempo dele pela metade, alegando irresponsabilidade paterna. Jim Lemons tem um palpite de que poderia levar meses, talvez anos, antes de ver o seu filho novamente. É assim que vai se lembrar de Henry por um bom tempo: um pé de sapato, olhos baços como moedas.

Ele coça o pescoço. Sente coceira na pequena marca vermelha onde o grande brinco de Sheila Cloatch pressionou sua pele por algum tempo.

Eis como Jeff Park foi parar no parque de diversões:

Com 58 anos de idade, a mãe de Jeff conheceu um homem pela internet e se mudou para a casa dele em Melbourne, Flórida, que era grande, com vista para a praia. Jeff estava em Phoenix, dando um tempo nos estudos, e sua mãe o levou para lá, para passar uma semana ou duas. Ele acabou achando que a vida em Melbourne era exatamente o que queria, um miniapartamento de três cômodos só para si e, na praia, cinco bares diferentes aonde as mulheres iam de roupa de banho. No quintal, o novo marido de sua mãe tinha plantado uma árvore milagrosa, um tronco de limão enxertado com laranja, tangerina, satsuma, kumquat e galhos de grapefruit, cada um com seu próprio fruto. Todas as manhãs, Jeff ia lá fora e enchia os braços, e fazia um jarro de suco, grosso e quente de sol. Aquela casa era boa para sua mãe, também. A piscina a havia feito perder sete quilos. Ela não parecia mais ter flutuações de humor, e não perdia a cabeça quando Jeff a vencia no baralho, que jogavam quase toda tarde. A visita de Jeff durou quatro meses, e ele pensava em estendê-la por pelo menos outros quatro.

O marido de sua mãe, David, era um homem quieto, sem muita coisa a dizer a Jeff Park. Um optometrista aposentado perto dos setenta, ele passava os dias na estufa do jardim, onde criava peônias para competição, suas flores vermelhas e pesadas como nacos de carne. Dias se passavam sem que os dois trocassem uma única palavra. Mas certa manhã, na semana passada, ele foi ao quarto de Jeff com algo a dizer.

– Jeffrey, tem um favor que você pode me fazer.

Ele colocou um tubo verde de Turtle Wax em sua mesa de cabeceira. Então, Jeff passou três horas furioso, de cócoras sob o sol, no concreto branco da calçada, encerando o Volvo do velho e a caminhonete Audi que ele dera para a mãe de Jeff dirigir.

Então hoje, enquanto Jeff estava na espreguiçadeira da varanda lendo uma revista, David parou com uma Chevy Suburban

e entregou a Jeff outro tubo de cera. A Suburban, explicou ele, pertencia a um senhor de seu quarteto vocal cujas mãos não estavam bem.
– Você quer que eu encere a caminhonete do seu *amigo*? – perguntou Jeff.
– Isso mesmo – disse o velho.
Jeff riu e voltou para sua revista. Ele disse:
– Essa é boa – e o velho lhe deu um tapa na cara, com força. Então uma briga desajeitada e cheia de grunhidos aconteceu no chão de tijolos da varanda fechada. Saliva e quatro meses de ódio armazenado se derramaram da boca do cavalheiro grisalho. Jeff derrubou-o de costas e prendeu os bíceps magros do sujeito sob seus joelhos. Não queria bater nele, esperando que dentro de um minuto ou dois a febre de seu padrasto passaria, mas ele permaneceu vermelho e espumante, se debatendo para tentar se libertar. A mãe de Jeff saiu da casa e foi chorar à beira da piscina. Jeff disse ao velho que ia sair de cima dele e ir embora da casa para sempre. David fechou os olhos e fez que sim. Então, quando Jeff tirou os joelhos de cima dos braços do padrasto, o velho fez um movimento para tentar morder o saco de Jeff. Mas falhou, e fechou os dentes sobre a parte interna da coxa de Jeff, onde seu short tinha subido. Rasgou a pele. A essa altura, Jeff encontrou dentro de si disposição para socar o velho muitas vezes na articulação do queixo. Quando acabou, uma poça de sangue escuro se formava junto à orelha de seu padrasto, e Jeff tinha um buraco na coxa. Jeff Park se levantou e enfiou umas roupas numa bolsa. Então passou correndo pela sua mãe e saiu pelo jardim de peônias, onde os irrigadores estavam começando a funcionar.

Um detetive para no Pirata, querendo saber onde Leon e Jeff Park estavam às seis e quinze da tarde. Leon diz ao policial que estava sentado bem ali em seu banquinho, com cerca de uma centena de filhos da puta observando-o. Jeff Park diz que estava caminhando de Melbourne até ali no acostamento da Rota 1.

– Esse – diz o detetive com uma risada – não é um dos sete álibis das pessoas altamente eficientes.

– Para o quê? O que aconteceu? – pergunta Jeff Park.

– Bom, nós vamos esclarecer tudo quando voltarmos para pegar uma amostra de sangue e de cabelo de todos vocês. – O detetive copia as informações da carteira de motorista de Jeff e vai comprar uma orelha de elefante.

Depois que o policial foi embora, Ellis se arrasta para fora do motor também.

– Onde você estava, porra? – pergunta Leon.

– Ajustando umas coisas que estavam fora de lugar – diz Ellis.

Leon conta a história do policial e das amostras de DNA, e Ellis cospe no chão.

– Um monte de merda, um caso clássico – diz ele. – Eles não podem tirar um fio de cabelo seu sem uma ordem judicial.

– Do meu eles podem tirar – diz Jeff Park. – Eu não fiz nada.

Ellis sorri.

– É, mas mesmo que tivesse feito.

No Navio Pirata, uma fila de gente aumenta na entrada, entre eles Sheila Cloatch e seu filho gordo. O rosto de Sheila está coberto de pó branco, e seu cabelo é branco, e ela veste jeans brancos e um top branco. Com seu gesso azul, camisa laranja, rosto cor-de-rosa e cabelo preto, é como se Randy de alguma forma tivesse sugado a cor de sua mãe.

– Eu não estou nem aí pra este barco gay – diz Randy. – Quero ir pra casa.

– Seria ótimo. Só temos bilhetes suficientes para uma pessoa. – Sheila está de mau humor. Está preocupada com Jim Lemons. Já rezou três vezes por Jim e seu filho, mas não pode evitar pensar que desperdício ele ter ido embora com a patrulha, levando pelo menos quarenta dólares de bilhetes para os brinquedos no bolso.

Ela entrega os três últimos bilhetes para Jeff Park, que diz:

– Desculpe. Precisa de quatro para entrar.

– Pode ir, senhora – diz Ellis, liberando-a de entregar até mesmo seus três bilhetes. Sheila agradece e se senta.

– Eu sou o rei dessa merda – diz Ellis.

– O quê? – pergunta Jeff Park.

– Se tiver peitos e xoxota, deixe entrar de graça. Funciona. Cara, eu tive uma avalanche de buceta. A única porra de benefício que se tem aqui.

Os motores começam a funcionar. Os homens estão juntos na bancada superior da plataforma, observando o leque do cabelo de Sheila Cloatch tornando-se indistinto com o balanço do navio.

– Loira até os ossos – diz Ellis. – Eu comeria a porcaria do *filho* dela só para provar aquela coisa de onde ele saiu.

Corre a notícia de que a polícia está à procura de um homem que levou uma criança para o banheiro, o que, no Navio Pirata, inspira discussão sobre crime e castigo.

– Ei, Parts – grita o gigante para o novo empregado. – Qual é o melhor estado para se receber a pena máxima? – Jeff Park não sabe.

A resposta é Delaware.

– Em Delaware, você pode escolher como eles o matam, o que significa que ainda pode optar pela forca.

– E daí? – pergunta Jeff.

– E daí o seguinte. Se não conseguirem de primeira e o deixarem paralisado, ou sei lá eu o quê, têm que soltá-lo. É lei. Agora, eu nunca ouvi falar de alguém que conseguisse sobreviver à injeção letal, mas com a forca se tem uma chance. Estaria meio fora de forma em seguida, mas tem essa chance.

Os cidadãos estão ficando sem ter para o que olhar nesta cidade. Tinham um belo arranha-céu, um prédio de apartamentos de cinco andares, mas um buraco se abriu debaixo dele. Um time de beisebol da liga principal costumava treinar aqui na primavera, mas anos atrás passou a optar pelo ar seco de Santa Fe. Tudo o que sobrou para olhar são os pomares de cítricos e o vazio verde do mar.

Como os olhos dos visitantes da feira estão esfomeados esta noite! Tudo os fascina. Quando Ellis sobe no alto do Pirata para trocar uma lâmpada, inclinando-se sobre o vértice das treliças a dezoito metros do chão, seus tênis mal apoiados nas cabeças de parafuso nas quais ele está pisando, uma multidão se junta para gritar "Não escorregue!" Quando um adolescente vê de relance as tatuagens de Leon – dois pares de números cinco retorcidos e uma suástica borrada na qual o tatuador finalmente acertou os ângulos, o Pirata torna-se temporariamente popular entre os adolescentes, que fazem fila para se excitar vendo a mão malvada do gigante.

Os homens que trabalham nos brinquedos e nas barracas gostam de olhar para Gary, o homem no comando do Zíper, uma elipse em forma de serra elétrica com carros girando no lugar dos dentes. Quando o brinquedo está funcionando, Gary fica se levantando e se abaixando debaixo do Zíper, recolhendo as moedas e cigarros que chovem dos carros. Os carros passam perigosamente perto, mas Gary conhece o intervalo de segurança, como o ar se desloca quando um carro se aproxima. Ele se move com uma graciosidade estranha e desmaiada, vagamente oriental, um sonho ilusório de vento. Se Gary não fosse meio retardado, Leon diz que poderia ganhar um bom dinheiro num palco em Las Vegas, mas ali está ele, amado e famoso entre o povo do parque de diversões.

Uma chuva começa a cair. A multidão se encolhe em montinhos sob os toldos das barracas e depois desaparece. Jeff Park faz uma moeda dar cambalhotas para frente e para trás, em seus dedos. Ellis acha o truque da moeda surpreendente, e insiste que Jeff ensine-o a ele.

O gigante não gosta da simpatia que Ellis está começando a sentir pelo novo empregado. Leon sabe que não vai demorar muito para que ele esteja velho demais para os dias de trabalho pesado que surgem a cada duas semanas, quando o parque de diversões é desmontado. Sua chefia está em risco, e a aliança entre os homens mais jovens pressagia um motim.

– Quer ver o *meu* truque de mágica? – Leon pergunta a Jeff Park.

– Sim, tudo bem.

Leon tira o cigarro da boca e bate uma comprida lagarta de cinzas no ombro de Jeff Park.

– Abracadabra, você é um cinzeiro.

Uma mulher está na entrada do Navio Pirata, olhando para o nada.

– Vamos, minha senhora – uiva Ellis para ela. – Venha ser um pirata.

O rosto da mulher é tão inexpressivo e ingênuo quanto uma maçã descascada.

– Que tipo de brinquedo é este? – pergunta ela a Jeff Park, que então percebe que ela é cega.

– É um barco – diz ele. – Você se senta nele e ele balança.

– Ele vai de cabeça para baixo?

– Não, mas vai muito rápido.

– Mas não de cabeça para baixo?

– Não.

– Então está bem. Eu quero ir.

Ela aperta a mão de Jeff, segurando-o perto de si, como se ele fosse um amante, enquanto caminham até a plataforma. A cada passo, o pé dela paira no ar, em busca de surpresas ruins no chão em que pisa. Jeff segura a carne espessa de sua cintura e a ajuda a se sentar no banco.

O brinquedo começa a funcionar e Jeff observa a mulher cega, pronto para mandar parar o barco se ela começar a entrar em pânico, mas isso não acontece. O homem ao lado dela dá urros de terror quando o barco fica sem peso no limite de sua oscilação. Mas a mulher cega sorri como se tivesse acabado de se lembrar da resposta a uma pergunta que a estava preocupando havia muito tempo. O brinquedo para, e Jeff vai até ela a fim de ajudá-la a descer da plataforma. Ela está quente de encontro a ele e não consegue parar de rir.

– Obrigada, muito obrigada – diz, e Jeff Park fica feliz por ter encontrado trabalho no Pirata, uma máquina que extrai a alegria das pessoas de forma tão simples quanto um guindaste extrai petróleo da terra.

Quando a multidão vai embora, e as luzes se apagam todas ao mesmo tempo, os funcionários embarcam no ônibus que os transporta ao trem do parque de diversões. As janelas estão cobertas por cataratas de sujeira azul. O ônibus não tem bancos. O local onde consta o destino, acima do para-brisa, diz "Palm Beach Tour".

Ellis tem um leito sobrando em sua cabine no trem, deixado vago pelo empregado do Pirata que sumiu na véspera. Jeff recua, e Ellis diz:

– Ou vá dormir nos beliches dos mexicanos. Mas só pra você ficar sabendo, eles roubam até o cheiro da merda.

Jeff fica com a cama que está sobrando no beliche de Ellis. O ar ali é úmido e podre. Mas Jeff está tão cansado que a promessa do sono é cem por cento tão voluptuosa como sexo ou comida. Ele rasteja até a cama de cima e coloca a bochecha sobre o colchão de borracha, que ostenta lantejoulas marrons de baba velha.

Logo em seguida, a cama range e treme enquanto Ellis satisfaz a si mesmo bruscamente no beliche de baixo. Quando Ellis termina, fica com vontade de conversar.

– Você acha que vai ficar por aqui durante algum tempo, Park? – pergunta ele a Jeff.

– Acho que sim – diz Jeff. – Você fica lá em pé e eles te pagam pra fazer isso.

– A gente volta a conversar quando tivermos que desmontar aquela porra. – A mão de Ellis aparece no vão entre o colchão de Jeff e a parede. Um de seus dedos está azul na segunda junta. – Aquele filho da puta do Leon deixou cair uma viga aqui em cima, e riu. Achei que tinha perdido a droga do dedo. Se ele tivesse matado a você ou a mim, acho que nem ia considerar um mau dia.

Jeff diz que vai tomar cuidado.

– Não quero faltar com o respeito, mas você não sabe com o que deve tomar cuidado. *Eu* vou tomar cuidado por você. Vou cuidar do trabalho lá no alto, nas nossas próximas paradas pelo menos, de todo modo, e você me ajuda quando puder. Ninguém sobrevive aqui por conta própria. Você precisa de um parceiro no parque de diversões.

– Tá – diz Jeff. Ele pensa nos 85 dólares que deve ao gigante, e fica com a sensação ruim de que agora deve alguma coisa a Ellis.

Um dia de trabalho no parque de diversões dura dezesseis horas, então à noite o trem do parque de diversões ecoa e uiva com as pessoas tentando espremer ali uma vida entre a meia-noite e o raiar do dia.

Às 2:20, de acordo com o relógio de Jeff Park, alguém abre com um pontapé a porta do vagão de seu vizinho.

– Que porra você está fazendo? – grita uma voz de homem.
Não há resposta, apenas um estrondo. Jeff sente a parede de metal pular sob seus pés.
Às 4:10, no vagão junto à cabeça de Jeff, uma mulher diz:
– É que você comeu a porra do meu coração, Ron. *Devorou*, feito um abutre, arrancando-o para fora do meu peito. – Ouve-se o som entrecortado de lágrimas. – Oh, Deus, Ron, por que eu te amo tanto, porra? A única coisa que eu amo mais do que você são os meus filhos. Não, caralho. Eu te amo mais do que aos meus filhos.
– Quer calar a boca, Suzanne? Você está me envergonhando.
Os soluços param abruptamente e Suzanne diz:
– Você está se envergonhando.

Às dez horas, na exposição, todos os funcionários fazem fila no início da rua principal, para um almoço grátis, cortesia dos bombeiros do condado, que não sabem o que fazer com quase quarenta quilos de galinha que sobraram de um churrasco em sua barraca na noite anterior. Os peitos de galinha estão no congelador do posto de bombeiros. O almoço é só de carne escura, uma sobrecoxa e uma coxa. No final do bufê, está o detetive do condado. Antes que as mãos da esposa de um bombeiro entreguem a sobremesa, uma fatia de torta de noz-pecã, o detetive pede aos funcionários do sexo masculino para levantar a frente da camisa, verificando as fivelas dos cintos. Em seguida, ele tira o retrato deles para mostrar a Henry Lemons no fim do dia.
Jeff Park come a sobrecoxa de galinha sozinho no pavilhão da agricultura, que está repleto de cheiro de aveia e das relaxantes ruminações do gado de exposição.
Ele visita os coelhos em suas gaiolas, e mete o dedo num compartimento onde se encontra uma grande lebre cinza. A lebre abaixa a fenda rosa de seu nariz sobre o dedo de Jeff, e, em seguida, morde com força. Quando Jeff puxa o dedo, um botão de sangue

está crescendo na ponta. "Sou uma lebre holandesa da Califórnia para ser usada na competição de carne", diz uma placa na gaiola.

Jeff ouve o barulho de água de mangueira na outra extremidade do pavilhão. Um menino de seus quatorze anos está ao lado de um novilho negro brilhante, segurando um balde azul cheio de espuma. Ele esvazia o balde sobre o lombo do animal e a água com sabão escorre em gotas pálidas, como cobertura de um bolo. Ele lava o novilho com a mangueira, e depois passa um pente em longos parênteses pelas costelas do novilho, raspando cascas de água sobre a serragem. Na esteira do pente, a pelagem do novilho brilha como alcatrão fresco.

Só quando o garoto acabou de pentear um lado do novilho é que ele se vira e nota que Jeff está ali. O nome do garoto é Chad. Ele é limpo e tão cheio de saúde, e Jeff se sente atraído por ele.

– Belo touro – diz Jeff.

– Boi – diz Chad.

– Qual a diferença?

– Um boi não tem mais as bolas. Quer comprar?

– Quanto? – pergunta Jeff.

– Vou ficar uma fera se ele for vendido por menos de duzentos.

– Vocês vendem pela carne?

– É, projeto de criação de gado de corte.

– Parece estranho se dar ao trabalho de fazê-lo ficar tão bonito se vão matá-lo por causa da carne.

– Você vira carne um dia, mas ainda penteia o cabelo de manhã – diz ele. – Ou deveria.

O rapaz pega o balde e desaparece por trás da coluna vertebral do animal.

Jeff Park senta-se num fardo de feno junto ao zoológico, onde assiste um ganso perseguindo um porco pigmeu. Não faz muito tempo que está sentado ali, quando percebe que Ellis está parado do outro lado do cercado, olhando para ele. Ellis se inclina e coça o focinho do porco, que grunhe de satisfação.

– Eu tirei a pele de um porco uma vez, quando eu era criança, no Kentucky – diz ele, e se senta num banco. – Era um porco selvagem. Cortei a carne eu mesmo, pernis, copa, barriga, tudo isso. Cervo, esquilo. Consigo tirar a pele de praticamente qualquer coisa. – Ele sacode a cabeça. – Ninguém aqui sabe disso. Ninguém aqui sabe nada sobre mim.

Jeff Park diz que se sente da mesma maneira.

Ellis sorri.

– Você é como eu. Silencioso. Fica na sua. Isso é bom.

– Acho que sim.

Ellis dá um tapinha no banco ao lado dele.

– Venha cá – diz ele. Jeff vai, mas não se senta. – Você parece estar aborrecido com alguma coisa. Parece que tem alguma coisa na cabeça.

– Nada de mais – diz Jeff. – Meio cansado, eu acho.

– Ã-hã – diz Ellis, sorrindo. – Você não tem como mentir pra mim. É mais do que isso. Eu estou vendo.

O jovem pecuarista passa por eles, levando o seu brilhante novilho. Ellis se volta. Ele observa o menino com o que parece a Jeff Park uma intensidade desconcertante, a cabeça balançando de leve para acompanhar o movimento da marcha do jovem, como se o fato devesse ser registrado de maneira perfeita e duradoura. Esta imagem vem à mente de Jeff Park: Ellis agachado no banheiro portátil, com o menino. Jeff não se lembra de tê-lo visto na fila para o frango, a fotografia e a torta de noz-pecã. Ele pensa em mencionar Ellis para o detetive. Porém, inseguro sobre como formular seu palpite de uma maneira que não soe histérica nem desperte suspeitas sobre si mesmo, Jeff abandona a ideia e volta para o Navio Pirata.

Na parte da tarde, a multidão diminui. Leon está sentado na cabine de comando, apregoando uma balada de mentiras:

– Disseram que eu tinha um câncer no ombro, e que ia custar dez mil para tirar. Em vez disso, eu bebi um pouco de uísque e um cara que eu conheço veio com um estilete. Cortou um naco cheio de umas bolinhas de gude roxas, e desde então eu estou bem. "Vocês já viram aquele filme com o Steve Martin que é passado no circo? Fiz uma ponta. Bem, um dia ele vem até mim – Steve Martin – e me diz para ir buscar um refrigerante para ele, e rápido, ou ele mandava me despedir. Sabe o que eu fiz? Eu me virei na mesma hora e acertei o filho da puta."

Ellis ri, e Jeff está sentado na plataforma superior, de costas para os homens. Ele está pensando em seu quarto em Melbourne. A ferida pulsa em sua coxa, e ele contempla a famosa vileza microbiana da boca humana.

– Park está enfezado conosco, Leon – diz Ellis para o gigante. – Acho que ele não gosta mais da gente.

– Eu só não estou com vontade de conversar, Ellis – diz Jeff.

– Isso é um problema?

– Porra, é um problema, sim. Você faz o tempo passar devagar.

Ellis vai buscar uma lâmpada numa caixa na cabine de comando, e aponta para uma falha nas lâmpadas que contornam a cabeça do pirata com seu olhar malicioso pendurada acima do navio.

– Pegue aqui, Park, vá lá em cima – diz Ellis, entregando a Jeff a lâmpada.

Park olha para a subida, quinze metros de uma escada de mão amarrada na parte de trás de um pilar de suporte com corda de náilon desgastada até ficar muito fina. Suas pernas ficam bambas só de olhar.

– Eu pensei... pensei que você havia dito que ia fazer esse tipo de trabalho, Ellis – diz Jeff Park.

Ellis dá um muxoxo.

– Mudei de ideia.

Jeff escala a escada com a lâmpada na boca. A escada tem degraus faltando, e seus braços tremem enquanto ele sobe. Está quase no topo, quando de repente o vento balança a escada. Ele não consegue evitar um "Oh". A lâmpada escorrega de seus lábios e se espatifa na plataforma.

– Três dólares – grita para ele o gigante. – Essas merdas não crescem em árvores.

Numa noite durante a semana, você pode gastar dez dólares num passe especial amarelo e pode ir em todos os brinquedos quantas vezes quiser. Uma garota de quinze anos de idade embarca no Pirata nove vezes seguidas. Está quente, mas ela sua num suéter laranja felpudo. Está perpetuamente chupando as balas fosforescentes que eles vendem na feira. A cada vez que Jeff Park puxa a barra sobre seu colo, para se certificar de que está trancada, vê de relance a pálida luz verde brilhando atrás de seus dentes, uma luz ao mesmo tempo de desolação e conforto, a luz de uma janela numa cabana solitária numa rua vazia. Ele acha que está ali para ele.

– Sou Katie – ela lhe diz quando embarca pela décima vez. – Já te vi tantas vezes que achei que devia me apresentar.

Ele diz seu nome.

– Não sei como você pode continuar andando nesta coisa. Eu provavelmente iria vomitar, se fosse uma vez.

– Você fica aqui a noite toda e nunca foi?

– Não – diz Jeff.

Ela revira a luz na sua língua.

– Essa é a coisa mais idiota que ouvi o dia inteiro. Ei, você pode me fazer um favor?

– De que tipo?

– Pode aumentar o tempo desta vez?

– Vou ver o que posso fazer.

O brinquedo começa a funcionar. Enquanto o barco balança, Katie o observa e ele vê o borrão em sua boca verde de verão.

Quando o balanço para, ela vai embora ver o malabarista de machados na Cidade de Antigamente, mas vinte minutos depois está de volta.

– Lembra de mim? – pergunta a Jeff, e como cumprimento desliza os dedos dentro da mão dele.

– Não – diz ele, sorrindo.

– Oh, deixa disso. Lembra, sim.

Ele tem tempo para conversar com ela enquanto os bancos se enchem.

– Você sabe de algum segredo? – pergunta ela.

– Sei.

– Das coisas da feira, quero dizer. Tipo, você pode me mostrar como ganhar nos jogos?

– Fique longe deles.

– Ei, não seja chato. Eles não lhe mostram os truques?

– Mostram, mas eu não posso lhe dizer.

– Por que não?

– Não sei. Eles iam me atirar como comida para as sereias. – Ele aponta para o outro lado da rua principal, onde estão as Garotas Weeki Wachee, três lindas mulheres de biquíni e rabo de peixe, contorcendo-se num caixote de acrílico cheio de água luminosa.

– Pelo tom da sua voz, seria bem emocionante.

Quando o barco para, a garota o chama.

– Ei – diz ela a Jeff. – Eles em algum momento deixam você sair daqui, ou você tem que ficar nessa coisa a noite inteira?

– Tenho meia hora de folga às nove. Por quê?

Ela dá de ombros.

– Sei lá. Quer andar por aí um pouco? Você podia ganhar alguma coisa para mim.

– Claro – diz Jeff.

– Que tal ali, naquela coisa onde você atira moedas?

– Tudo bem.
– Agora vá. Coloque esta coisa para funcionar. Me leve o mais alto que conseguir.

A noite cai e um envelope chega para Gary, o dançarino do Zíper. Ele o vê cair flutuando através da escuridão que aumenta, um quadrado de papel celofane dobrado. Quando o brinquedo para, ele vai até a cabine de comando e abre a carta, que, para alegre surpresa de Gary, contém um montinho de heroína. No chão da cabine de comando, ele encontra um pedaço de papel alumínio, sujo de um lado com sobras de um cachorro-quente com carne moída, e dobra-o até transformá-lo num quadrado. Inclinando a folha para transformá-la numa rampa rasa, ele coloca a droga no alto da rampa e segura o isqueiro debaixo dela. Enquanto o naco derrete e escorre, deixa uma mancha fumegante para trás. Gary suga a fumaça apertando os lábios, inalando um sabor de vinagre e carne temperada.

Os passageiros estão esperando. Ele sai e tranca-os nos carros. Depois liga o motor e desliza para baixo do brinquedo, a fim de dançar em busca de mais presentes em queda. Mas agora a consciência de Gary de coisas girando e descendo vai além do simples movimento do Zíper e abarca a totalidade da rua principal, que se revolve, e, por baixo de tudo, as revoluções mais vastas e sutis do próprio planeta. Ele está longe dali, em comunhão com alguma coisa distante girando, quando perde o ritmo do Zíper e não sente o vento contra sua pele. O ângulo de ferro da proa de um carro que se aproxima veloz o acerta na saliência da nuca. O carro o arrasta por um momento e depois o atira na areia.

Jeff Park visita a série de banheiros que mais parecem blocos de concreto junto à concha acústica. No quadrado de lata amassada que serve de espelho, ele vê um rosto desconhecido a fitá-lo. Suas faces estão escuras de fuligem. Seus olhos, doentios e brilhantes. Ele vai até um telefone público e liga para sua mãe a cobrar.

— Que tal você dirigir até Norton Beach? — ele pergunta a ela. Fala do parque de diversões e que gostaria de ir para casa.

— Bem, acho que soa educativo, honestamente.

— Não é. Venha me buscar.

— David está com uma costela fraturada — diz ela. — Não é sua culpa, eu sei... Vocês dois são bárbaros idiotas, pelo que me diz respeito. Se eu não fosse tão medrosa, diria aos dois para irem plantar batatas e viveria a minha fase de velha enrugada sozinha, mas que assim seja. Eu sou covarde.

— Será que você, por favor, pode vir me pegar?

— O que você está me pedindo é impossível. Não posso trazer você de volta para cá.

— Poderia me mandar algum dinheiro?

— Sumiram cinquenta dólares da minha bolsa.

— Quarenta.

— Ah, me desculpe — diz ela.

— Entre logo no carro.

A linha fica em silêncio, por um momento. Ela suspira.

— Olha, me desculpe, mas agora não é um bom momento. Os Henderson estarão aqui em uma hora, e eu tenho que rechear as alcachofras. Ligue para mim daqui a dois ou três dias e podemos conversar. Mas, realmente, eu acho que, de certa maneira, isso poderia ser uma coisa boa. Você precisava enfrentar umas dificuldades, eu acho.

Um jovem repórter do *Norton Beach Intelligencer*, que estava ali para cobrir a corrida de patos dos Fazendeiros do Futuro da América, incumbiu-se, em vez disso, de escrever uma matéria sobre a perfuração acidental da cabeça do homem do Zíper. Gary está em coma e não deve mais sair. O repórter, que não é muito mais velho do que Jeff Park, para junto ao Navio Pirata a fim de colher um ou dois depoimentos daqueles que o conheceram. Ele brande a parte traseira de sua caneta esferográfica para Leon e Jeff, que se recusam a falar. Mas Ellis faz questão de conversar com o jovem.

– Gary era uma pessoa verdadeiramente generosa – diz Ellis.
– Essa era a sua principal característica.

O repórter anota essas informações e, em seguida, olha para Ellis com um sorriso de réptil.

– Você sabe o que estão dizendo no escritório da empresa? Uns poucos anos atrás, Gary passou um tempo na cadeia por colocar as mãos num menino de quatro anos.

Ele acende um cigarro, saboreando sua posse dessa notícia feia sobre o homem do Zíper.

– Claro, eles estão tentando culpá-lo pelo que aconteceu na outra noite, mas, para mim, tem algo aí que não passa no teste do cheiro. – Ele dá uma tragada e aperta os olhos para as Chaises Volantes, como se as Chaises Volantes também não passassem no teste do cheiro. Então ele vai até o Roy's Hoop-La, o arremesso de basquete do outro lado da rua. O repórter acerta muito respeitáveis três arremessos em cinco, embora o aro seja manipulado e moldado para ter a forma de um feijão.

O concurso de carne de novilho da FFA está em andamento no pavilhão da agricultura. Chad está lá com seu novilho preto. Ele usa um colete verde e amarelo e gravata-borboleta, assim como a meia dúzia de garotos e garotas de pé ao lado dele, acariciando o ventre de seus animais com varas finas de ponta de gancho.

O juiz, Horace Tate, é um homem com um rosto gentil que parece ter sido fervido e uma camisa listrada apertada sobre a próspera barriga. Ao seu comando, os participantes conduzem seus animais pela pista, numa marcha sóbria. Após três voltas,

Tate escova um pouco de serragem para fora do seu chapéu de caubói e fala num microfone.

– Ao julgar este concurso, eu estava em busca do pacote completo: um novilho de corpo longo e robusto, que suporte bem longas jornadas e tenha uma aparência viril. Estes jovens apresentaram alguns animais muito bons esta noite, mas eu acho que terei de dar o primeiro prêmio para... o brangus preto de Chad, Domino. Chad, que tal você dizer algumas palavras sobre a criação de Domino?

Na verdade, Domino tem a pata um pouco torta, mas o melhor novilho de todos, um charolês branco tão perfeito que parece ter sido esculpido em sabão, é propriedade de um garoto com cara de fuinha, problemas de acne e uma camisa para fora da calça que Tate sente não ser um crédito para a FFA.

Chad olha, com medo, para o microfone. Fala ali com uma voz pouco mais alta do que um sussurro.

– Ele engordou muito devagar. Foi difícil acostumá-lo com o cabresto.

Enquanto Chad murmura para os estandes vazios, Horace Tate dá polimento à fivela do cinto com o punho da sua camisa. Tem orgulho da fivela, um oval de prata cravejado no centro com uma lua de turquesa. Sua filha estava na escola quando fez isso para ele. Ela mora em Santa Fe agora, embora faça muitos anos que ele não tem notícias suas. Tate se preocupa com sua filha, mas a fivela o reconforta, oferece-lhe alguma garantia de que as coisas vão sair bem para ela.

O concurso termina. Chad vai embora com sua fita azul. O menino com o novilho branco e o rosto amarrotado recebe uma comenda por manter o melhor caderno de registro.

Tate veio passar a semana. Ele tem uma pequena fazenda a duas horas a oeste dali, nos arredores de Kissimmee, onde cria umas poucas dezenas de cabeças de gado magro e o rebanho de alpaca que sua esposa insiste em manter. Quando era mais jovem,

Tate participou de rodeios e em seguida dirigiu carros de corrida, atraído por qualquer coisa com velocidade vertiginosa. Mas ele não se interessa pela velocidade sem sentido dos brinquedos do parque de diversões. Olhando para o horizonte rodopiante da feira, ele não pode deixar de pensar em toda a terra que se poderia mover, toda a carne que se poderia transportar com tanto combustível e aço de boa qualidade. Ele pensa, também, na noite passada, no menino no Honeypot, e sente uma dor prazerosa, como se raspassem a parte de trás do seu esterno com uma lixa de joalheiro. Há um desejo nele de dar uma volta, mas ele o sufoca. Em vez disso, Tate vai para o único brinquedo de que gosta – o Cliff Hanger, uma frota de pequenas redes penduradas debaixo de asas-delta. Os equipamentos feitos de asa e rede são aparafusados a um anel de aço que gira e, ao girar, sobe bem acima da rua principal, num imenso braço hidráulico. É um brinquedo suave, projetado por um engenheiro de bom coração que valorizava o espanto mais do que o medo. Você se deita de bruços, sem nada por baixo. Nenhum outro brinquedo se aproxima com mais perfeição da sensação de voo de um pássaro. O braço sobe. Voando alto e suave acima da feira, Tate não consegue conter o riso, o ar da noite golpeando-o como uma piada rápida e deliciosa.

– Desculpe, idiota – diz uma ciclista a Jeff Park. Ela está usando um par de botas caras enfeitadas com esporas e franjas. Em sua pressa para ir encontrar a tal Katie, Jeff Park pisou em seu pé. Mas Jeff já se foi pela rua principal. Que ansiedade engraçada ele tem em ver essa garota com quem não compartilhou cinco minutos de conversa. Katie e seus dentes iluminados de verde – ele não sabe dizer por quê, mas ela é a primeira coisa que fez algum sentido desde que o velho partiu para cima dele na varanda. Não é urgência sexual que o apressa, mas uma espécie de vertiginosa afeição. Ele imagina o quarto dela, limpo e com cheiros de menina, numa casa longe dali. O pensamento faz a saliva formar uma poça debaixo da sua língua.

Mas ela não está esperando por ele no brinquedo de atirar moedas, cujas únicas freguesas são duas velhas arremessando moedas em prêmios melancólicos – copos baços de cerveja, pilhas de camisetas amareladas, canecas de café com slogans obscuros – "Programa de reciclagem do condado de Beezer", "Vovô de Sulphur City". Enquanto o atendente não está olhando, Jeff Park coloca a ponta do sapato em cima de três moedas de dez centavos e as arrasta por baixo da corda.

Quinze minutos se passam e Katie não aparece. Jeff se sente como a vítima de um roubo. Ele não a encontra na Corrida do Ouro, o poço onde, por cinco dólares, pode-se garimpar um saco de terra fraudada onde colocaram de antemão pedras não preciosas. Também não tem sorte no Zyklon, no Trovão, no Roundup, na Bola de Fogo ou no Starship 2000, nem na fila do banheiro, nem na Cidade de Antigamente. São quase dez horas quando ele vê o pulôver laranja dela em meio à multidão que implica com o tigre de Bengala diante de sua jaula, observando o grande felino dar suas voltas incessantes. Jeff chama o nome dela. Ela está rindo de alguma coisa que a garota ao seu lado está dizendo e não ouve. Ele vai rápido até ela, põe a mão em seu ombro e a puxa para si, com tanta força que sua cabeça é jogada para trás. As pessoas se viram. O queixo dela cai consideravelmente, mas a luz em sua boca se apagou.

TUDO DESTRUÍDO, TUDO QUEIMADO

Logo quando estávamos nos habituando à rotina doméstica do continente, alguém começou a nos mandar dragões e pragas de lavoura através do mar do Norte. Todos sabíamos quem era. Um monge norueguês renegado chamado Naddod, que tinha muitos poderes no circuito dragões-e-pragas por volta da última década, e era conhecido por levar material bélico pesado a quem pudesse pagar. Scuttlebutt achava que Naddod operava num mosteiro em Lindisfarne, cujo povo teríamos incomodado em incursões de pilhagem e consternação, através da Nortúmbria, após o Mês de Colheita de Milho no outono passado. Agora, ventos amargos gritavam do oeste, queimando a terra e arrancando a grama do solo. Os salmões apareciam salpicados de feridas, e os gafanhotos se agarravam ao trigo em grupos que zumbiam vorazes.

Eu tentava tirar essas coisas da cabeça. Tínhamos passado três longos meses assolando a costa da Hibérnia, e agora eu estava de volta com Pila, minha mulher, e achando que em casa as coisas andavam muito próximas do paraíso naqueles dias de verão sem fim. Construímos nossa casa juntos, Pila e eu. Era uma bela cabaninha de taipa numa planície bonita onde um grande fiorde azul apunhalava a terra. Nas noites de verão, minha jovem esposa e eu nos sentávamos na frente, embriagados com vinho de batata, e ficávamos olhando o sol costurar sua saia laranja no horizonte. Em dias como esses, tem-se uma sensação boa e humilde de que os deuses criaram este lugar, este momento, primeiro e nos inventaram como um adendo só para que pudéssemos estar ali e desfrutar.

Eu estava desfrutando e apreciando e passando um bom tempo deitado com Pila, embora soubesse o que significava quando ouvia aqueles ventos afiados passarem uivando pela casa. Alguns indivíduos a três semanas de barco dali estavam atrapalhando o nosso verão e provavelmente precisariam levar uma surra por isso.

Claro, Djarf Fairhair puxara da sua espada antes mesmo de a esposa ver os dragões voando para o interior, vindos da costa. Ele era o chefe do nosso navio e um tolo no que dizia respeito a guerras. Seu apetite pela ação era tão assustador e infeccioso, que uma vez ele incitou um bando de escravos francos e os levou ao sul para afligir e mutilar seu próprio povo. Já havia conseguido quatro dias de pilhagem decente quando os escravos começaram a ver a situação como realmente era e tiveram uma mudança repentina de atitude. Djarf avançava pelo Vale do Reno, debelando uma milícia civil incompetente de crianças e camponeses, quando os escravos se aproximaram pela retaguarda. As pessoas que lá estavam dizem que ele se tornou alguém absolutamente selvagem e começou a brandir um par de machados, abrindo buracos nas linhas como grãos de milho numa espiga, e que, quando os machados se quebraram, ele pegou a perna decepada de alguém e usou-a como um porrete, aterrorizando de tal modo aqueles gentis provincianos que eles recuaram e mantiveram boa distância do navio.

Djarf era de Hedeby-Slesvig, ao norte do fiorde Sli, um lugar fétido e rochoso cujo povo tem um preocupante prazer pelo lado mais tenebroso da vida. Eles têm o hábito de, caso não gostem do aspecto de uma criança quando ela desliza para fora do útero, atirá-la ao abismo e esperar pela próxima. O próprio Djarf, diziam ser um bebê que sofria de cólicas, e foi só a beneficência das marés e sua própria mórbida tenacidade que o levou à praia distante quando seu pai tentou jogá-lo nas águas e fazer com que sumisse do mundo.

Desde então, ele vivia para dar o troco. Acho que eu estava com ele numa excursão de pilhagem contra Luís, o Piedoso, quando o vi subir nas costas dos soldados e caminhar sobre seus ombros, ceifando cabeças conforme passava. Nessa mesma viagem, ficamos com pouca comida, e foi Djarf quem decidiu jogar os nossos próprios mortos na fogueira e comer o carneiro da noite anterior quando seus estômagos estourassem. Ele foi o único entre nós a cavar ali, além de um demente árabe e de um feiticeiro. Ele fuçava barrigas, procurando alimentos mastigados com um galho de pinheiro. "Idiotas", foi como ele nos chamou, o brilho da fogueira dançando em seu rosto. "Comida é comida. Se estes rapazes não tivessem tido seus fios cortados, fariam a mesma coisa com vocês."

Então, Djarf, cuja esposa era uma mulher azeda com boca de carpa e uma razão não muito forte para se ficar em casa, estava incitando a todos que voltassem ao navio para acertar as coisas na Nortúmbria. Meu amigo Gnut, que vivia logo depois da pedreira que ladeava nosso campo de trigo, desceu a colina um dia e admitiu que também andava pensando naquilo. Como eu, ele não era grande coisa como guerreiro. Era apenas louco por barcos. Remaria da sua cabana à latrina se alguém pudesse inventar um navio cuja proa cortasse grama. Sua esposa tinha falecido anos antes, morta ao beber leite estragado, e, agora que ela se fora, a parte de Gnut que se sentia em paz num lugar que não se movia debaixo dele havia adoecido e morrido também.

Pila o viu descendo o morro e fez uma careta.

– Não preciso tentar adivinhar o que ele está querendo – disse ela, e voltou para dentro de casa. Gnut veio caminhando pela terra cheia de pequenos montes e parou junto ao par de cadeiras feitas com tocos que Pila e eu tínhamos colocado no morro, onde a vista era tão bonita. Dali, o fiorde brilhava como se derramasse prata, e às vezes conseguíamos divisar uma foca levantando a cabeça entre as ondas.

O casaco de lã de Gnut estava duro de sujeira e seus cabelos compridos tão pesados e imundos, que até o vento inclemente mal conseguia movê-los. Tinha uma grande crosta de ranho no bigode, o que não era uma coisa agradável ao olhar, mas afinal ele não tinha ninguém para achar aquilo desagradável. Arrancou um ramo de urze do chão e mastigou suas raízes doces.

– Djarf já falou com você? – perguntou ele.

– Não, ainda não, mas não estou preocupado se ele esquecer.

Ele tirou o raminho dos dentes e enfiou-o brevemente no ouvido, antes de jogá-lo fora.

– Você vai?

– Não até ouvir os detalhes.

– Pode apostar que eu vou. Uma hidra apareceu no céu, na última noite e afugentou as ovelhas de Rolf Hierdal. Nós não podemos aceitar essa merda. É uma questão de orgulho, afinal de contas.

– Diabos, Gnut, quando foi que você começou a ser um imbecil tão implacável? Não me lembro de você ser tão orgulhoso e pavio curto antes que Astrud partisse desta para melhor. De qualquer modo, Lindisfarne provavelmente já foi saqueada. Se você não lembra, levamos tudo quanto aquela gente tinha da última vez, e eu duvido que tenham juntado muita coisa desde então, a ponto de justificar uma viagem.

Eu queria que Gnut reconhecesse o fato de que sua vida ali estava fazendo com que se sentisse solitário e infeliz em vez de continuar com aquela história de homem-guerreiro. Eu podia dizer só de olhá-lo que ele estava pensando em entrar pela água e não se dar ao trabalho de voltar. Não era a guerra que ele buscava. Ele queria voltar para o barco e ter companhia.

Não que eu próprio estivesse tão avesso ao trabalho, num sentido abstrato, mas precisava de mais bons momentos com Pila.

Eu gostava mais daquela mulher do que ela um dia viria a saber, e esperava poder fazer amor antes que o Mês do Corte do Feno chegasse e ver se eu não conseguia fazer um menininho para a gente.

Mas os dias se passavam e o tempo piorava. Pila acompanhava de perto, e a tristeza brotava dentro dela, como muitas vezes acontecia quando eu ia embora. Ela me xingava em alguns dias, e noutros me abraçava e chorava. E certa noite, já tarde, perto da hora do amanhecer, o granizo começou a cair. Veio de repente, com o som áspero que um navio faz quando sua quilha arranha uma pedra. Nós nos afundamos debaixo das peles de ovelhas, e eu sussurrei palavras de consolo a Pila, tentando abafar o barulho.

O sol ainda não estava alto no céu, quando Djarf veio e bateu à porta. Levantei-me e atravessei o assoalho, que estava úmido com o orvalho frio. Djarf estava na porta vestindo uma cota de malha e um escudo e respirando como se tivesse vindo correndo até ali. Atirou um punhado de granizo em meus pés.

– Hoje é o dia – disse ele, com um sorriso selvagem. – Temos que ir.

Claro, eu poderia ter dito a ele não, mas obrigado, de todo modo; porém, quando você recusa um trabalho, tem sorte se o deixarem até mesmo trabalhar a preço fixo escoltando o tráfego marítimo. Eu tinha que pensar a longo prazo, eu e Pila, e qualquer moleque que produzíssemos. Ainda assim, ela não gostou de ouvir aquilo. Quando voltei para a cama, ela colocou as cobertas por cima do rosto, esperando que eu pensasse que estava com raiva e não chorando.

As nuvens estavam baixas no céu quando partimos. Trinta e um de nós a bordo, Gnut remando comigo na proa e atrás de nós um monte de outros homens com os quais eu tinha estado em algum momento, antes. Algumas de suas famílias vieram nos ver partir. Ørl Stender fodeu com a cadência acenando para o filho, que estava na praia acenando de volta. Era um menino pequeno, não tinha nem quatro ou cinco anos, de pé ali, sem as calças, segurando um filhote de porco numa coleira de couro. Alguns dos outros a bordo não eram muito mais velhos, crianças ousadas e violentas, tão inocentes sobre o mundo que enfiariam uma faca em você com a mesma facilidade com que apertariam a sua mão.

Gnut estava exultante. Ele ria e cantava e remava com força, eu só segurando o remo para manter as aparências. Eu já estava sentindo falta de Pila. Olhei para a praia procurando por ela e o seu cabelo vermelho brilhante. Ela não tinha vindo me ver partir, zangada e triste demais com a minha viagem para se levantar da cama. Mas eu a buscava assim mesmo, a terra se afastando a cada puxão dos remos. Se Gnut sabia que eu estava sofrendo, não disse. Ele me cutucava e brincava, e mantinha um fluxo constante de conversa tediosa e alegre, como se tudo aquilo fossem férias particulares que nós dois tínhamos planejado juntos.

Djarf estava em seu lugar na proa, o sangue na face. Sua animação era entediante. Os nascidos em Hedeby-Slesvig começam a cantar sem qualquer motivo, sua afinidade com a música mais ou menos equivalente à sua falta de talento para o canto. Ele guinchou uma balada que durou horas e seu bando de jovens cortadores de canelas uivou junto com ele, e não deixavam ninguém em paz.

Após três dias no mar, o sol perfurou as nuvens sujas e colocou um brilho de aço sobre a água. Cozinhou a salmoura de nossas roupas e deixou todo mundo seco e feliz. Eu não podia deixar de pensar que, se Naddod era mesmo tão sério quanto pensávamos que era, aquela travessia seria uma boa oportunidade para chamar um tufão e nos afogar como gatos. Mas o tempo continuou bom, e os mares permaneceram sonolentos e baixos.

Tínhamos menos luz durante a noite ali fora do que em casa, e era um pouco mais fácil dormir no barco aberto sem um sol brilhando a noite inteira. Gnut e eu dormíamos onde remávamos, nos ajeitando um em torno do outro, para ficar confortáveis no banco. Acordei uma vez no meio da noite e descobri Gnut dormindo profundamente, balbuciando e babando e me segurando num abraço rude. Tentei me soltar, mas ele era grande, e seus braços rígidos me seguravam com tanta força que era como se tivessem crescido ali. Eu o cutuquei e gritei com ele, mas não havia como acordar o homenzarrão, então tentei arranjar um pouco de espaço para que ele não machucasse as minhas costelas e voltei a dormir.

Mais tarde, contei-lhe o que tinha acontecido.

– Um monte de mentiras – disse ele, seu rosto largo ficando vermelho.

– Eu gostaria que fosse – falei. – Mas tenho hematomas e poderia mostrar. Ei, se eu, por acaso, algum dia, pedir para ser seu namorado, faça-me um favor de me lembrar da noite passada.

Ele ficou aborrecido.

– Vá pro inferno, Harald. Você não está sendo engraçado. Ninguém acha que você está sendo engraçado.

– Desculpe – disse. – Acho que ultimamente você não tem tido muita prática em ter um corpo ao seu lado durante a noite.

Ele descansou sobre o remo, por um segundo.

– E daí se não tenho?

Graças ao vento fácil inflando nossas velas, atravessamos rápido e avistamos a ilha seis dias mais cedo. Um dos cortadores de canelas a viu primeiro, e, quando isso aconteceu, fez com que todos soubessem, dando um longo e detestável grito de guerra. Ele sacou a espada e brandiu-a em oitos acima de sua cabeça, fazendo com que os homens em torno dele se encolhessem sob a amurada. Esse rapaz era desagradável, o rosto como o de um abutre, suas faces exibindo mais furúnculos do que barba. Eu o conhecia de vista. Ele tinha três polegares pretos, decepados, presos no cinto.

Haakon Gokstad levantou os olhos de seu lugar na popa e lançou para o garoto um olhar maligno. Haakon participara de mais saques e fugas do que todos nós juntos. Ele era velho e cheio de dores e ficava no leme, em parte porque podia adivinhar as marés pelo modo como o sangue se movia em suas mãos, e também porque aqueles braços velhos não serviam para remar.

– Sente a bunda naquele banco, meu jovem – disse Haakon ao garoto. – Temos doze horas de trabalho entre aqui e lá.

O garoto corou. Deixou o braço que segurava a espada cair. Olhou para os seus amigos a fim de ver se tinha sido humilhado na frente deles e, se tivesse, o que precisaria fazer a respeito. O barco inteiro estava olhando para ele. Até mesmo Djarf fez uma pausa em sua canção. O outro garoto que em seu banco sussurrou algo chegou para o lado. O garoto se sentou e pegou o remo. Todos voltaram a remar e a conversar.

Podia se dizer que aquelas pessoas de Lindisfarne eram tolas, vivendo lá numa ilha pequenina, sem penhascos altos ou defesas naturais decentes, e tão perto de nós e também dos suecos e dos noruegueses, na nossa opinião, que não poderíamos nos dar ao luxo de *não* ir até lá saqueá-los de vez em quando. Mas, quando chegamos à pequena baía brilhante, um silêncio caiu sobre todos nós. Até mesmo os cortadores de canelas pararam de brincadeiras e olharam. O lugar estava lotado de campos de cardo roxo, e, quando o vento soprava, eles se retorciam e rolavam, como o pelo de algum animal fantástico se encolhendo no sono. Flores selvagens brotavam nas colinas em gordas gotas vermelhas. Macieiras se enfileiravam na costa, e havia algo de triste no modo como estavam tão penduradas com as frutas. Podíamos ver um homem subindo em direção a uma grupo de casas de paredes brancas, seu jumento encurvado atrás dele, com a carga. Na colina distante, eu podia divisar a silhueta do mosteiro, ao qual ainda faltava um telhado, da última vez em que o havíamos queimado. Era um lugar lindo, e eu esperava que ainda sobrasse algo para se desfrutar depois que saíssemos do navio e destruíssemos tudo.

Nós nos reunimos na praia, e Djarf já estava espumando. Fez algumas flexões dos joelhos, se abaixou diante de nós e fez algumas poses, estalando os ossos e retesando os nós em seus músculos. Então fechou os olhos e fez uma oração silenciosa. Seus olhos ainda estavam fechados quando um homem com uma longa túnica apareceu, caminhando por entre os cardos.

Haakon Gokstad tinha um dedo preso na boca, de onde um de seus dentes havia caído. Ele tirou o dedo e cuspiu através do buraco. Fez um gesto com a cabeça na direção do morro e do vulto vindo em nossa direção.

– Nossa, aquele filho da puta tem coragem – disse ele.

O homem caminhou direto para Djarf. Ficou parado diante dele e tirou o capuz. Seu cabelo era ralo no couro cabeludo, e provavelmente tinha sido loiro antes de ficar branco. Ele era velho, com rugas no rosto que poderiam ter sido desenhadas com a ponta de um punhal.

– Naddod – disse Djarf, abaixando de leve a cabeça. – Imagino que você esteja nos esperando.

– Claro que não – disse Naddod. Ele levou a mão à cruz tosca de madeira que lhe pendia do pescoço. – E não vou brincar com você fingindo que a surpresa é cem por cento agradável. Para ser franco, não sobrou muito por aqui que faça a pirataria valer a pena, então, sim, estou um pouco intrigado.

– Hum, hum – disse Djarf. – Você não sabe nos dizer nada sobre uma tempestade de granizo, ou gafanhotos e essa merda toda, ou um monte de malditos dragões que estão vindo e quase matando de medo nossas esposas? Você não sabe nada sobre isso?

Naddod levantou as mãos e sorriu, piedosamente.

– Não, lamento, mas não sei. Mandamos de fato uma varíola à guarnição espanhola em Much Wenlock, mas, honestamente, nada na direção de vocês.

O tom de Djarf mudou, e sua voz ficou alta e amável.

– Hum. Bem, isso é alguma coisa. – Ele se virou para nós e ergueu as mãos. – Ei, rapazes, detesto dizer isso a vocês, mas parece que alguém fodeu com alguma coisa aqui. O velho Naddod diz que não foi ele, e, logo que ele me disser quem está por trás dos inconvenientes que andamos tendo, nós vamos embora.

– Está bem. – Naddod estava constrangido, e eu pude ver um arrepio percorrendo-o. – Se vocês vão passar por Mercia, eu sei que eles acabam de conseguir um tal de Aethelrik. Parece que é um sujeito muito competente. Sabe como é, aquela onda de lepra no ano passado...

Djarf estava sorrindo e balançando a cabeça, mas de repente Naddod parecia indisposto.

Djarf tinha uma pequena faca na cintura, e, do mesmo modo como os outros homens fumavam cachimbo ou mastigavam sementes, Djarf gostava de afiar aquela faca. Ela era afiada até a lâmina ficar da espessura de uma unha. Você poderia raspar os pelos da bunda de uma fada com aquela coisa. E, enquanto Naddod falava, Djarf tinha tirado a faca e passado-a, com esmero, na barriga do padre. Ante a visão do sangue derramando sobre as conchas brancas, todo mundo se aproximou, dando gritos e brandindo suas espadas. Djarf foi tomado por uma euforia ensandecida e pulava, gritando para que todo mundo ficasse quieto e olhasse.

Naddod não estava morto. Suas entranhas tinham se derramado, mas ele ainda respirava. Mas sem gritar nem nada, pelo que você tinha que lhe dar crédito. Djarf se agachou e derrubou Naddod de bruços, descansando um pé nas suas costas.

Gnut estava do meu lado. Ele suspirou e colocou a mão sobre os olhos.

– Oh, Senhor, ele vai fazer uma águia de sangue?
– Sim – eu disse. – Parece que vai.
Djarf levantou a mão pedindo silêncio.
– Bem, eu sei que a maioria dos veteranos já viu uma dessas, mas pode ser uma novidade para alguns de vocês, rapazes. – Os cortadores de canelas deram um riso abafado. – Isto é o que chamamos de águia de *sangue*, e, se vocês ficarem quietos só um segundo, vão ver que é um efeito bastante fantástico.

Os homens recuaram dando a Djarf espaço para trabalhar. Ele colocou a ponta da espada num dos lados da coluna de Naddod. Inclinou-se e mexeu com a lâmina cautelosamente, triturando uma costela de cada vez até ter feito uma incisão de cerca de trinta centímetros de comprimento. Parou para enxugar o suor da testa e fez um corte paralelo do outro lado da coluna vertebral. Então ele se ajoelhou e pôs as mãos dentro dos cortes. Remexeu lá dentro por um segundo e puxou os pulmões de Naddod para fora, através das fendas. Enquanto Naddod bufava e arquejava, os pulmões batiam, parecendo um par de asas. Eu tive que me virar. Era horrível.

Os jovens rugiram, e Djarf ficou parado ali, conduzindo os aplausos. Então, sob seu comando, todos eles romperam o cerco e correram morro acima.

Só Gnut, Haakon, Ørl Stender e eu não fomos. Ørl ficou observando os outros subirem em direção ao mosteiro, e quando teve certeza de que ninguém estava olhando para trás, foi até onde Naddod estava morrendo e golpeou-o, com força, no crânio, com a parte de trás de um machado. Ficamos todos aliviados de ver aqueles pulmões pararem de tremer. Ørl suspirou e se benzeu. Fez uma oração fúnebre, cuja essência dizia que ele não sabia qual era o deus daquele homem, mas lamentava que aquele seu humilde servo tivesse sido enviado lá para cima tão cedo, e com um pretexto tão imbecil, também. Disse que não conhecia o homem, mas ele provavelmente merecia algo melhor da próxima vez.

– Atravessar todo o mar por esta maldita estupidez, com um bando de ovelhas para tosquiar em casa – resmungou Haakon.

Gnut sorriu e olhou para o céu.

– Meu Deus, o dia está bonito. Vamos subir o morro e ver se a gente não encontra alguma coisa para comer.

Subimos até o pequeno povoado na colina. Um pouco adiante, onde ficava o mosteiro, os jovens estavam num verdadeiro frenesi. Arrastaram meia dúzia de monges, penduraram-nos numa árvore e depois atearam fogo nela.

Nossas mãos estavam duras e em carne viva por causa dos remos, e fizemos uma pausa junto a um poço no centro da aldeia, para molhar as mãos e beber um pouco. Ficamos surpresos ao ver o rapaz com os polegares no cinto saindo de uma moita de freixos, arrastando algum pobre cidadão semimorto atrás dele. Caminhou até onde estávamos e deixou sua vítima cair na rua poeirenta.

– Muito bem – disse-nos ele. – Vocês dariam ótimos chefes, parados aí vendo os outros trabalharem.

– Ora, seu merdinha – disse Haakon, dando um soco na boca do garoto. O sujeito caído no chão ergueu a cabeça e riu. O rapaz corou. Ele tirou um punhal de sua bainha, no quadril, e apunhalou Haakon na barriga. Houve um momento de silêncio. Haakon olhou para a mancha cor de rubi se espalhando em sua túnica. Ele parecia sentir muita dor.

Quando o rapaz percebeu o que tinha feito, suas feições ficaram queixosas como as de uma criança tentando fazer beicinho para se livrar de uma surra. Ele ainda estava assim quando Haakon abriu sua cabeça entre as sobrancelhas com um golpe firme.

Haakon limpou a espada e olhou outra vez para o estômago.

– Filho da puta – disse ele, sondando a ferida com o dedo mínimo. – É profunda. Acho que estou encrencado.

– Bobagem – disse Gnut. – Só preciso deitar você e costurar.

Ørl, que tinha o coração mole, foi até o homem que o jovem tinha deixado. Apoiou-o contra a parede e lhe deu o balde para beber.

Do outro lado da estrada, um velho camponês encarquilhado tinha saído de sua casa. Ele olhou para a fumaça do mosteiro rolando pela baía. Acenou para nós. Fomos até lá.

– Olá – disse ele.

Eu dei bom-dia.

Ele apertou os olhos para mim.

– Algo de errado? – perguntei a ele.

– Minhas desculpas – disse ele. – Só achei que tinha reconhecido você.

– Pode ser. Eu estive aqui no outono passado.

– Hum, hum – disse ele. – Agora, aquilo foi para valer. Não sei por que vocês pensaram em voltar. Levaram tudo o que tinha algum valor da última vez.

– Sim, bem, nós mesmos estamos tendo certa dificuldade em entender isso. Viemos para ver Naddod. O cara errado, ao que parece, mas ele se deu mal de todo modo, sinto muito informar.

O homem suspirou.

– Não me corta o coração. Todos nós tivemos que pagar o dízimo para cobrir a permanência dele aqui. Vamos ficar bem sem ele, imagino. Então, o que estão fazendo, saqueando?

– Por quê? Você tem alguma coisa para saquear?

– Eu? Oh, não. Tenho um fogão decente, mas não sei como vocês iam fazer para rebocá-lo até o navio.

– Não imagino que você tenha umas moedas ou qualquer coisa assim enterrada lá atrás?

– Jesuzcris, quem dera. Umas moedas, isso realmente mudaria as coisas para mim.

– Sim, bem, eu não suponho que você fosse confessar, se tivesse.

Ele riu.

– Tem razão, meu amigo. Mas eu acho que ou você me mata ou acredita em mim, e de qualquer forma não ganha nada. – Ele apontou para Haakon, que estava apoiado em Gnut e com uma aparência bem cansada. – Parece que o seu amigo está mal. A menos que vocês queiram observá-lo morrer, por que não o trazem para dentro? Tenho uma filha que é excelente costureira.

O homem, que se chamava Bruce, tinha uma casinha aconchegante. Nós todos entramos. Sua filha estava em pé junto ao fogão. Deu um gritinho nervoso quando entramos pela porta. Tinha a cabeça coberta de cabelos negros e espessos, e um rosto magro, pálido como açúcar – uma menina bonita. Tão bonita, na verdade, que não se percebia, logo de saída, que não tinha um braço. Nós paramos e demos uma boa olhada nela. Mas Gnut, dava para ver, tinha ficado muito impressionado. A maneira como ele olhava, pálido e de olhos arregalados, era como se estivesse diante de um cachorro do mato, em vez de uma mulher bonita. Ele passou as mãos pelos cabelos e tentou lamber a crosta de seus lábios. Então fez um gesto com a cabeça e proferiu um solene "Olá".

– Mary – disse Bruce –, este homem está com um buraco na barriga. Eu disse que iríamos ajudar a consertar.

Mary olhou para Haakon.

– Ah – disse ela. Levantou a túnica dele e examinou a ferida. – Água – disse para Ørl, que estava olhando. Gnut o espiou com ciúmes, enquanto ele ia até o poço. Em seguida, Gnut pigarreou.

– Eu gostaria de ajudar – disse. Mary o levou até um pequeno saco de cebolas no canto e lhe disse para cortar. Bruce acendeu um fogo no fogão. Mary pôs a água ali e colocou dentro dela um mingau seco. Haakon, que agora estava bem pálido, se arrastou para cima da mesa e ficou imóvel.

– Não estou com vontade de tomar mingau – disse ele.

– Não se preocupe com isso – disse Bruce. – O mingau é só uma base para as cebolas.

Gnut estava com um olho em Mary, enquanto se inclinava sobre uma mesinha e exagerava nas cebolas. Ele picou e picou, e, quando acabou de picar todas, começou a picar de novo as que já estavam picadas. Por fim, Mary olhou para ele e disse:
– Já está bom, obrigada. – Gnut largou a faca.

Quando o mingau estava cozido, Mary jogou ali uns punhados de cebola e levou o preparo para Haakon. Ele olhava para ela desconfiado, mas, quando ela estendeu a colher de pau, ele abriu a boca como um passarinho. Mastigou e engoliu.

– Não tem um gosto muito bom – disse, mas continuou comendo assim mesmo.

Um minuto se passou, e então algo peculiar aconteceu. Mary levantou a túnica de Haakon outra vez, colocou o rosto junto à ferida e cheirou-a. Fez uma pausa e depois repetiu o gesto.

– O que diabos é isso? – perguntei.

– Tem que fazer isso com uma ferida como essa – disse Bruce.

– Ver se ele está com a doença do mingau.

– Ele não está com nenhuma doença do mingau – disse. – Pelo menos, não estava antes. O que ele tem é um buraco de facada na barriga. Agora costure o homem.

– Não vai adiantar se der para sentir o cheiro de cebola saindo do buraco. Significa que ele está com a doença do mingau, e está acabado.

Haakon olhou para cima.

– Está falando do estômago perfurado? Não posso acreditar que seja tão ruim assim.

Mary cheirou outra vez. A ferida não cheirava a cebola. Ela lavou Haakon com água quente e costurou o buraco, num franzido apertado.

Haakon tocou os pontos e, satisfeito, desmaiou. Nós cinco ficamos à sua volta, e ninguém conseguia pensar em nada para dizer.

– Então – disse Gnut, sem pensar. – Você nasceu assim?

– Assim como? – perguntou Mary.

– Sem braço, quero dizer. Foi assim que você saiu?

– Senhor, é muito bom perguntar isso à minha filha – disse Bruce. – Foi a sua gente que fez isso com ela.

Gnut disse: "Oh." E então disse de novo, e então de fato ninguém conseguia pensar em nada para dizer.

Então Mary falou.

– Não foi você quem fez isso – disse ela. – Mas o homem que fez, eu acho que gostaria de matá-lo.

Gnut disse a ela que se ela por favor lhe dissesse quem tinha sido, ele consideraria um favor se ela o deixasse intervir em seu nome.

Eu disse:

– Eu gostaria de uma bebida. Ørl, o que você tem aí nesse odre?

Ele não disse nada. O odre pendia de seu ombro, e ele colocou as mãos sobre ele, protegendo-o.

– Eu perguntei o que você tem para beber.

– Um pouco de aguardente de raiz, para sua informação, Harald. Mas ele tem que durar para o caminho de volta. Eu não posso ficar úmido e não ter algo para espantar o frio.

Gnut estava contente por ter um motivo para levantar a voz.

– Ørl, você é um filho da puta. Nós passamos três semanas no mar para nada, talvez Haakon morra, e você não pode nem pensar na possibilidade de dividir um pouco da sua bebida. Essa é a pior coisa, a mais baixa, que eu já ouvi.

Então Ørl abriu seu odre e todos nós tomamos uma dose. Era doce e forte e bebemos e rimos e continuamos. Haakon acordou. O seu calvário o havia deixado num estado de espírito sentimental, e ele fez um brinde à sua bela cirurgiã, e ao dia esplêndido, e a quanto prazer lhe dava ficar para ver o seu fim. Bruce e Mary se soltaram e todos conversamos como velhos amigos. Mary contou uma história obscena sobre um boticário que vivia mais abaixo na rua. Ela estava se divertindo, e não parecia se importar com o quão perto Gnut estava. Ninguém que estivesse olhando para nós imaginaria que éramos a razão pela qual faltava um braço àquela garota, e também a razão pela qual, provavelmente, ninguém perguntava onde estava a mulher de Bruce.

Não demorou muito até ouvirmos alguém fazendo uma bagunça junto ao poço. Eu, Gnut e Ørl fomos lá para fora. Djarf tinha se despido até a cintura, e seu rosto, braços e calça estavam como você pode imaginar. Ele estava levantando baldes de água fria, despejando sobre a cabeça e gritando de prazer. O sangue escorria de cima dele rosa e aguado. Ele nos viu e se aproximou.

– Hoo – disse, sacudindo a água do cabelo. Correu sem sair do lugar, por um minuto, estremeceu, e então se endireitou. – Misericórdia, foi uma farra. Não muita coisa para saquear, mas uma porra de uma boa farra. – Ele massageava as coxas e cuspiu algumas vezes. Em seguida, disse: – Então, mataram muita gente?

– Que nada – eu disse. – Haakon matou aquele como-é-mesmo-o-nome-dele caído ali, mas não, a gente estava meio que pegando leve.

– Hum. E aí dentro? – perguntou ele, indicando a cabana de Bruce. – Quem mora aí? Vocês mataram?

– Não matamos, não – disse Ørl. – Eles ajudaram a curar Haakon e tudo mais. Parece ser boa gente.

– Ninguém vai matá-los – disse Gnut.

– Então, todo mundo está lá no mosteiro? – perguntei.

– Bem, a maioria deles. Uns rapazes tiveram um desentendimento por causa de alguma coisa e começaram a se cortar uns aos outros. Vai ser uma remada dura para sair daqui. É rezar pelo vento, eu acho.

A fumaça marrom era intensa no céu, e eu podia ouvir sons distantes de pessoas gritando.

– Então, o negócio é o seguinte – disse Djarf. – Nós acampamos aqui esta noite, e, se o tempo permitir, podemos seguir para

Mercia amanhã e ver se não podemos resolver as coisas com este filho da puta do Aethelrik.

— Não sei — disse Ørl.

— De jeito nenhum — disse. — Isto aqui já foi ruim o suficiente. Eu tenho uma esposa em casa e palha de trigo para enfardar. De jeito nenhum vou remar para levar você até Mercia.

Djarf apertou a mandíbula. Olhou para Gnut.

— Você também?

Gnut assentiu.

— Sério? Motim?

— Não — disse Gnut. — Só estamos dizendo que nós...

— Diga o que é, filho da puta — Djarf latiu. — Vocês, seus filhos da mãe, estão fazendo um motim na minha operação?

— Olhe, Djarf — eu disse. — Ninguém está fazendo nada para ninguém. Nós apenas precisamos voltar.

Ele gritou e bufou. Então, correu para nós com a espada erguida, e Gnut teve que escorregar para trás rapidamente e apertá-lo com um abraço de urso. Fui até lá e apertei a mão sobre a boca de Djarf e tampei seu nariz com a outra, e, depois de algum tempo, ele começou a se acalmar.

Nós o soltamos. Ele ficou ali bufando e olhando para nós, e nós ficamos com nossas facas empunhadas, e finalmente ele guardou a espada e se recompôs.

— Certo, claro, eu entendo — disse ele. — Está bem. Nós vamos voltar. Ah, eu devia ter contado, Olaffssen encontrou um esconderijo, com carne de boi, em algum lugar. Ele vai cozinhar para todo mundo que sobrou. Vai ser gostoso. — Ele se virou e voltou, as costas arqueadas, a caminhar na direção da baía.

Gnut não desceu para o banquete. Disse que precisava ficar na casa de Bruce e Mary para cuidar de Haakon. Mentira, é claro, vendo como Haakon desceu o morro por conta própria e abarrotou seu estômago machucado com cerca de nove bifes duros. Quando a noite começou a descer e ainda nada de Gnut, voltei à casa de Bruce para ver o que estava acontecendo. Gnut estava sentado em um tronco oco do lado de fora da cabana, jogando cascalho no mato.

– Ela vem comigo – disse ele.

– Mary?

Ele fez que sim com gravidade.

– Vou levá-la comigo para casa, para ser minha esposa. Ela está lá falando sobre isso com Bruce.

– Isso é voluntário ou uma espécie de rapto?

Gnut olhou para a baía como se não tivesse ouvido a pergunta.

– Ela vem comigo.

Refleti sobre o assunto.

– Tem certeza de que é uma boa ideia levá-la para viver em meio à nossa gente, levando tudo em conta?

Ele ficou em silêncio.

– Qualquer homem que tocar nela, ou lhe disser alguma coisa cruel, vai ser realmente algo diferente o que eu vou fazer com ele.

Ficamos sentados durante um minuto e vi as faíscas saindo da fogueira na praia. O vento quente da noite levava o cheiro de flores e fumaça de lenha, e eu fui tomado pela calma.

Entramos na casa de Bruce, onde uma única vela de sebo estava acesa. Mary estava junto à janela com seu único braço sobre o peito. Bruce estava nervoso. Quando entramos, ele foi bloquear a porta.

– Vocês, saiam da minha casa – disse ele. – Vocês não podem levá-la, o pouco que eu tenho.

Gnut não parecia feliz, mas abriu caminho com o ombro e fez Bruce cair sentado. Eu fui até lá e coloquei a mão sobre o velho camponês, que tremia de raiva.

Mary não estendeu a mão para Gnut. Mas não protestou quando ele colocou o braço ao redor dela e conduziu-a na direção da porta. O olhar que ela lançou ao pai foi muito infeliz, mas, ainda assim, ela foi sem protestar. Com apenas um braço, daquele jeito, o que poderia fazer? Que outro homem ia querê-la?

Eles estavam de costas para nós quando Bruce agarrou um furador em cima da mesa e correu para Gnut. Eu me coloquei na frente dele e quebrei uma cadeira em seu rosto, mas ainda assim ele continuou avançando, lutando freneticamente para pegar a minha espada, tentando agarrar algo que pudesse usar para evitar que sua filha fosse embora. Tive que segurá-lo firme e passar minha faca em seu rosto. Segurei-a ali como o freio de um cavalo, e então ele parou de se mexer. Quando eu levantei, ele estava chorando em silêncio. Quando eu estava saindo, ele jogou alguma coisa em mim e derrubou a vela, apagando-a.

E você poderia pensar que era uma coisa boa Gnut ter encontrado uma mulher que iria deixá-lo amá-la, e se ela não exatamente o amasse também, pelo menos, com o tempo, chegaria a sentir algo por ele que não estava tão longe disso. Mas o que você diria da travessia, quando os ventos pararam e levamos cinco longas semanas antes de finalmente chegar em casa? Gnut mal dizia uma palavra a quem quer que fosse, apenas segurava Mary perto dele, tentando acalmá-la e defendê-la de todos nós, seus amigos. Ele não me olhava no rosto, tomado como estava pelo medo terrível que vem quando obtemos algo que não podemos nos dar ao luxo de perder.

Após essa viagem, as coisas mudaram. Pareceu-me que todos nós estávamos deixando a época divertida e fácil da vida e nos dirigindo a águas mais profundas. Não muito tempo depois que voltamos, um verme rastejou para dentro de um buraco no pé de Djarf e ele teve que desistir de saquear. Gnut e Mary se dedicavam à vida no campo em tempo integral, e eu o via menos. O mero encontro para beber se transformou num incômodo que tinha de ser planejado com duas semanas de antecedência. E, quando conseguíamos nos encontrar, ele ria e conversava comigo um pouco, mas eu podia ver que sua mente estava em outro lugar. Ele tinha conseguido o que queria, mas não parecia muito feliz com isso, apenas preocupado o tempo todo.

Não fazia muito sentido para mim, naquela época, o que estava acontecendo com Gnut, mas, depois que Pila e eu tivemos os nossos gêmeos e criamos uma família, compreendi como o amor pode ser terrível. Você gostaria de odiar sua esposa e seus filhos, porque sabe que coisas o mundo vai fazer com eles, porque você mesmo fez algumas dessas coisas. É de enlouquecer, mas, ainda assim, você se apega a eles por completo e fecha os olhos diante do resto. Ainda acorda tarde da noite e fica deitado ali escutando o estalar dos remos sobre a água, o ruído do aço, o som dos homens remando em direção à sua casa.

Agradecimentos

Muito obrigado a:

Ben Austen, Jack Bookman, Joe Bookman, Willing Davidson, Betsy Dawson, Marion Duvert, Harrison Haynes, Courtney Hodell, Eli Horowitz, Brigid Hughes, George Jenne, Matt Jones, Mark Krotov, MacDowell Colony, Ben Marcus, Madeline Neal, New Orleans Center for Creative Arts, David Rowell, Amanda Schoonmaker, Heather Schroder, Ed Tower, Lauren Wilcox, Corporation of Yaddo.

Este livro foi impresso na Editora JPA Ltda.,
Av. Brasil, 10.600 – Rio de Janeiro – RJ,
para a Editora Rocco Ltda.